rowohlt
rotfuchs

AUS DEM ENGLISCHEN
VON CHRISTIANE STEEN

CARRIE MAC

# 100 SCHLIMME *Dinge,* DIE MIR *bestimmt* PASSIEREN

*Roman*

ROWOHLT TASCHENBUCH VERLAG

FÜR ESMÉ,

IN LIEBE, LIEBE, LIEBE

Deutsche Erstausgabe
Veröffentlicht im Rowohlt Taschenbuch Verlag,
Reinbek bei Hamburg, Dezember 2017

Die englische Originalausgabe erschien 2017 unter dem Titel
«10 Things I Can See From Here» bei Alfred A. Knopf,
Random House Children's Books, New York

Lektorat Kristina Knöchel
Satz Adriane, InDesign, bei Pinkuin Satz und Datentechnik, Berlin
Druck und Bindung CPI books GmbH, Leck, Germany
ISBN 978 3 499 21771 5

*«Oh, you delicate heart.*
*Sometimes it feels hard to live.»*

HAWKSLEY WORKMAN

# WAS DIE LEUTE SO DAHERREDEN

Lass dich nicht von deinen Ängsten kontrollieren.
Mach dir keinen Kopf.
Ist doch nicht so wichtig.
Nun übertreib mal nicht.
Warum regst du dich über so eine Kleinigkeit auf?
Denk einfach nicht mehr dran.
Denk positiv.
Ignorier es einfach.
Lass los.
Schau nach vorn.
Steh auf und mach weiter.
Was ist denn bloß los, Schätzchen?
Wenn du an das Gute glaubst, passiert es auch.
Dein Schicksal liegt in deiner Hand, Maeve.
Nur du allein bestimmst über dein Leben.
Don't worry, be happy.
Wovor hast du denn bloß Angst?

Vor all diesen Dingen.

# VON EINEM ZUG ÜBERFAHREN WERDEN

Ich gebe ja gern zu, dass es bequemer und schneller wäre, mit dem Zug von Seattle nach Vancouver zu reisen. Aber das letzte Mal, als ich Zug gefahren bin, hat sich kurz hinter Everett eine Frau auf die Gleise geworfen. Keiner hat irgendwas davon mitgekriegt, wie der Zug die Frau mitschleppte und ihr Gehirn und ihre Eingeweide über die Gleise verteilte, bis er schließlich kreischend zum Stehen kam. Was ich deshalb weiß, weil ich solche Sachen nachlese. Ihr Name war Carol Epperly, sechsunddreißig Jahre alt, Mutter von zwei Kindern. Kämpfte gegen ihre Depressionen an. Im Ernst. Ich habe ihre Todesanzeige gelesen (natürlich habe ich das), und der Text hörte sich an, als wäre er in voller Wut verfasst worden. Ich schätze, es war ihr Mann, und falls er es war, dann war er echt sauer auf sie. Sein Name ist Doug. Er hat eine Reparaturwerkstatt für Rasenmäher in Everett.

*Sie kämpfte gegen ihre Depression an, doch offensichtlich ohne Erfolg.* Das stand da. Und ganz unten: *Spenden für einen Hilfsfonds für die Jungen sind willkommen. Sie werden von nun an ein mutterloses Leben führen.*

Ich werde mit Sicherheit nicht so bald wieder in einen Zug steigen. Dieser Vorfall war bei meiner Therapeutin das

Thema der nächsten drei Monate. Bis Nancy tatsächlich zu mir sagte, es wäre allmählich Zeit, nach vorn zu schauen. So was hat sie noch nie zu mir gesagt. Als könne sie nicht mehr. Als hätte ich sie völlig fertiggemacht. Noch nie hat sie sich zu so einer Plattitüde herabgelassen.

Also nehme ich den Bus, den ich immerhin schon oft genug genommen habe, um zu wissen, dass er nicht so schlimm ist, nur langsamer. Mom fährt mich von Port Townsend nach Seattle. Ich heule schon vor dem Stoppschild am Ende unserer Straße los.

«Oh, Maeve, Süße.» Sie legt beim Fahren die Hand auf mein Knie. «Alles wird gut, das weiß ich genau.»

Es gibt nichts zu sagen. Ich habe schon alles gesagt. Also heule ich. Der Berg von Taschentüchern auf meinem Schoß wächst und wackelt. Als Mom beim Busbahnhof nach einem Parkplatz sucht, heule ich noch immer.

Ich heule, während sie mein Ticket kauft. Ich heule und heule und heule, als ich einsteigen muss.

«Ich hab dich lieb», sagt Mom.

«Ich dich auch.» Aber ich sage nicht Tschüs und sie auch nicht. Wir verabschieden uns niemals, wenn ich zu Dad fahre. Das ist unser Aberglaube. Oder eher meiner, und sie macht mit. Keine Verabschiedungen. Besonders nicht diesmal.

Nancy meinte, ich solle wieder mit dem Zug fahren, damit ich merke, dass sich nicht jedes Mal jemand davorschmeißt. Wenn man vom Pferd fällt, muss man gleich wieder aufsteigen und weiterreiten, hat Nancy gesagt. Der Zug ist dein Pferd. Steig wieder auf, Maeve. Außerdem hat sie gesagt, es wäre viel wahrscheinlicher, dass mein Bus in einen schlimmen Unfall gerät, als dass wieder ein Mensch auf die Gleise springt. Was nicht wirklich geholfen hat. Aber ich kann einfach nicht. Ich kann nicht wieder in den Zug steigen. Nicht jetzt. Nicht nach Carol Epperly.

Du kannst auch zu Fuß gehen, hat Dad gesagt. Das wäre total abgefahren. Eine spirituelle Coming-of-Age-Erfahrung direkt an der I-5. Stell dir das mal vor.

Ich wollte weder mit dem Zug fahren noch mit dem Bus, und auch nicht zu Fuß gehen. Und es gab keinen Grund zu fliegen, weil die Strecke zum einen viel zu kurz ist, zum anderen wegen der vielen möglichen Flugzeugkatastrophen. Ich wollte einfach zu Hause bleiben. Aber das war ebenfalls keine Option. Du bist viel zu nervös, meinte Mom. Du kannst nachts nicht allein sein. Dann sitzt du da zitternd vor Angst, was du ja schon tust, wenn ich zu Hause bin. Und das stimmt. Ich mache mir meist so viele Sorgen, dass mir davon schlecht wird. Aber jetzt fährt sie nach Haiti, also muss ich zu Dad. Für sechs Monate.

An der Grenze müssen wir besonders lange warten, weil irgendein Typ nicht die richtigen Papiere dabeihat, darum nehmen sie ihn mit in ein Zimmer und befragen ihn eine halbe Stunde lang, während der Rest der Fahrgäste rumsteht und sich fragt, was zum Teufel da vorgeht, und ich mir die Nägel abkaue und mir zu viele Gedanken mache. Verhören sie ihn etwa? Ist das ein Terrorist? Wird er vom FBI gesucht?

Als er rauskommt, sieht er ziemlich beschämt aus. Und alle anderen sind megagenervt. Ich allerdings nicht. Ich habe den Fehler begangen, im Internet zu surfen, um mich von dem Gedanken abzulenken, dass da gerade ein potenzieller Serienkiller verhört wird, und konnte mich nicht beherrschen, nach *Tödliche Unfälle Greyhound-Bus* zu googeln.

# GEKÖPFT WERDEN

Geköpft!

In einem Greyhound-Bus!

30. Juli 2008. Vince Li setzt sich neben Tim McLean, der ihn kaum beachtet, sondern gleich wieder einschläft. Eine kurze Zeit später zieht Li ein Messer heraus und sticht Tim ab. Überall Geschrei und Blut, die anderen Passagiere stolpern in Panik übereinander. Während alle versuchen, aus dem Bus zu kommen, säbelt Li Tims Kopf ab. Dann marschiert er mit dem Kopf den Gang auf und ab, und als er damit fertig ist, setzt er sich wieder auf seinen Platz, schneidet ein Stück von Tims Fleisch ab und isst es.

Und darüber mache ich mir dann von der Grenze bis zum Busbahnhof in Vancouver Sorgen. Ich sehe mir die anderen Passagiere ganz genau an. Besonders den Typen, den sie so lange an der Grenze festgehalten haben. Er hat einen durchtriebenen Blick. Und er behält immer seinen Koffer bei sich, anstatt ihn im Kofferraum zu lassen. Vielleicht hat er ein Jagdmesser dadrin. Es gibt kein Gesetz, das einem verbietet, mit einem Jagdmesser die Grenze zu überqueren. Oder mit einem Teppichmesser. Oder einem Schneidbrenner. Oder einem Hammer. Ein Mensch kann mit einem Hammer eine Menge Schaden anrichten. Es gibt eine unverhältnismäßig hohe Zahl von Mordfällen, die mit einem Hammer durchgeführt wurden.

Endlich keucht der Bus auf den Busbahnhof, und alle steigen aus, die Köpfe immer noch auf dem Hals, ich eingeschlossen. Als ich vor dem Bus stehe, höre ich Geigenmusik. Die Melodie kommt mir bekannt vor, und während ich auf meinen Koffer warte, lausche ich und versuche, alle anderen Geräusche der Stadt auszublenden. Konzentrier dich auf die Musik, Maeve, konzentrier dich auf die Musik.

Was ungefähr eine Minute funktioniert.

Denn wer weiß denn, ob ich nicht gerade der Enthauptung entkommen bin, nur um gleich irgendeinem anderen grausamen Tod zum Opfer zu fallen? Die schlimmsten Verbrechen passieren in der Stadt. Verbrecher kommen hier mit allem Möglichen davon. So viele Menschen, so viel zu tun, und jeder kümmert sich bloß um seinen eigenen Kram, und keiner kennt den anderen, und niemand interessiert sich. Darum werden Leute umgebracht. Darum werden Leute *ermordet*.

Um die Wahrscheinlichkeit einer Katastrophe noch zu erhöhen, befindet sich die Busstation von Vancouver direkt in der allerschlimmsten Gegend. In Vancouver gibt es tatsächlich eine Spezialeinheit, die sich mit der Masse an menschlichem Abschaum beschäftigt, der hier auf den Bürgersteigen und Gassen herumlungert. In dieser Gegend gibt es mehr Nutten als Kinder. Drüben im Ivanhoe Pub kriegt man was zu trinken oder Sex oder geklauten Käse oder geklaute Jeans oder ein geklautes Auto oder ein geklautes Kind.

Ich wünschte, Dad würde in einer netten kleinen Stadt wohnen, so wie Port Townsend. Ehrlich gesagt wünschte ich, er würde genau in Port Townsend wohnen. Und nicht in Vancouver, wo genau in dieser Gegend zweiundfünfzig Frauen einfach verschwunden sind. Von der Hälfte von ihnen hat man auf einem Bauernhof direkt vor der Stadt DNA-Spuren im Schlamm und in der Schweinescheiße gefunden. Der Mörder ist 2002 ins Gefängnis gekommen, aber er macht mir immer noch eine Scheißangst. Außerdem glaube ich, dass er nicht allein gearbeitet hat. Ich glaube, sein Bruder war genauso schuldig. Und der ist immer noch da draußen.

So was passiert, wenn ich warten muss. Meine Gedanken kreisen. Und es wird schlimmer. Und zwar schnell.

Ungefähr in der Zeit, in der ich eine Tüte Chips aufesse, können meine Gedanken von dem Lied, das ich als nächstes hören will, zu der Vorstellung wandern, wie es wohl ist, wenn mir von einem Irren der Kopf abgesäbelt wird.

Tim McLean hatte keine Ahnung, was mit ihm geschah. Er saß bloß da und schlief, und dann auf einmal der Stich und der Schmerz und das Blut und das Geschrei ...

Ich bleibe so abrupt stehen, dass mir der Koffer hinten gegen die Beine knallt. Ich muss sofort Dad finden, bevor es noch schlimmer wird.

Im Wartesaal des Busbahnhofs stehen zwei Reihen mit Holzbänken, wo Dad normalerweise auf mich wartet. Er ist nicht da. Ich gucke im Coffeeshop nach, dann beim Zeitungsladen. Dann beim kleinen Kiosk, der internationale Telefonkarten verkauft. Und auf dem Parkplatz.

Es wird dunkel, und die Lichter der Stadt glitzern. Die Luft ist warm. Sie stinkt nach Pisse und Erschöpfung und heißem Stadtmüll. Dann höre ich wieder die Musik. Ein Mädchen in dem kleinen Park auf der anderen Straßenseite spielt mit geschlossenen Augen. Sie fährt mit dem Bogen über die Saiten, als wäre die Geige gar nicht da. Ich kenne den Song. Coldplay. «Clocks». Sie ist gut. Und sie ist süß. Sehr süß. Ein Mann geht an ihr vorbei, sein Rücken ist gekrümmt, sein Gesicht verzerrt, und er streitet sich mit jemandem, den nur er sehen kann. Das Mädchen guckt nicht mal hin. Sie spielt einfach weiter.

Wenn ich ein anderer Mensch wäre – sagen wir mal, ein normaler Mensch –, dann würde ich rübergehen und zuhören und dann etwas Geld in ihren Geigenkasten werfen und ihr eine interessante Frage stellen. Beobachte etwas, würde Nancy sagen. Und stell dann eine bestimmte Frage. Aber ich bringe es nicht fertig, hier bei all den Autos und Bussen und Taxis, bei all dem Gehupe und den Sirenen und dem SkyTrain, der durch die Luft schneidet; bei diesem einbeinigen Penner, der die Leute anbettelt, den zwei Mädchen in Stilettos, die sich streiten, bei dem Typ, der gegen die Mauer kotzt, während eine alte Frau ihren Einkaufswagen sortiert. Und all das vor dem kleinen Park, wo vor einer Woche ein Mädchen gerade noch verhindern konnte, in einen Lastwagen gezerrt zu werden.

Die Musik hört auf. Ich sehe zum Park rüber. Sie trinkt mit zurückgelegtem Kopf aus einer Wasserflasche. Sie trägt Flip-Flops an ihren gebräunten Füßen, Cargo-Shorts, einen Ledergürtel, in den Sterne gestanzt sind, ein schwarzes T-Shirt, das eng über ihren muskulösen, gebräunten

Armen anliegt, eine silberne Kette mit einem rubinroten Anhänger, eine Masse Freundschaftsbändchen um das eine Handgelenk und kurze rotbraune Haare.

Dads Lieferwagen ist nicht da.

Wie wäre es mit ein paar weiteren toten Frauen? An derselben Stelle stehen vierzehn rosa Granitbänke in einem Kreis. Zum Gedenken an die Mädchen, die in ihrem Klassenraum von einem Irren mit einer Pistole und einem Manifest gekillt wurden. Eine Bank für jedes Mädchen.

Die Geigerin fängt wieder an zu spielen, und ich denke, an ihrer Stelle würde ich mir einen schöneren Ort aussuchen. Einen sichereren Ort.

Mord passiert.

Die Panikattacke trifft mich von vorn wie ein Stier. Ich weiche rückwärts gegen die Wand und stütze die Hände auf die Knie. Ich hole zehnmal tief Luft. Zehnmal richtig gut Luft holen, hat Nancy gesagt. Schön tief und gleichmäßig.

Ich bin schweißgebadet. Meine Hände sind feucht. Es fühlt sich an, als würde der Stier auf meiner Brust sitzen. Ich kann nicht atmen. Ich will wieder rein. Ich will irgendwohin, wo es sicher ist. Nach drinnen, wo es eine Klimaanlage gibt und Läden und Leute mit sauberer Kleidung, die mit anderen echten Menschen reden.

Hupen, quietschende Bremsen, Sirenen aus allen Richtungen. Die Luft wird dünner und heißer, und die Lichter sind zu hell und die Dunkelheit ist zu schwer, und ich kann immer noch nicht atmen. Ich kann keine Sekunde mehr hier draußen bleiben, aber ich kann mich auch nicht bewegen. Fokussier dich auf die Geigenmusik. Sanft und schön und vollkommen fehl am Platz hier im Dreck und inmitten der Irren. Das Mädchen mit der Geige. Sieh auf das Mädchen mit der Geige.

Sie spielt wieder mit geschlossenen Augen. Kriegt gar nichts mit. Wie dumm und naiv. Wie viele Male hat ihr schon jemand das Geld aus dem Geigenkasten geklaut? Wie viele Male ist sie schon knapp an etwas viel Schlimmerem vorbeigeschrammt?

Beweg dich, Maeve.

Beweg dich.

Ein Fuß. Zweiter Fuß. Durch die Tür. Wieder rein.

Ich zittere in der Kälte und setze mich auf die nächste Bank. Ich nehme mein Skizzenbuch und die Stifte raus. Kunst als Therapie, hat Nancy gesagt. Aber das ist es nicht. Es ist Kunst als Überlebenstraining. Es ist eines der wenigen Dinge, die mich beruhigen. Ich zeichne die große alte Uhr hoch oben an der Wand. Ich zeichne eine Frau, die mit einem kleinen Kind an der Hand vorbeigeht.

Dad weiß genau Bescheid.

Es geht nie gut, wenn ich warten muss. Nie.

Ich zeichne den Mülleimer. Einen Feuerlöscher. Den Typ hinter dem Tresen des Zeitungsladens, bis er merkt, wie ich ihn ansehe, und er mir den Finger zeigt.

Ich rufe Dad an und hoffe, dass er ein einziges Mal in seinem Leben rangeht. Aber nein, der Anruf geht direkt auf die Mailbox. Vielleicht ist er bei einem AA- oder NA-Treffen. Dann macht er immer sein Telefon aus. Ich rufe bei ihm zu Hause an. Keiner nimmt ab. Ich versuche es bei Claire. Keiner nimmt ab.

Ich muss pinkeln, aber ich werde nicht gehen. Einmal

habe ich in einer öffentlichen Toilette einen fetten Blutfleck auf dem Boden gesehen. Und ein anderes Mal standen zwei Wachen und sechs Feuerwehrleute über einer Frau, die am Boden auf dem Rücken lag. Zwei Sanitäter knieten neben ihr. Geh einfach drum herum, Schätzchen, hat der Feuerwehrmann gesagt. Geh einfach weiter.

Ich versuche es noch mal bei Dad. Wieder die Mailbox.

Ich schreibe ihm Nachrichten. *Wo bist du? Wo bist du? Wo bist du?*

Und an Claire: *Wo ist Dad?!?!?!*

Und auch an Mom.

*Dad ist immer noch nicht da. Sollte ich irgendwo in den finsteren Tiefen von Downtown Eastside verschwinden, dann denk dran, dass ich gar nicht herkommen wollte und dass das alles deine Schuld ist. Viel Spaß mit den Schuldgefühlen.*

Ich fange an, Ruthie zu schreiben. *Ich warte gerade am Busbahnhof auf meinen Dad, und ich ...*

Moment. Was soll ich ihr sagen?

*... denke gerade daran, wie scheiße dieser Tag damals gelaufen ist ...*

Löschen, löschen, löschen.

Stattdessen schicke ich Mom noch eine Nachricht.

*Sorry. Ich hab dich lieb. Mir geht's gut. Ehrlich. Ich hab dich lieb. Ich vermisse dich. Ich werde nicht verschwinden.*

Niemand schreibt mir zurück. Dad hat in seinem ganzen Leben bisher ungefähr drei Nachrichten verschickt. Claire stellt immer nur auf Vibration, weil sie keinen der Millionen Klingeltöne erträgt, was okay ist, solange sie ihr Telefon in der Tasche trägt oder es über einen Tisch wackeln hört. Mom sitzt irgendwo über den Rockies in einem Flugzeug, und Ruthie ist oben in Alaska in einem Sommercamp für Nerds, wo es im Umkreis von mehreren Meilen keine Verbindung gibt und wo sie so weit weg von mir sein kann wie nur möglich.

Ich spüre meinen Puls bis in die Fingerspitzen.

Hör auf damit, Maeve. Atme.

Wenn er endlich kommt, liege ich wahrscheinlich ohnmächtig auf dem Boden. Und dann stehen die Wachen und die Feuerwehrmänner und die Sanitäter um mich herum.

Ich muss nach Hause.

Nach Vancouver zu fahren war ein schrecklicher Fehler.

Mein Magen dreht sich, mein Herz klopft und klopft und klopft, meine Finger kribbeln, während ich in meinem Rucksack nach der dämlichen Papiertüte grabe, die tatsächlich hilft. Ich ziehe sie raus und atme hinein, während ich die Öffnung mit der Faust zusammenhalte. Drei Jungen in gleichen Pullis gehen an mir vorbei, lachen und deuten mit dem Finger auf mich. Ich ziehe die Tüte weg.

«Das ist Klebstoff.» Ich halte sie hoch, fühle mich schon etwas besser. «Wollt ihr mal?»

Sie schütteln lachend die Köpfe.

Ich checke mit zitternden Fingern mein Telefon. Keine Nachrichten.

Meine Kehle ist so trocken, dass das Schlucken schmerzt. Ich krame nach ein paar Münzen, um mir was zu trinken zu kaufen, aber dann fühle ich etwas ganz unten in meiner Tasche und ziehe es raus. Es ist der Seidenschal, den Mom immer trägt. Er ist zu einem losen Knoten geschlungen, und irgendwas steckt in der Mitte. Ich halte ihn an meine Nase und atme ein. Rosen und Geranien und Mom. Jetzt kann ich endlich langsamer atmen. Ein. Aus. Jetzt kann ich mich vielleicht beruhigen.

Ich kann morgen Mittag wieder zu Hause sein. Und Mom wäre da, selbst wenn sie weg ist. Ihre Kleider hängen im Schrank, die Möbel stehen so da wie immer, die Bettdecke ist da, die sie mir genäht hat, mit den Sternen in allen Farben und Größen; der Garten und all das Gemüse, das wir gepflanzt haben und das wächst und wächst, als ob es nicht begreifen will, dass sie weg ist. Als wäre das überhaupt möglich.

# ALLEIN ZU HAUSE SEIN

Dan hatte mir angeboten, ein Auge auf mich zu haben, solange Mom damit beschäftigt ist, von ihrem neuen altersschwachen Freund und seiner Klinik in Haiti zu schwärmen und dort Babys zu impfen. Er meinte, er würde es wirklich gern tun, und abgesehen von seinen Krankenhausschichten ist er ebenso gern zu Hause wie ich. Manchmal verbringt er den ganzen Tag in seinem flauschigen einteiligen Regenbogen-Einhorn-Schlafanzug, spielt Gitarre und trinkt Kaffee. Sein Haus liegt nur fünf Minuten entfernt, wenn man durch den Wald geht, oder zehn Minuten außen rum. Er hatte sogar angeboten, dass ich jeden Abend bei ihm essen könnte. Er ist ein richtig guter Koch. Außerdem ist er Krankenpfleger, kann also mit so was umgehen.

«Maeve, nein.» War das Mitleid in ihrem Blick? Enttäuschung? Ich wusste es nicht. Aber es war ein Nein, so viel stand fest. «Diesmal nicht.»

Und ich wusste, warum. Denn beim ersten und letzten Mal, als ich allein zu Hause geblieben war, hatte es ein totales Desaster gegeben.

«Und wenn ich die ganze Zeit bei Dan bleibe?»

«Und dann willst du mitten in der Nacht in sein Bett kriechen statt in meins?»

Wir haben beide gelacht. Es war gar nicht so seltsam, wie es klang. Dan steht auf große, haarige Männer, die so schwul aussehen, wie man es sich nur vorstellen kann. Und ich mag Mädchen.

Ein Mädchen, bisher. Für nicht ganz einen Monat.

Ich knote Moms Seidentuch auf, und eine Karte fällt raus. Auf der Vorderseite ist ein Foto von uns beiden, das Dan letzten Herbst aufgenommen hat. Wir sitzen auf der Veranda und haben unsere Kürbisernte um uns herum aufgebaut. Siebzehn Kürbisse liegen auf den Treppenstufen.

*Ich hab dich lieb, Pumpkin. Mach dir keine Sorgen. Xoxoxo, Mom*

Es fühlt sich an, als hätte sie mir zurückgeschrieben. Irgendwie.

Ich wickle das Tuch um mein Handgelenk, dann wickle ich es wieder ab. Wickle es wieder rum. Wickle es wieder ab. Ich werde auf dem Busbahnhof nicht weinen. Ich werde nicht weinen.

Ich hätte meinen Skizzenblock wieder rausholen sollen. Ich hätte die alte Frau zeichnen sollen, die da ganz allein ihr Sandwich isst, oder den Mann, der mit aufgerollten Ärmeln und gekrümmtem Rücken den Boden wischt. Ich hätte eine Linie zeichnen sollen und dann noch eine und noch eine, bis etwas anderes neben meinen Ängsten entstanden wäre. Doch stattdessen wickle ich das Tuch um und ab, bis mein Handgelenk ganz heiß ist.

# ABGELENKTE AUTOFAHRER

Ich will Dad nicht noch mal anrufen. Wenn er auf dem Weg ist, dann soll er nicht rangehen. Er weiß das, aber trotzdem telefoniert er immer noch beim Fahren, obwohl ich es ihm verboten habe. Jedes Jahr sterben über dreitausend Menschen, weil sie beim Fahren abgelenkt sind. Und das betrifft nur die Staaten. Nicht ganz so schlimm wie die Tatsache, dass alle achtundvierzig Minuten jemand wegen Alkohols am Steuer stirbt, aber schlimm genug. In dieser Hinsicht hat Dad schon einmal Glück gehabt. Jedenfalls weiß ich nur von einem Mal.

Und was, wenn er nach seinem Handy gesucht hat, als ich ihn vorhin angerufen habe, und es war in seiner Tasche und er hat sich zu weit rübergebeugt und die Kontrolle über sein Auto verloren? Wenn er jetzt im Krankenhaus auf der Intensivstation liegt und sie keine Nummer finden, die sie anrufen können, weil sein Handy beim Unfall kaputtgegangen ist und er mal wieder seine Brieftasche zu Hause vergessen hat? Wenn er jetzt ganz allein da liegt, einen Schlauch im Hals, nur Maschinen, die ihn am Leben halten?

Oder vielleicht nicht. Vielleicht ist es noch schlimmer. Vielleicht ist er ja tot. *Tot.* Was ist, wenn er tot ist und ich sitze hier und warte auf einen toten Menschen, der nie kommen wird?

Ein Arbeitsunfall. Er ist am Set von der Galerie gefallen, hat sich den Hals gebrochen, und sie haben Claire einfach noch nicht angerufen.

*William «Billy» Glover, 41, starb bei einem tragischen Arbeitsunfall. Er hinterlässt seine Frau Claire, seine Tochter Maeve, seine beiden kleinen Söhne Corbin und Owen sowie ein ungeborenes Kind, das im September zur Welt kommen soll. Nach einer erfolgreichen Karriere als Musiker bei den Railway Kings arbeitete Billy als Kulissenmaler beim Film und war an großen Produktionen wie ...*

Würden sie auch Mom erwähnen? Dann müsste der Text noch mal umgeschrieben werden:

*William «Billy» Glover, 41, starb bei einem tragischen ...*

Hör auf, hör auf, hör auf.

Er ist nicht tot. Er ist bloß zu spät. Die Leute kommen ständig zu spät. Das heißt nicht, dass sie immer gleich tot sind. Und als ob er mir das beweisen will, brüllt er von der Tür meinen Namen.

«Maeve! Los, komm!» Er hat keine Ahnung, dass ich gerade seinen Nachruf formuliere. «Ich stehe im Halteverbot, Mäuschen.» Ich habe mich kaum von der Bank erhoben, da zieht er mich schon in seine Arme und drückt mir die Luft ab. Dann macht er einen Schritt zurück und nimmt meine Handgelenke, wovon das eine immer noch pulsiert, so oft habe ich das Tuch darumgebunden. Es ist heiß in seiner Hand. «Schau dich an, du bist ja scheiß erwachsen geworden! Ich hab dich doch erst vor ein paar Monaten gesehen. Da warst du noch wie alt? Drei?»

«Sehr witzig.»

«Komm, ich will kein Knöllchen kriegen.» Er keult meinen Koffer zum Ausgang. «Willst du fahren?»

«Nein, ich will nicht fahren», sage ich. «Er hat Räder.»

«Wer?», fragt er. «Der Lieferwagen? Natürlich hat der Räder.»

«Der Koffer», sage ich wütend. «Er hat Räder. Du kannst ihn ziehen.»

«Ist nicht so schwer.»

Sein Auto steht mit zwei Reifen auf dem Bürgersteig in der Halteverbotszone und genau vor dem Mädchen mit der Geige. Sie spielt jetzt etwas Klassisches, und als ich vorn um den Wagen herumkomme, lächelt sie mich an.

Sie lächelt mich an. Aber warum? Was für ein Lächeln ist das?

Dein Dad ist ein Arschloch?

Ihr hab ja super geparkt?

Geschieht ihm recht?

«Hey, Kumpel, warte mal», sagt Dad zu dem Parkwächter, der gerade sein Nummernschild aufschreibt. «Es gab keinen anderen Parkplatz.»

«Sie stehen auf dem Bürgersteig.»

«Komm schon, Mann, schreib mich nicht auf.» Er wirft meinen Koffer hinten in den Wagen, dann kramt er im Handschuhfach und zieht einen zerknitterten Fünf-Dollar-Schein heraus. «Hier, nimm den hier.» Der Parkwächter schüttelt den Kopf und schreibt weiter. «Arschloch», murmelt Dad, als der Parkwächter den Strafzettel unter den Scheibenwischer klemmt.

«Ich habe über eine Stunde gewartet, Dad.»

«Scheiße.» Er packt den Strafzettel, zerknüllt ihn und wirft ihn in die Richtung, in die der Parkwächter verschwunden ist.

«Ich dachte, du bist tot.»

«Echt? Eine Stunde?» Er öffnet die Fahrertür. «Ich dachte, dein Bus ist erst vor fünf Minuten angekommen. Sicher, dass du nicht fahren willst?»

«Beim letzten Mal habe ich fast ein Reh überfahren.»

«Aber du hast es nicht überfahren, stimmt's? Deena hat gesagt, du hast das wie ein Profi gemacht.»

«Das hat sie nicht gesagt.»

«Okay, hat sie nicht.» Er zuckt die Schultern. «Aber egal, warum versuchst du es nicht noch mal? Wenn man vom Pferd fällt, muss man gleich wieder aufsteigen.»

«Ich bin in meinem ganzen Leben noch nie geritten», sage ich. «Wusstest du, dass jedes Jahr beinahe achtzigtausend Menschen wegen Reitunfällen im Krankenhaus landen?»

«Das ist doch bloß eine Redewendung.»

«Trotzdem», sage ich, «das hilft mir nicht. Mein Bus ist vor einer Stunde angekommen, Dad. Eine Stunde, in der ich mir tierische Sorgen gemacht habe.» Ich steige auf der Beifahrerseite ein, schnalle mich an und verschränke die Arme. «Und nur damit du es weißt: Ich will auf keinen Fall in der Stadt fahren. Niemals.»

Er stellt den Motor an und holpert den Bürgersteig runter, fädelt sich in den Verkehr ein, der aus dem winzigen Parkplatz schleicht.

«Du bist nicht ans Telefon gegangen. Ein paar Mal.»

«Nein, bin ich nicht.»

«Warum nicht?» Er hat sich einen Ziegenbart wachsen lassen, seit ich ihn zuletzt in den Frühjahrsferien besucht habe. Er steht ihm. Er trägt eine Sonnenbrille, obwohl es mittlerweile vollkommen dunkel ist. Seine schwarzen Haare sehen kunstvoll zerstrubbelt aus, und er hat vorn eine blaue Strähne. Er sieht aus wie ein Rockstar, abgesehen von der farbbekleckerten Jeans und dem Kapuzenpulli und den Stiefeln. «Ich dachte, du liegst bewusstlos im Krankenhaus, Dad. Oder bist tot.»

«Nichts von alldem. Alles gut.» Er dreht die Musik laut. «Jimmie Vaughan. Ich liebe dieses Stück. Keith Ferguson spielt den Bass. Sicher, dass du nicht fahren willst? Letzte Chance. Wir können Plätze tauschen, während wir darauf warten, dass diese Taxis da wegfahren.»

«Ich will nicht fahren! Ich will wissen, warum du nicht ...»

«Bist du immer noch lesbisch?»

«Was?» Ich bin überrascht. «Soweit ich weiß, ja. Warum? Warum willst du das überhaupt wissen? Ich will wissen, warum du so spät gekommen bist! AA? NA? Oder hast du dich beim Kulissenmalen so verausgabt, dass du alles vergessen hast?»

«Ho, Brauner. Oh, hey, so ein Typ bei der Arbeit hat mich gefragt, ob du einen Freund hast, weil sein Sohn gerade bei ihm eingezogen ist und er dachte, vielleicht verabredet ihr euch einfach mal zum Blind Date. Und ich habe ihm gesagt, dass du auf Mädchen stehst. Aber dann dachte ich, vielleicht hast du ja deine Meinung geändert, nachdem – du weißt schon, nachdem Sowieso weggezogen ist.»

Jessica.

Jessica Elena Elliston-Haywood.

«Was total okay ist, natürlich – halt uns einfach auf dem Laufenden. Ich dachte bloß, vielleicht war die Kleine so eine einmalige Geschichte, weißt du?»

«Sie heißt Jessica, nicht Kleine.»

«Jessica, genau.»

«Ich mag immer noch Mädchen», sage ich. «Es ging nicht nur um Jessica. Soweit ich weiß.»

«Abgespeichert.» Er tätschelt mein Knie. «Und wie geht's Ruthie? Immer noch so komisch und schlau?»

Oh, Ruthie. Natürlich ist sie immer noch komisch und schlau. Und gleichzeitig so dämlich.

«Ihr geht's gut. Hör auf, das Thema zu wechseln.» Ich starre ihn an. «Was war so wichtig, dass du eine Stunde zu spät kommst?»

«Ich bin doch jetzt da. Und ich bin nicht tot.» Er fährt das Fenster runter, nimmt sich eine Zigarette aus einer Packung American Spirit, die auf dem Armaturenbrett liegt, und zündet sie an. «Es ist alles gut, Mäuschen.»

«Du hast gesagt, du hörst auf zu rauchen, bevor das Baby kommt.»

«Stell dir mal vor, das Baby ist noch nicht da. Du wirst die Erste sein, die es erfährt.»

«Eine halbe Million Menschen sterben jedes Jahr am

Rauchen. Und fünfzigtausend Menschen am Passivrauchen. Dad, das ist beinahe *fünfmal* so viel wie die Bevölkerung von Port Townsend.»

«Das Baby kommt im September.» Er nimmt zwei tiefe Züge von der Zigarette, bevor er sie aus dem Fenster wirft. Dann hupt er, weil der Taxifahrer vor uns ausgestiegen ist, um seinem Fahrgast mit dem Gepäck zu helfen. «Bis dahin habe ich aufgehört, Chef.»

Seine Ohren werden rot. Das passiert immer, kurz bevor er explodiert. Zum ersten Mal ist mir das aufgefallen, als er mich zum sechsten Geburtstag einer Freundin gefahren hat. Ich hatte nicht aufgehört, ihn zu nerven, weil er zehn Blocks gefahren ist, ohne sich anzuschnallen. Ich wollte einfach nicht aufhören. Ich bettelte und bettelte, und er schnallte sich weiterhin nicht an, bis wir uns beide schließlich anschrien, und dann holte er aus und knallte mir eine.

Jetzt sind seine Ohren genauso rot. Weshalb ich ihm nichts vom Brandrisiko erzähle, das durch weggeworfene Zigaretten entsteht.

«In der Zwischenzeit», sagt er, «nerv mich deswegen nicht. Das tun die Zwillinge schon genug.»

«September ist nicht mehr lange hin.» Ich habe es bereits ausgerechnet. «Du hast noch einundachtzig Tage.»

Seine Ohren sind jetzt feuerrot.

«Ich kenne das Datum, Mäuschen. Auch wenn ich nicht derjenige bin, der schwanger ist.» Er dreht die Musik lauter. Das Gespräch ist beendet.

«Babys kommen oft zu früh», murmle ich, aber er hört mich nicht. Oder ignoriert mich.

Bei meinem letzten Besuch hat Corbin Dads Zigaretten im Klo runtergespült. Ich fand das superlustig, aber Dad kein bisschen. Er hat beide Jungs angeschrien und sich dann acht Dollar aus ihren Sparschweinen genommen und ist davongestürmt, um sich eine neue Packung zu kaufen. Da waren seine Ohren auch ziemlich rot.

«Ich höre, was du denkst.» Noch ein Taxi ist vor uns, und dann können wir endlich vom Parkplatz runter. «Ich bin ein großer Junge, Maeve. Ich krieg das schon hin. Jetzt lass.» Er klappt die Sonnenblende hoch und grinst mich an. «Es ist schön, dich zu sehen. Ich hab dich vermisst, Mäuschen.» Er nimmt mich in den Schwitzkasten und drückt mir einen dicken, lauten Kuss auf die Stirn. Als er mich loslässt, sehe ich das Mädchen mit der Geige wieder. Sie schaut mich an, die Geige in der einen Hand, den Bogen in der anderen. Sie schaut mich direkt an. Ich lächle, und sie lächelt zurück. Und dann fahren wir davon. Sie wird kleiner und kleiner, und schließlich kann ich sie nicht mehr sehen, und sie ist nur irgendein Mädchen, das ich niemals kennenlernen werde.

# MEHRFAMILIENHÄUSER

Dad und Claire und meine sechsjährigen Brüder wohnen in einem dreistöckigen U-förmigen Gebäudekomplex mit einem großen begrünten Innenhof. Es gibt ein paar kleinere Wohnungen, aber die meisten haben zwei oder drei Stockwerke und sind sehr schmal geschnitten, sodass das Ganze aussieht wie ein Haufen Bauklötze. Jede Wohnung – egal, wie viele Zimmer sie hat – besitzt eine eigene Haustür, die zum Innenhof hinausgeht. Lange Risse ziehen sich das Gebäude entlang. Der gesamte Komplex kippt ein bisschen nach Westen, so als würde er bei einem Erdbeben bis nach Downtown rutschen. Dad besteht darauf, dass das Haus kein bisschen schief ist, aber immer, wenn ich zu Besuch komme, versuche ich nicht auf diese Risse zu achten.

Dan und ich haben zu Hause einen Wettbewerb laufen, wer die bessere Erdbebenausrüstung hat. In meiner ist alles drin, was auf den Empfehlungslisten steht, plus solche Sachen wie Tampons und Antibiotika, und alles steckt in einer großen Mülltonne auf Rädern. Aber Dan hat mich damit geschlagen, dass er seine Sachen in eine riesige Werkzeugkiste auf Rädern getan hat, worin alles akribisch sortiert und beschriftet ist. Ich musste ihm ein Dutzend Doughnuts kaufen.

Dad und Claires Erdbeben-«Kit» besteht aus einer Familienpackung Schweinefleisch mit Bohnen, einem Dosenöffner und ein paar Flaschen Wasser.

Während Dad mit seinen Schlüsseln fummelt, betrachte ich den betonierten Hof und denke, dass ich und die Jungs einen Test mit Murmeln machen sollten. Dann könnten wir beweisen, dass sich das Gebäude wirklich zur Seite neigt. Und wenn ja, müssen sie irgendwohin umziehen, wo es sicherer ist.

«Maeve?» Mrs. Patel kommt aus ihrer Wohnung nebenan und hält zur Begrüßung einen Teller Samosas hoch. «Du bist da!»

«Mrs. Patel!» Ich umarme sie.

«Vorsicht, der Teller!» Sie lacht und hält ihn gerade, damit die Samosas nicht runterrutschen. Sie trägt dieselbe rosa Strickjacke, die sie immer über ihrem Sari anhat. An einem Ellenbogen ist jetzt ein Loch und neben dem oberen Knopf ein dunkler Fleck. «Ich habe gehört, du bleibst sechs Monate?» Hinter ihr aus der Wohnung plärrt Fernsehwerbung. *Der löst alle Grasflecke! Garantiert!*

«Sechs ganze Monate.» Ich nehme den Teller.

«Was?» Mrs. Patel legt eine Hand an ihr Ohr.

«Sechs Monate!» Ich beiße in eine Teigtasche. «Hm, lecker. Ich habe solchen Hunger.»

«Sprich nicht mit vollem Mund.» Sie schlägt mir neckisch auf die Hand. «Warte mal, ich habe Tamarindensauce.» Sie verschwindet und kommt einen Augenblick später mit einer kleinen Schüssel zurück.

«Komm morgen mal zu mir rüber.» Sie kneift mich vorsichtig in die Wange. «Dann spielen wir Rommé.»

«Das mache ich. Danke.»

Bei meinem letzten Besuch habe ich Mrs. Patel gesagt, dass sie eine neue Strickjacke braucht, weil sie auf allen Familienfotos dieselbe trägt, als ob sie seitdem nicht älter geworden sei. Mrs. Patel hat gelacht und gelacht. Das gefällt mir wirklich gut, hat sie gesagt. Stell dir vor, ich werde niemals alt! Das ist meine magische Strickjacke. Meine Jungbrunnen-Strickjacke. Ich werde sie jetzt immer tragen. Immer.

# GEBRAUCHTE MÖBEL

Als ich im Frühjahr hier war, gab Claire gleich bei meiner Ankunft ein «Familienprojekt» bekannt.

«Das wird bestimmt total toll!» Sie verteilte Malerkittel. «Wir werden alle helfen, die Rumpelkammer neben dem Atelier unten in ‹Maeves Zimmer› zu verwandeln.»

Normalerweise schafften sie es gerade, irgendwo auf dem Fußboden Platz für eine Luftmatratze frei zu räumen, aber im Frühling hatten sie – hatte Claire – alles organisiert, sodass das Atelier zum ersten Mal richtig aufgeräumt war. Dad malt Auftragsporträts, wenn er nicht beim Film arbeitet, darum reihten sich seine Staffeleien und Leinwände an einer Wand. Claire macht Puppen, und ihre Stoffe und Puppenteile und ihre Nähmaschine reihten sich an der anderen Wand.

Die Rumpelkammer war leer, die Löcher an den Wänden verputzt und bereit für neue Farbe. Ein Doppelbett stand mitten im Raum. Die Zwillinge sprangen darauf herum, der graue Baumwoll-Matratzenbezug war übersät mit undefinierbaren Flecken. Ich schmeckte Galle.

«Wieso machst du so ein Gesicht?», meinte Dad. Corbin sprang ihm in die Arme. Dann Owen. «Was ist los?»

«Die Matratze ist *dreckig*.»

«Claire hat sie dampfgereinigt. Von beiden Seiten.»

Nasenbluten, Monatsblutungen, getrocknete Samenergüsse, Kotze, der Geist vergangener Fürze und alles, was damit zusammenhängt. Sex und Gewalt und Schlaflosigkeit. Nächtliche Streits. Feuchte Träume. Und die Wanzen.

Allein der Gedanke an die Bettwanzen.

In Vancouver gibt es ein Bettwanzenregister. Man kann jede Adresse eingeben und gucken, ob es hier jemals einen Bettwanzenbefall gegeben hat. Ganze Wohnblocks leuchten auf der Website auf, darunter mehrere Wohnhäuser, die viel zu nahe an Dads Haus liegen. Ich rannte schreiend vom Computer nach draußen, wo Claire mich fand und mir erklärte, dass die Wanzen am anderen Ende des Gebäudes isoliert und professionell vernichtet worden seien.

In East Vancouver wären Bettwanzen ganz normal, meinte sie. Als würde das irgendwas helfen.

Ich weiß, warum Bettwanzen in East Vancouver so was Normales sind. Weil jeder seine alten Möbel mit anderen Leuten tauscht. Sie stellen sie am Umzugstag auf die Straße und tauschen. Du nimmst das Sofa, dann kaufe ich diesen Stuhl; brauchst du noch ein paar Klamotten? Oder diese zweite Decke? Ich muss diese Matratze loswerden, aber sie ist noch total in Ordnung. Keine Bettwanzen, versprochen.

«Ich schlafe auf der Luftmatratze. Die ist gemütlich. Ich wollte gar kein neues Bett.»

«Nun, wir haben dir aber eins besorgt. Und ich warte immer noch auf ein Zeichen der Dankbarkeit.»

«Ich kann darauf nicht schlafen, Dad.»

«Maeve.»

«Dad.»

«Maeve, die ist völlig in Ordnung.»

Und dann stand Claire neben ihm und legte eine Hand auf seinen Arm. «Was ist los?»

«Sie will nicht in dem Bett schlafen. Sie meint, es ist schmutzig.»

«Ich habe die Matratze gereinigt», meinte Claire. «Von beiden Seiten.»

«Das hier sieht aus wie Blut.» Ich zeigte auf den Fleck.

«Das sind doch nur Flecken», meinte Dad. «Das heißt nicht, dass die Matratze nicht sauber ist.»

«Es ist echt bequem», meinte Claire.

«Was ist los?», fragte Corbin.

«Maeve gefällt ihr Bett nicht», sagte Dad.

Sie fingen wieder an zu hopsen. «Dann nehmen wir es!»

«Siehst du», sagte Claire. «Das Bett hat gute Sprungfedern. Und ist solide gebaut.»

Claire bezog das Bett, und Dad erklärte mir, dass die Luftmatratze nicht zur Verfügung stünde.

Als es Schlafenszeit war und alle nach oben gegangen waren, schlief ich auf dem Boden, in größtmöglichem Abstand zur Matratze. Wo Dad mich am nächsten Morgen fand. Mit einem lauten Seufzer zerrte er die Matratze auf die Straße und befestigte einen Zettel daran: *Völlig in Ordnung. Ihre Hoheit verlangen nach etwas Besserem. Keine Bettwanzen.* Und er malte ein Bild von einer mürrischen Prinzessin, die wohl mich darstellen sollte. Mit Krone und allem.

«Tut mir leid, Dad.»

Dann brachte er ein Bett von der Arbeit mit. Mit eisernem Bettgestell und brandneuer Matratze, das nur sieben Stunden lang benutzt worden war.

«Von einem der drei Bären», sagte er. «Von dem großen, glaube ich. Er hat kaum dringelegen.»

Damit meinte er Schauspieler aus der TV-Serie, bei der er arbeitete. In dieser Serie wurden Märchen mit einem modernen Twist versehen. Ein Mädchen zieht in eine Stadt, wo seltsame Dinge passieren, und dann merkt sie, dass sie in einer merkwürdigen Parallelwelt lebt, mit Drachen im Supermarkt und Trollen auf der Autobahn und bösen Hexen, die ihren Tod wollen. Es war gruseliger, als es jetzt klingt.

«Sieben Stunden?»

«Vielleicht weniger», meinte Dad. «Hör zu, Maeve, wir haben kein Geld, um dir eine neue zu kaufen, und die Ausstatter haben mir diese hier für einen richtig guten Preis gegeben.»

«Wie viel?»

«Bier.»

«Bier?» Ich wartete darauf, dass er weitersprach. Dass er es mir erklärte. «Du bist in einen Spirituosenladen gegangen?»

«Ja, das bin ich wohl.» Er drehte sich um und wollte aus dem Zimmer gehen. «Immerhin gibt es keinen Alarm an der Tür, der bestimmte Leute draußen hält.»

«Vielleicht wäre das besser», murmelte ich.

«Ich bin hier das Elternteil. Nicht du. Und ich kümmere mich selbst darum, nüchtern zu bleiben. Ich bin dafür verantwortlich, wie ich clean bleibe. Nicht du. Also kümmere dich um deine eigenen Sachen. Und genieß dein neues Bett.» Er ging und kam eine Sekunde später zurück. «Ich will noch ein paar Klötze drunterschieben, damit es höher wird. Wir müssen ein paar Sachen darunter lagern.»

«Klar.» Ich setzte mich auf den Rand meines nicht ganz neuen Bettes. «Danke, Dad.»

«Hab ich fast vergessen.» Er durchquerte das Zimmer und holte eine Einkaufstüte vom Schrank. «Claire hat dir das hier gekauft.» Neue Bettbezüge, blau wie Rotkehlchen-eier, mit passenden Kissenbezügen. Sie waren so weich wie die von Dan. Dan liebt schöne Wäsche. Die Leute schlafen darin besser, meint er. Ernsthaft.

«Die sind wunderschön.» Unsere Bettbezüge zu Hause sind so alt, dass ich durch sie das Muster meiner Matratze sehen kann.

Dad legte mir die Hand auf den Kopf und ließ sie da so lange liegen – schwer und warm –, bis ich mich fragte, wie lange es noch dauern würde. Aber dann nahm er die Hand wieder weg und küsste meinen Kopf an der Stelle, wo seine Hand gelegen hatte, verließ das Zimmer und zog die Tür hinter sich zu.

«Wenn du im Sommer länger kommst, dann wird dein kleines Zimmer toll aussehen.»

Mein kleines Sechs-Monats-Zimmer.

Bevor ich das Bett bezog, kroch ich auf allen vieren drum herum und untersuchte die Rillen im Gestell – da halten sich die Bettwanzen auf –, und dann bezog ich es und schob es in das leere Anziehzimmer, das jetzt mein eigenes, mikrowinziges Zimmer sein würde. Mein eigenes Reich – wenn auch miniklein – und kein aufblasbares Bett, das mitten im Zimmer knarzte und wackelte.

# KEEP CALM AND CARRY ON

Während ich wieder in Port Townsend war, haben Claire und die Jungs die Wände des Ankleidezimmers passend zur Bettwäsche gestrichen und weiße Lichterketten an die Decke gehängt. Claire hat eine Vorhangstange für buttergelbe Vorhänge mit winzigen weißen Pünktchen angebracht. Als sie und die Jungs fertig waren, schickte sie mir ein Bild. Die Überschrift lautete: *Guck mal: PRIVATSPHÄRE.* Was irgendwie süß war, wenn man bedenkt, dass die Vorhänge, die die Klapptür ersetzen, praktisch durchsichtig sind.

Jetzt hängt noch ein gerahmtes Poster an der Wand: KEEP CALM AND CARRY ON.

Als wäre das so einfach. Als wäre das alles, was man tun müsste. Die britische Regierung hatte dieses Poster im Zweiten Weltkrieg als Kriegspropaganda in Auftrag gegeben. Klar, bleibt alle schön ruhig, während eure Straßen zerbombt werden und Körperteile eurer Kinder dort landen, wo mal eure Küche gewesen ist. Immer schön ruhig bleiben, während Hitler all diese unschuldigen Menschen und Familien in Viehwagons treiben lässt und sie in den Tod schickt. Immer schön ruhig bleiben, während ihr euch um eine winzige Ration Zucker streitet und U-Boote die Schiffe eurer Ehemänner in Stücke sprengen.

Ich nehme das Poster von der Wand und lehne es dagegen. Ich habe keine Lust, jedes Mal wenn ich ins Bett gehe daraufzustarren. Ich hasse diesen Spruch auf Postern. Ich hasse ihn auch auf Federtaschen und auf Tassen und T-Shirts und Untersetzern. Ich hasse auch die Variationen, die sich die Leute dazu ausdenken: Keep calm and fill in the blank. Sogar Dan hatte eins: KEEP CALM AND RIDE UNICORNS.

Vor der Wand nervt das Poster genauso wie an der Wand. Ich drehe es um, damit ich es nicht sehen kann, aber es ist immer noch da und nagt an mir. Ich versuche es unters Bett zu schieben, aber da ist kein Platz, weil alles voll ist mit Kisten und Kartons voller Stoffreste und Farbtuben und -töpfen und Stapeln von leeren oder angefangenen Leinwänden und Rollen von Packpapier und zwei verschiedenen Bügeleisen und einem Bügelbrett und einer kaputten Staffelei, die Dad noch reparieren wollte, und noch einer Staffelei, die er nicht mag, die er aber als Ersatz benutzt, wenn er an mehr als zwei Bildern gleichzeitig arbeitet. All das war vorher in dieser Rumpelkammer, bevor Claire und Dad sie mir gegeben haben, und jetzt steckt es unter dem Bett. Sie konnten es sich nicht leisten, mir diesen Raum zu geben, aber sie haben es trotzdem getan. Was wirklich großzügig von ihnen ist. Ich hätte noch ewig auf dieser Luftmatratze schlafen können.

Wenn ich dieses dämliche Poster abnehme, wird Claire es sofort merken. Sie wäre verletzt, würde aber sagen, sie sei es nicht.

Und es ist ja bloß ein dummes Poster.

Sie wollte mich damit nicht ärgern. Sie hat es nicht sarkastisch oder ironisch gemeint, als sie es da aufgehängt hat. Sie wollte nett sein und mitfühlend und mich unterstützen. Ich muss tatsächlich ruhig bleiben und weitermachen. Das weiß ich. Aber ein Poster, das mich bei jedem Einschlafen und Aufwachen daran erinnert, ist nicht zu ertragen. Claire zu verletzen ist allerdings noch unerträglicher.

Ich hänge es wieder auf, aber über meinem Kopf, damit ich es nicht sehen muss, außer ich betrachte es absichtlich. Ich werde Claire sagen, dass ich etwas für die andere Wand malen will. Vielleicht sogar ein Wandbild. Es ist bestimmt okay für sie. Sie sagt immer, dass ich mein künstlerisches Talent ernster nehmen soll. Du bist so talentiert, Maeve. Genau wie dein Dad. Du machst es einfach, und es wirkt ganz leicht. Du hast keine Ahnung, was für ein Glück du hast.

Oben höre ich meinen Dad vom Wohnzimmer in die Küche und zurück gehen. Und dann Joel Plaskett über die Anlage. Das Knarzen des Sofas. Zwei Rumpler, vermutlich, weil er sich die Stiefel von den Füßen streift. Er hat nicht mehr oft Gelegenheit, seine Musik zu hören. Die Zwillinge hören lieber Musik, die Dad als «Kinder-Pop-Krach» bezeichnet, was ein bisschen gemein ist. Aber er hat mehr Recht auf eine Meinung als jeder andere, finde ich. Er war professioneller Musiker, bis ich fünf war.

Die Railway Kings waren berühmt. Sie füllten kleine Stadien. Ihre Songs wurden oft im Radio gespielt. Es gab Poster und T-Shirts und Setlists mit Autogrammen drauf. Sie hatten Groupies – meistens minderjährige, kiffende Straßenkinder, die nach Patschuli und Hummus rochen, aber immerhin Groupies. Die Railway Kings hatten ein Image: teils Hobo, teils Country, teils Rock'n'Roll. Und es funktionierte. Die Leute tanzten danach. So gern, dass sie für all die Open-Air Festivals, auf denen sie spielten, eine «dust kicker»-Klausel in ihren Vertrag aufnahmen. Die Organisatoren mussten den Boden vor der Bühne mit Wasser besprühen, bevor sie zu spielen begannen, denn Dad meinte, sein Hals hätte sonst tagelang danach gebrannt und er hätte literweise heißen Zitronensaft mit Honig trinken müssen. Als hätte er das je getrunken. Klar.

So hat er Claire kennengelernt – ein Groupie, aber kein gewöhnliches. Sie stand eines Abends am Tourbus. Es war eine warme, sternenklare Nacht, so hat er erzählt, und als Dad sie durch das Fenster sah, trug er eine Flasche Wein und zwei Gläser nach draußen, und sie gingen auf der Wiese hinter dem Bus spazieren. Sie ging nie mehr nach Hause, sagte er, weil er ihr neues Zuhause war. Sie hat mir eine sehr viel längere Version davon erzählt, aber die Quintessenz war dieselbe.

Einer von Dads Ex-Bandkollegen kam einmal zum Mittagessen, und als ich ins Bett gegangen war, quetschte er sie wegen der Nacht aus, als sie sich kennenlernten.

Komm schon, hast du es überhaupt beim ersten Mal bis zum Bus geschafft, Claire? Meiner Erinnerung nach war es nur bis zum Backstagebereich.

Die Details sind nicht wichtig, meinte Claire ruhig. Es war auf jeden Fall Liebe auf den ersten Blick.

Ach ja? Ihr wart doch beide so zugedröhnt, dass ihr vermutlich kaum irgendwas sehen konntet. Ich wette, deine

Nase war bis oben hin voll, stimmt's, Billy? Wir haben es echt krachen lassen damals, was? Er lachte, aber er war der Einzige. Das waren echt gute Zeiten, was?

Und dann Dads tiefe, wütende Stimme. Stühlerücken und dann eine zuschlagende Tür. Ich habe den Typ nie wiedergesehen.

Keep calm and carry on.

Dieses verdammte Poster. Es ruft meinen Namen, auch wenn ich es gar nicht ansehe. Ich rutsche zum Bettrand und starre stattdessen auf Dads Staffelei. Er malt ein Hundepaar: einen Mops und einen Deutschen Schäferhund. Sie tragen Kronen und lange Samtumhänge – beides kommt nicht auf den Fotos vor, nach denen er arbeitet. Ich gehe durch das Zimmer, um einen besseren Blick darauf zu werfen. Die E-Mail der Kundin klebt an der Wand neben der Staffelei. Sie will Queenie und Prince ganz und gar königlich dargestellt haben. Es überrascht mich, dass Dad zugestimmt hat, so ein albernes Bild zu malen. Aber der Kostenvoranschlag hängt an dem Foto, nach dem er arbeitet. Er hat das Doppelte von dem veranschlagt, was er normalerweise nimmt. Ich muss grinsen. Es ist ein Scheißbild, und er weiß es.

Regale voller Farbtöpfe, Gläser mit Pinseln und Kreiden, Fächer mit fertigen und halbfertigen Bildern. Claires Arbeitstisch mit der Nähmaschine an einem Ende und einer Reihe durchsichtiger Plastikkästen mit farblich sortierten Stofffetzen. Seit ich weg war, hat Claire die Kästen in Regenbogenfarben sortiert. Gay pride. Süß von ihr. Sie meint es gut. Sie meint es immer gut.

Dies wird also für die nächsten sechs Monate mein Zuhause sein.

Einhundertzweiundachtzig Mal schlafen. Viertausenddreihundertachtundsechzig Stunden und ein bisschen.

Und fünfundsiebzig Tage bis zum ersten Schultag.

Claire hat mich bereits auf der Britannia High angemeldet, dieselbe Schule, die letztes Jahr elf Schüler ins Krankenhaus geschickt hat, weil sie in der Mädchentoilette der Oberstufe mit Wodka und Tabletten ihren Gruppenselbstmord durchziehen wollten. Dieselbe Schule, in der Owen eine benutzte Nadel am Rand des Fußballfeldes gefunden hat, wo die Juniorfußballmannschaft trainiert. Die Schule im Hintergrund dieses YouTube-Videos, auf dem ein Kind von vier anderen ins Gesicht getreten wird, während eine Gruppe von anderen drum herumsteht und sie anfeuert.

Denk nicht an Schule.

Mom fliegt in vier Tagen nach Haiti.

In achtundneunzig Stunden, um genau zu sein.

*Ich vermisse dich. Ich schaffe das nicht. Es tut weh. Ich will nach Hause. Bitte fahr nicht.*

Es kommt keine Antwort.

Ich halte mein Telefon in der Hand und warte und warte und warte. Ich will wissen, dass ich sie erreichen kann, selbst wenn sie so weit weg ist. Ich will wissen, dass sie mich hört. Aber das tut sie nicht, obwohl sie es gesagt hat. Sie ist mit Raymond zusammen und denkt überhaupt nicht an mich. Das weiß ich.

Es wird kein Keep calm and carry on geben. Sondern Panik und Zurücktaumeln. Was okay wäre, wenn es mich nach Hause bringen würde. Ganz nach Hause. In mein richtiges Zuhause im Wald mit dem Garten drum herum und dem Holzofen. Ich habe an den kalten Morgen immer so gern das Feuer angezündet. Früher.

# RAYMONDS PENIS

Er kam nach Port Townsend, um Dan zu besuchen, seinen jüngeren Bruder – seinen zwanzig Jahre jüngeren Bruder. Es brauchte nur ein paar Dinnerpartys und ein Lagerfeuer mit Marshmallows und ein paar Flaschen Wein, bis er Mom einlud, ihn nach Haiti zu begleiten, wo seine Stiftung eine Impfklinik betreibt. In der schwarzen Nacht schlugen die Flammen heiß und orange hoch, und ich lachte. Ich lachte, bis ich hörte, wie meine Mom Raymond antwortete, sie würde darüber nachdenken. Sie goss ihm Wein nach, und dann legte sie ihre Hand auf sein Bein und ließ sie ein bisschen daran hochgleiten und sagte ihm, dass sie darüber nachdenken würde.

Einen Moment lang dachte ich im Schatten neben dem Feuer, dass sie es ernst meinte. Aber dann fuhr Raymond wieder ab, und sie erwähnte es nie wieder, denn es war eine dumme Idee. Ich war in Port Townsend ebenso wie Moms Job bei der Stadt und ihr Garten und ihre Freunde und ihr Auto und ihr Haus und ihr ganzes Leben. All das war in Port Townsend und nicht in Haiti.

Aber dann kam Raymond ein paar Wochen später wieder, und Mom holte ihn am Flughafen ab, nicht Dan. Und dann fing ich an, mir wirklich Sorgen zu machen.

Sie hatten sich E-Mails geschrieben, was ich nicht wusste, bis ich sie im Computer checkte, während Mom auf dem Weg war, um ihn abzuholen. Es fing mit *War schön, dich kennenzulernen* an, aber in den letzten Mails nannte er sie *Süße*, und sie nannte ihn *Schatz*, und in der allerletzten Mail – abgeschickt, bevor Mom ins Auto gestiegen und davongefahren war – schrieb sie ihm, dass sie einen kleinen Rastplatz kennt, der auf dem Heimweg liegt. Sie schrieb, dass niemand dort anhalte und dass es auf dem Parkplatz eine Stelle gebe, die perfekt wäre für eine «richtige Begrüßung».

Er verbrachte elf Tage von vierzehn in unserem Haus, sodass ich bezweifele, dass er überhaupt vorgehabt hatte, Dan zu besuchen. Sie hatten mir nicht gesagt, dass er bei uns übernachten würde, also war ich am ersten Morgen ziemlich überrascht. Ich hatte nicht gut geschlafen, weil ich das Bild von Mom und ihm nicht aus dem Kopf bekam, die sich in den hinteren Teil des Autos verzogen, wo die Sitze runtergeklappt sind und diese alte, fleckige Decke liegt. Also stand ich früher auf als sonst, weil ich nicht mehr im Bett liegen und daran denken wollte. Es war kalt, also kniete ich mich neben den Holzofen und blies gegen das Feuerholz, als ich einen Mann husten hörte, und als ich aufsah, tappte Raymond splitternackt in die Küche.

Aber er sah mich nicht. Ich versuchte die Ofentür so leise wie möglich zu schließen und hoffte, er würde sich bloß ein Glas Wasser holen oder so was und dann wieder in Moms Zimmer gehen. Aber die Tür knackte, und er drehte sich um, und ich stolperte zurück und stieß den

Couchtisch beim Sofa um, und die Keramiklampe flog auf den Tisch und zerbrach in eine Million Scherben.

«Maeve!» Raymond griff nach einem Geschirrhandtuch und bedeckte sich, dann huschte er hinter die Kücheninsel. «Ich habe dich gar nicht gesehen. Ähm, guten Morgen.»

«Morgen.» Ich stand zögernd auf und rannte dann in den Flur. Ich hoffte, wir könnten einfach so tun, als hätten wir uns gar nicht gesehen. Aber dann kam Mom aus ihrem Schlafzimmer und zog sich dabei ihren Morgenmantel an.

«Was ist passiert?» Sie sah mich, und sie sah Raymond, und dann wurde sie erst mal blass. «Oh, Scheiße.»

«Ich wollte dir einen Kaffee machen», sagte Raymond. «Ich wollte ihn dir bringen, bevor ich wieder zu Dan fahre.»

«Du bist nackt.»

«Sorry.» Raymond zuckte die Schultern. «Tut mir echt leid.»

Und dann wurde ihr Gesicht rot, und sie flippte aus. «Ich habe eine Teenagertochter, Raymond!» Sie führte mich in mein Zimmer. «Das ist total inakzeptabel, Maeve. Es tut mir so leid. Ich hätte dir sagen sollen, dass er hier übernachtet. Es war total blöd, es nicht zu tun, und ich entschuldige mich. Gib uns eine Minute.»

«Gern.» Ich schloss die Tür und lehnte mich dagegen, zwang mich, nicht zu kotzen. Ich hatte bis dahin in meinem Leben drei Penisse gesehen: den von Dad und die von den Zwillingen. Raymonds war der vierte. Ich war viel zu dicht an Raymonds altem Pimmel gewesen, der total verschrumpelt aussah und herumwackelte und diese großen, herunterhängenden Eier hatte. Das war praktisch alles in meinem Gesicht gewesen. Aber schlimmer als das – als wären Penisse von alten Männern nicht schon schlimm genug – war die Bedeutung seines Penisses in unserem Haus. Meine Mom würde mit ihm fahren. Und nicht nur, um ihm zu helfen. Um etwas Wohltätiges zu tun. Für das Allgemeinwohl. Nein, sie wollte gehen. Und zwar zu Raymond. Und weg von mir.

Manchmal denke ich immer noch an ihr Auto auf dem leeren Rastplatz.

Ich kenne diesen Rastplatz. Mom und ich halten beinahe immer da, wenn wir auf dem Weg nach Seattle sind.

Zedernbäume, die im Wind schwanken. Die kleine Bucht mit ihrem weichen Lehmboden und den riesigen Farnen an beiden Seiten. Die bärensicheren Mülltonnen neben dem Weg. Die Klohäuschen. Wie wir auf den großen Felsen sitzen und Salamibrötchen und Orangen essen, die wir mitgebracht haben, und in den Himmel gucken, wer den ersten Adler sieht. Daran habe ich im Zusammenhang mit diesem Rastplatz sonst immer gedacht.

Aber nicht, seitdem ich diese E-Mail gelesen habe. Wenn ich jetzt daran denke, schaffe ich es nicht mehr, mir die anderen Dinge vorzustellen. Die schönen Dinge. Ich kann bloß daran denken, wie Mom und Raymond im Auto Sex haben wie ein paar hormongesteuerte Teenager, die fummeln und vögeln und sich in den Sitzgurten und ineinander verheddern. Und wie er, als sie fertig sind und wieder angezogen, aus dem Auto steigt und das benutzte Kondom in den Müll wirft. In den bärensicheren Mülleimer neben dem Weg. In den ich schon so viele Orangenschalen geworfen habe.

Ich hasse es, daran zu denken. Und ich wollte es nie. Aber wenn man sich einmal etwas vorstellt, dann wird es ein Teil von einem. Das macht das Leben so schwierig. Die Tatsache, dass das Leben immer irgendwie passiert, auch wenn ich absolut nicht damit einverstanden bin, und dann drängt es sich einfach zu mir herein, und ich kann es nicht verhindern, und darum wälze ich mich jetzt in meinem Bett in der Rumpelkammer im Haus meines Dads herum, während Mom und Raymond irgendwo in einem großen Bett in irgendeinem Haus irgendwo in Chicago schlafen – oder Schlimmeres tun.

# KÖNIG PARZIVAL

Ich könnte gleich morgen früh wieder zum Busbahnhof fahren. Es kann mich schließlich keiner aufhalten. Ich könnte losgehen, bevor die anderen wach sind. Ich könnte jetzt gehen. Ich könnte Dad und Claire erzählen, dass ich einen Spaziergang machen will. Der Brief, den Mom für die Grenzbeamten geschrieben hat – der mir erlaubt, die Grenze zu überqueren, – gilt für die ganze Zeit, die sie in Haiti ist, nur für den Fall. Ich könnte Claire und Dad anrufen, wenn ich zu Hause bin. Und was würde Dad schon machen? Mich abholen? Mich zwingen, mit ihm zurück nach Vancouver zu fahren? Oder würde ich ihn davon überzeugen können, mich bei Dan wohnen zu lassen? Außerdem hatte er in meinem Alter schon die Schule geschmissen und war zu Hause ausgezogen, und als er neunzehn war, hat er mit den Railway Kings gespielt.

Mein Telefon vibriert. Eine Nachricht von Mom.

*Tief einatmen. Alles ist gut. Ich hab dich lieb. Xoxo*

Als könnte sie aus Chicago meine Gedanken lesen, wo es mitten in der Nacht ist oder schon beinahe Morgen.

Das ist es, was ich verliere. Den Menschen, der mich am besten kennt. Den einzigen Menschen, der mich wirklich versteht. Der weiß, wie schlimm es für mich sein kann.

Der Mensch, der mir geholfen hat, aus meinem Zimmer zu kommen, als mir alles zu viel wurde und ich nur noch im Bett liegen und an die Wand starren wollte. Sie war diejenige, die mich in der Nacht aus dem Krankenhaus abholte, als der Krankenwagen kam. Oh Maeve. Manchmal ist es einfach zu schlimm, oder?

Ich wickle ihr Tuch um meine Hand. Das ist beinahe so, als würde sie meine Hand halten. Nein, das ist es nicht. Es ist gar nicht so, als würde sie meine Hand halten. Es ist bloß ihr Tuch, und ich bin ganz allein.

*Du hast keine Ahnung*, schreibe ich zurück. *Ich hab dich so lieb.*

Und dann weine ich. Ich weine große, hässliche Schluchzer, meine Schultern zucken, und meine Nase tropft von Schnodder.

Oben fliegt die Tür auf, und Dad stellt die Musik leiser. Claire und die Zwillinge sind zu Hause. Ich nehme ein Taschentuch und putze mir die Nase. Wische die Tränen ab.

Ganz ruhig, Maeve.

Ich höre Owen weinen und Corbin brüllen und im Hintergrund Claires singende Stimme und Dads tiefe, beruhigende Worte, und dann kommen polternde Schritte die Treppe runter. Die Zwillinge platzen ins Zimmer und stürzen sich auf mich.

«Du bist da!» Corbin zieht an meinem Arm. «Komm. Dad hat Babyfüchse für das Zwergenland gemacht. Zehn Stück. Sie haben magische Kräfte.»

«Die Hälfte gehört König Parzival.» Owen gibt mir einen

der Zwerge, die Dad seit Jahren schnitzt. Er passt in meine Handfläche.

«Ein neuer?» Er ist poliert und bemalt, hat einen buschigen weißen Bart und einen wütenden Blick. Seine Arme sind verschränkt.

«Der neue König», strahlt Owen.

«Nicht für lange», knurrt Corbin. «Er hat mir auch einen gemacht. König Wren plant einen Angriff. Er wird gewinnen, und dann ist *er* wieder König.»

«Wird er nicht!»

«Wird er doch!»

«Wird er nicht!»

«Wird er doch!»

«Waffenstillstand!» Ich ziehe sie vom Bett. «Waffenstillstand. Lasst uns lieber Kekse essen gehen. Und dann könnt ihr mit den Friedensverhandlungen beginnen.»

«Mit den Kriegsverhandlungen», sagt Corbin.

«Friedensverhandlungen!»

«Kriegsverhandlungen.»

«Friedensverhandlungen!»

«Jungs! Es reicht!»

Und einfach so kann ich wieder atmen.

Und einfach so sind die Dinge nicht mehr ganz so schlimm.

Und einfach so machen meine Gedanken Platz für Dinge wie kleine Brüder und Zwergenreiche im Krieg und Kekse. Ich gebe beiden einen Kuss auf die Stirn. Danke. Danke. Danke dafür, dass ihr klein seid und laut und so voller heller, strahlender Kindheit.

# GEBURTEN

Wir werden die Babys zu Hause bekommen, hatten sie mir erzählt. Das wird ein großartiges Erlebnis, Maeve. Du wirst so froh sein, dass du dabei gewesen bist. Damals war ich zehn – was wusste ich schon?

Ich, zwei Hebammen und ein Freund, der Fotos machte; Mrs. Patel, die in der Küche einen Topf Chai rührte; Dad und Claire nackt und bis zur Brust im Wasser der «Geburtswanne» mitten im Wohnzimmer. Ich hockte auf dem Sofa, sah nicht hin, hielt mir die Ohren zu, wenn Claire schrie. Als ich den Mut aufbrachte hinzugucken, sah ich Claires Vagina – verschwommen, aber doch eindeutig – im Wasser. Ihre Vagina wölbte sich zwischen ihren Beinen nach außen, und dann *kam ein Kopf heraus.*

Das war Corbin, er wurde abgetrocknet und Dad in den Arm gelegt. Claire wollte aus der Wanne heraus, also halfen ihr die Hebammen auf den Fußboden direkt vor mir. Sie stöhnte und wiegte sich vor und zurück, und dann, was für ein absoluter Horror: kackte sie.

«Beinahe da», sagte die Hebamme.

Ich gab ein würgendes Geräusch von mir.

«Maeve?» Mrs. Patel kam herein und trocknete sich die Hände an einem Geschirrtuch ab. «Alles in Ordnung.»

«Noch einmal pressen, Claire. Da ist der Kopf.» Der Ton der Hebamme wurde auf einmal schärfer. «Das Baby muss jetzt schnell raus. Hier ist Kindspech.»

Claire kackte, und das Baby kackte.

Owen kam raus, bedeckt von ekligem Schleim. Die Hebamme rubbelte ihn mit einem Handtuch ab. Er war blau und schlapp.

Das Zimmer kippte. Ich roch nur noch Scheiße. Alles verschwamm, dann wurde es schwarz.

Als ich wieder zu mir kam, legte Dad mir ein Baby in den Arm. Ich weiß immer noch nicht, welcher von beiden es war. Sie waren beide rosig und süß und völlig gesund.

Owen ist jetzt viel kleiner als Corbin. Nachdem sie mich bei Keksen und Milch über die momentane politische Lage im Zwergenland unterrichtet haben, folgt Owen mir zurück in mein Zimmer, hält aber in der Tür an.

«Was machst du jetzt?», fragt er mit seiner raspeligen Alte-Männer-Stimme.

«Nicht viel.» Ich hole mein Skizzenbuch und meine Stifte hervor. «Vermutlich zeichne ich. Kommst du nicht rein?»

«Mom hat uns gesagt, wir sollen nicht so bei dir reinplatzen, wenn wir nach Hause kommen. Sie hat gesagt, es ist dein Zimmer, auch wenn es ihrs und Dads ist, aber jetzt ist es deins, und wir dürfen nicht reinkommen, außer du hast es uns erlaubt.»

Was, wenn er blau geblieben wäre? Und dann grau? Und dann tot und verbrannt und nur noch Trauer über Trauer und nur ein kleines Baby, wo zwei hätten sein sollen?

Jetzt ist Claire wieder schwanger, und es gibt wieder ein Baby, das sterben kann. Noch ein Baby, das mit einer Krankheit geboren werden kann. Noch ein Baby, das an plötzlichem Kindstod sterben kann oder weil es vom Bett gefallen ist oder an Leukämie, einem schrecklichen Chromosomencocktail, einem Bücherregal, das bei einem Erdbeben auf es herabstürzt, weil Dad es immer noch nicht geschafft hat, es an der Wand festzumachen, obwohl sie schon seit acht Jahren hier wohnen.

Schreckliche Dinge können bei Hausgeburten passieren. Nicht bloß blaue Babys, die mit Kindspech bedeckt sind, was in ihre Lungen kommen und eine Lungenentzündung verursachen kann. Ihr Herzschlag kann auf einmal abfallen, und dann ist das Krankenhaus zu weit entfernt. Babys können stecken bleiben. Wehen ausbleiben. Totgeburten, erfolglose Wiederbelebungsversuche, Gerichtsprozesse. Trauer.

Als ich *Hausgeburten* gegoogelt habe, fand ich einen Blog nach dem anderen von Frauen, die ihre Babys verloren haben. Und alle posten sie Bilder von ihren toten Babys. So als wären sie überhaupt nicht tot. Winzige Finger, perfekte kleine Füße. Weiche, flaumige Haare, geschlossene Augen, als würden sie bloß schlafen. Aber die Fotos sind beinahe immer schwarz-weiß, sodass man nicht sehen kann, wie bleich die Babys sind. Tote Babys im Arm ihrer Mütter. Die Väter neben ihnen oder die Arme um sie gelegt oder die Hände auf dem Baby. Keiner lächelt. Das ist der Unterschied. Oder manchmal – sehr selten – lächeln sie trotzdem, was noch schlimmer ist.

Es gibt auch Puppen. Nicht solche weichen, niedlichen Puppen, wie Claire sie macht, sondern ganz realistische mit Wimpern und flaumigen Haaren. Trauernde Eltern können ein Foto von ihrem toten Baby einschicken, und ein Puppenmacher macht dann nach dieser Vorlage eine lebensgroße Babypuppe, die exakt so aussieht wie ihr totes Baby. Die Eltern können es anziehen, es im Arm halten und es nachts in die Wiege legen.

«Maeve?» Owen steht immer noch in der Tür. «Kann ich bei dir schlafen?»

«Klar», sage ich. «Komm rein und erzähl mir eine Geschichte von König Parzival. Ich brauche Ablenkung.»

«Wovon?»

Von der Tatsache, dass du beinahe gestorben bist, denke ich.

Von der Tatsache, dass Dad und Claire nicht bloß eine weitere Hausgeburt planen, sondern dass sie noch nicht mal eine Hebamme dabeihaben wollen. Als sie mir im Frühling davon erzählt haben, aßen wir gerade pochierte Eier auf Toast, die ich plötzlich nicht mal mehr ansehen konnte, so eklig fand ich sie. Hühnerembryos.

Claire hat mich angestrahlt. Wie toll das wird! Bloß du und die Jungs. Nur die Familie.

Total cool, hat Dad gesagt. Ich werde das Baby mit meinen eigenen Händen auffangen. So soll es sein.

Krankenhäuser, saubere Betten, Ärzte: *So* soll es eigentlich sein.

Owen schläft ein, während er mir von König Parzivals Plänen erzählt, das Königreich von Wren zu überfallen.

Claire schiebt den Kopf durch den Vorhang. «Kann ich reinkommen?»

«Klar.»

«Soll ich ihn nach oben tragen?» Sie setzt sich auf den Rand des Bettes.

«Nein, er kann hierbleiben.»

«Okay», sagt sie. «Morgen möchte ich gern von deiner Reise hören und von deinen letzten Wochen in der Schule. Ich möchte, dass du mir alles erzählst.»

Nicht alles.

«Aber jetzt sollten wir schlafen gehen.» Sie hebt Owens Hand und küsst sie. «Es ist spät.»

«Claire?»

«Ja?»

«Willst du immer noch eine Hausgeburt?»

«Maeve ...»

«Ich will nicht mit dir streiten», sage ich. «Ich habe mich nur gefragt, ob ihr es immer noch ganz allein durchziehen wollt.»

«Na ja, dein Vater ...» Plötzlich sieht sie ein bisschen traurig aus. «In letzter Zeit arbeitet er wirklich viel. Und ich glaube nicht, dass er – also, nein. Ich werde Hebammen dabeihaben.»

«Oh.»

«Das wird dich beruhigen», sagt sie.

«Es tut mir leid, ich wollte bloß ...»

«Du wolltest bloß wissen, wie viele Sorgen du dir machen sollst.»

Ich nicke.

«Gute Nacht, Maeve.» Sie dreht sich in der Tür um, sodass ich ihren dicken Bauch im Profil sehen kann. «Schlaf gut.»

Erdbeben auf Haiti und geköpfte Leute und Greyhound-Busse und tote Babys und wie es sein muss, sich vor einen fahrenden Zug zu werfen. Warum der Zug? Warum hat sie sich nicht anders umgebracht? Erhängen. Überdosis. Kohlenmonoxidvergiftung. Pulsadern aufschneiden in der Badewanne. Von einer Klippe springen oder in einen Fluss, der zu schnell und zu kalt ist. Warum der Zug? Warum hat sie sich dafür entschieden? Stopp. Stopp, Maeve. Konzentrier dich auf die Ablenkung: Owen, seinen kleinen Arm hinter den Kopf gelegt, der andere hält Hibou, seine Augenlider flattern, während er träumt.

*Hibou.*

Französisch für Eule.

Manchmal klingen Sachen in einer fremden Sprache viel besser.

Sorge.

Schmerz.

Angst …

*Inquiétude.*

*Douleur.*

*Angoisse.*

# VIELLEICHTS

Zu Hause in Port Townsend wache ich vom Vogelgesang auf, vom Plätschern der Bucht, vom Geruch nach Kaffee und Holzfeuer.

Bei Dad ist es das Kreischen der Krähen, die Müllabfuhr, die Jungs, die oben herumschreien, das leise Brummen der Waschmaschine, ein bellender Hund, Dads schwere Schritte, die knallende Tür.

Vielleicht bleibt Mom doch nicht weg. Vielleicht erkennt sie in letzter Minute, was für ein dämlicher alter Vollidiot Raymond ist, und sie steigt in ein Flugzeug und kommt nach Hause, und dann steigt sie in ihr Auto und kommt und holt mich ab, und wir können nach Hause fahren und uns um den Garten kümmern, der jetzt ganz allein ist und sich fragt, wo wir bleiben.

*Wieviel Uhr ist es bei dir? Es ist noch nicht zu spät. Ich hab dich lieb. Ich hab dich lieb. Geh nicht!*

Vielleicht bekommt sie die Nachricht noch, und das ist dann genau das, was sie noch gebraucht hat. Vielleicht liest sie die Worte und kommt zurück zu mir.

Mein Telefon klingelt. «Blackbird» von den Beatles. Und ein Bild, das das Display ausfüllt. Ich habe es letzten Sommer aufgenommen, bevor Raymond auftauchte. Sie steht im Gartentor und hat einen riesigen Korb Tomaten unter dem Arm.

Aber sie ist es nicht. Das höre ich sofort an dem nasalen Ausatmen am anderen Ende der Leitung.

«Raymond?»

«Deine Mom ist in der Dusche.»

«Warum rufst du mich von ihrem Telefon an?»

«Damit ich dir sagen kann, dass sie dich gleich zurückruft. Ich weiß, dass du dir sonst Sorgen machst.»

Ich schmecke Galle in meinem Hals. «Deswegen musstest du mich nicht anrufen. Ich habe schon länger als fünfunddreißig Sekunden auf eine Antwort von ihr gewartet. Besonders in letzter Zeit.»

«Also gut», sagt er mit kühler Stimme. «Ich wollte dir nur Bescheid geben.»

«Toll. Danke.»

Er seufzt. «Hör mal, Maeve, deine Mom ...»

«Ruft mich zurück», sage ich und lege auf.

Als sie anruft, sagt sie Hallo und lässt dann das Telefon fallen.

«Sorry», sagt sie. «Ich lade gerade das Auto voll.»

Um loszufahren.

Zum Flughafen.

«Wie geht's dir? Wie geht's den anderen?» Eine Tür öffnet und schließt sich.

«Ist er bei dir?»

«Er schließt gerade das Haus ab.»

Um loszufahren.

Zum Flughafen.

«Komm nach Hause, Mom.»

«Sechs Monate, Maeve. Das ist gut für dich. Das ist für alle gut.»

«Dann lass mich wenigstens nach Hause fahren.» Ich fange an zu weinen. «Lass mich nach Hause fahren. Fahr nicht.»

«Ich fahre nach Haiti, Maeve. Eine Sekunde.» Sie bedeckt das Handy und sagt irgendwas zu Raymond. Dann ist sie wieder da und sagt: «Ich hab dich lieb. Ich hab dich lieb. Ich hab dich lieb. Und du kannst nicht allein zu Hause bleiben. Das weißt du.»

«Vielleicht ist es ja diesmal anders.»

«Sechs Monate lang anders? Ich hab dich lieb, Maeve, und ich fahre nach Haiti, und ich muss jetzt auflegen. Raymond sagt, wir rufen bald wieder an. Hab dich lieb.»

«Ich dich auch.»

Dann ist sie weg, und dann noch weiter weg, und ich heule. Mir tut alles weh. Es schmerzt mich körperlich, sie so zu vermissen.

Ich vermisse sie. Ich vermisse unser Zuhause. Ich vermisse mein Zimmer. Ich vermisse den Garten. Ich vermisse es, Bohnen zu pflücken und Tomaten einzukochen. Ich vermisse es, auf den Stufen zu sitzen und Eistee zu trinken, und den Schmutz unter unseren Fingernägeln. Ich vermisse den kleinen Fuchs mit dem Humpelbein, für den ich manchmal Essen rausstelle. Ich vermisse es, auf unserem alten Sofa auf der überdachten Veranda zu sitzen, besonders wenn es regnet und der Regen die Gullys füllt, bis sie überlaufen, und ich vermisse das Stakkato, das der Regen auf dem Dach trommelt. Laut und gleichzeitig friedlich. Manchmal schlafe ich beim Lauschen draußen ein, eingewickelt in meine Decke, und Mom kommt von der Arbeit nach Hause oder von drinnen, weil sie gerade Essen gekocht hat, und weckt mich auf. Sie schüttelt mich an der Schulter und flüstert mir ins Ohr. Aufstehen, Kleine. Selbst als ich nicht mehr klein war.

Vielleicht passiert etwas Schlimmes.

In sechs Monaten sterben ungefähr achtundzwanzig Millionen Menschen auf der Welt.

Krebs, Mord, Züge. Hurrikans, Gift, Depressionen, Hunger. Krieg, Haiangriffe, Pech.

*Cholera*. Das Wort ist genauso hässlich, wie es sich anhört. Manche Menschen haben es und wissen es gar nicht, aber andere verlieren einen Liter Flüssigkeit in einer Stunde. Mom hat mir versprochen, dass sie in der Klinik nur Mineralwasser trinken wird. Nicht mal Eiswürfel. Wir haben gereinigtes Wasser zu Hause. Mach dir keine Sorgen, Schatz.

Vielleicht stirbt sie auf Haiti.

In ihrem *Zuhause* auf Haiti.

Sie will mich nur wegen dieser einen Nacht nicht allein zu Hause sein lassen. Wegen der Nacht, nachdem ich bei Ruthie gewesen war. Ich hatte Mom nichts davon erzählt und hatte es auch nicht vor. Es sollte unsere Testnacht werden und musste wochenlang im Voraus geplant werden. Wenn ich eine Nacht schaffte, könnte ich es mit zwei versuchen und dann mit einer Woche, und dann würde sie darüber nachdenken, ob ich allein zu Hause bleiben könnte, während sie auf Haiti ist. Am Nachmittag lief alles gut, selbst beim Essen. Aber als es schließlich Schlafenszeit war, schien das Haus auf einmal dunkler und viel zu still, und in meinem Kopf spulten immer wieder die Geschehnisse des Vortages ab, als ich in Ruthies Zimmer im Souterrain gewesen war. Als ich 911 anrief und ihnen sagte, dass ich keine Luft mehr bekam, schickten sie zwei Krankenwagen und die Feuerwehr.

Ich hasse es, an den Tag bei Ruthie zu denken.

Ich hasse es, daran zu denken, dass ich mit Pauken und Trompeten durch den Test gefallen bin.

Und auch diesen Tag. Ich hasse diesen Tag.

Ich hasse Raymond dafür, dass er sie mir weggenommen hat.

Das ist alles seine Schuld.

Vielleicht wünsche ich mir sogar, dass er stirbt. Vielleicht ist es so schlimm. Ein Herzinfarkt.

Ich wünschte, er würde einfach vornüberkippen und sterben: ein Schlaganfall, ein Klumpen in seiner Lunge, ein Herzinfarkt. Das würde doch passen. An einem Herzinfarkt zu sterben, als er sich gerade in jemanden verliebt, der weder verfügbar ist noch zu ihm passt. Auch nur annähernd. Würde ihm recht geschehen.

Vielleicht sollte er nur nicht sterben, weil meine Mom dann so traurig wäre.

Vielleicht bloß ein kleiner Herzinfarkt. Gerade schlimm genug, damit er ausfällt und er und meine Mom nicht nach Haiti fliegen können.

Natürlich nicht, während er gerade zum Flughafen fährt, weil er dann vielleicht von der Straße abkommt und mit meiner Mutter im Auto einen Unfall verursacht. Aber vielleicht beim Einchecken. Plötzlich wird es in seiner

Brust eng, er kriegt keine Luft mehr. Die Dame hinter dem Fluglinienschalter merkt es als Erste. Sir? Irgendwas nicht in Ordnung? Sie sehen blass aus. Und dann meine Mom. Oh Raymond, geht es dir nicht gut? Raymond! Jemand muss den Notarzt holen!

Und dann eine Fahrt ins Krankenhaus statt nach Haiti.

Ich stelle mir meine Mutter an seinem Bett vor, wie sie ihn anstarrt, während er im Schlaf schnarcht, so dünn und krank in seinem blauen Krankenhaushemd, die Neonlichter über seinem Bett brummen. Sie sitzt da und hält seine Hand und denkt nach. Was hatte sie sich bloß dabei gedacht? Sie liebt diesen Mann nicht genug, um seine Krankenschwester zu sein. Und dann steigt sie in ein Flugzeug und ich in einen Bus, und wir treffen uns in Seattle, und Dan fährt uns nach Hause. Ta-da! Ende.

Ein Herzinfarkt? Wie schlimm, jemandem so etwas zu wünschen.

Ich nehme den Herzinfarkt zurück. Ich habe es nicht so gemeint. Nicht wirklich. Ich will bloß, dass Mom nach Hause kommt. Und ich will, dass sie Raymond verlässt. Ich wünsche ihm keinen Herzinfarkt, das wünsche ich niemandem. Ich bin ein schlechter Mensch, weil ich mir das ausgemalt habe. Selbst wenn es um Raymond geht. Ich bin ein schlechter Mensch, weil ich solche bitteren, schwarzen Gedanken habe.

# ABLENKUNG

Manchmal vergesse ich durch Ablenkung meine Sorgen, aber manchmal werden sie davon noch schlimmer.

Besonders, wenn die Ablenkung von Claire kommt. Ablenkung ist Claires Lieblingsart, mit meinen diversen seltsamen Stimmungen umzugehen. Du musst einfach in Bewegung bleiben, Maeve. Beweg dich. Beweg deinen Körper und deinen Kopf und verbrauch diese nervösen Energien, die sich in dir aufstauen und dich durcheinanderbringen. Versuche was Neues! Triff neue Leute! Geh raus, Schatz. Du denkst zu viel, weil du zu viel Zeit zum Denken hast. Als ich jünger war, hat sie mich zu Zirkuscamps angemeldet, Kajaktrips oder Marimbastunden. Darum hat sie auch versucht, mir das Stricken beizubringen. Das ist Meditation, hat sie gesagt. Du denkst an nichts, es gibt nur noch die Wolle und die Nadeln und dich, die etwas Wunderschönes erschaffen.

Aber so funktioniert es nicht. Ich habe nur eine halbe Woche im Zirkuscamp durchgehalten. Ich habe mir so viele Sorgen gemacht, dass ich mich verletzen könnte, bis ich schließlich nicht die notwendigen Muskeln bewegen konnte, die man brauchte, um mitzumachen. Und außerdem war ich sicher, dass eines der anderen Kinder gleich zu Tode kommen würde, also konnte ich bloß auf der Bank sitzen, die Hände vors Gesicht halten und vor mich hin murmeln: «Ich kann nicht hinsehen. Ich kann nicht hinsehen. Ich kann nicht hinsehen.» Sie schickten mich nach Hause, und wenn man bedenkt, dass ich erst elf war, war das nicht besonders freundlich. Einer der Trainer meinte, ich würde die ganze Gruppe belasten. Zirkus = zusehen, wie jemand zu Tode stürzt. Kajakfahren = Angst vorm Ertrinken. Marimba = Angst vorm Versagen. Stricken = viel zu viel Zeit zum Nachdenken. Claire hat mich nie wieder zu irgendwas angemeldet, aber sie drängt mich immer, rauszugehen, etwas zu tun, eine Freundin zu finden.

Als ob.

Zeichnen hilft manchmal. Manchmal kann ich mich dann von mir selbst lösen. Manchmal verschwindet der Lärm in meinem Kopf für eine Weile, während ich die Linien und Schwünge und Formen der Dinge um mich herum nachfahre. Aber normalerweise hören die Sorgen um die eine Sache nur dann auf, wenn ich mir um eine andere Sorgen mache.

Claires neueste Idee der Ablenkung ist, mich ein paar Tage mit den Zwillingen zu Grandma nach Gibsons an der Sunshine Coast zu schicken. Wir sollen ganz allein fahren. Mit einer großen Fähre.

Wenn nun einer der Jungs über Bord geht?

Wenn ich sie nicht mehr finde, wenn wir von der Fähre runtermüssen?

Wenn es einen Motorbrand gibt?

Wenn die Fähre nicht bremsen kann und wir in den Kai krachen?

Wenn wir die falsche Fähre nehmen?

Wenn Grandma uns nicht abholt?

Wenn die Jungs auf Toilette gehen und da ist irgendein Perverser?

«Lässt du sie allein auf die Männertoilette gehen?», frage ich Claire, als sie uns zum Fährterminal bringt.

«Klar.»

«Machst du dir keine Sorgen, wenn sie dadrin sind?»

«Sie meint, wegen der Pädophilen», sagt Corbin.

«Wir wissen Bescheid mit Pädophilen», sagt Owen.

«Ich mache mir keine Sorgen wegen der Pädophilen», flüstert Claire laut und blinzelt mir zu. «Die Jungs wissen, was sie tun müssen, wenn jemand ihnen auf der Toilette seinen Penis zeigt.»

Und dann ist da noch die Rückfahrt. Allein.

So viele Dinge können schiefgehen.

Vor ein paar Jahren ist ein Mann mit seinem Kleinbus auf die Fähre gefahren, aber dann ging die Rampe plötzlich hoch, und er fuhr direkt über den Rand und ins Wasser. Er konnte sich befreien, weil er nicht angeschnallt war, aber seine beiden Kinder, seine Frau und seine Mutter ertranken, weil sie alle fest angeschnallt waren. Darum schnalle ich mich auf dem Weg zur Fähre niemals an. Und ich verlange auch, dass alle anderen sich abschnallen. Denn es wäre noch schlimmer, die einzige Überlebende zu sein, als so zu sterben. Niemand hat je protestiert. Vielleicht, weil sie im Geheimen meiner Meinung sind. Oder vielleicht, weil es ihnen egal ist und sie lieber das tun, was ich möchte, als dass ich sie deswegen nerve. Was ich täte.

Weil ich nicht die einzige Überlebende eines Unfalls sein will, bei dem sie unter Wasser im Kombi gefangen sitzen und langsam ertrinken und durch das aufgewirbelte trübe Wasser nach oben gucken und denken, sie hätten auf mich hören sollen.

Diesmal gehen wir zu Fuß auf die Fähre, aber das bedeutet nur, dass ich mir über andere Dinge Sorgen machen muss. Oben im Wartebereich gehe ich alles durch, was schiefgehen kann. Schadhafte Rampenaufgänge. Oder Computerfehler, wie letztes Jahr, als die Fähre den Kai gerammt hat. Oder menschliches Versagen, was öfter vorkommt, als die Leute zugeben. Oben im Norden ist beispielsweise eine Fähre gesunken, und alle landeten im Wasser, bis sie irgendwann gerettet wurden, bis auf zwei Menschen, die sie nie gefunden haben. Und all das nur, weil der Kapitän im Führerhaus Sex mit einem der Stewards haben musste, während die Fähre direkt auf einen großen Felsen auflief.

Auf dem Außendeck kann man im Winter ausrutschen, wenn jemand vergessen hat, es zu enteisen. Sie können den falschen Knopf drücken und die Gangway einziehen, und die Leute fallen einfach runter und landen im Wasser, oder sie krachen gegen die Fähre und brechen sich die Knochen oder schlagen sich den Schädel ein. Werden zwischen Fähre und Kaimauer zerquetscht.

Ein Erdbeben.

Das ganze Terminal bebt, Beton und Metall und Autos und Menschen und der gesamte Kai und die Boote werden alle in den tiefen Hafen geschleudert und unter einer riesigen, umgedrehten Fähre begraben.

Nein. Nicht daran denken. Spul zurück. Lösch es. Weigere dich. Nancys Rat lautet: Wenn du zu weit gehst, bleib stehen und spul zurück. Lösche den Weg in die Katastrophe. Weigere dich, ihn zu gehen.

Konzentrier dich auf die Jungs.

Denk nicht an mögliche Katastrophen.

Denk an etwas anderes.

Ich nehme mein Skizzenbuch heraus und zeichne eine alte Frau mit einem Strohhut und hellblauem Eyeliner. Dann ein kleines Mädchen, das mit einem Jo-Jo spielt. Einen violetten Koffer mit dem Eiffelturm drauf. Den Snackautomaten und Corbin, der davorsteht und sich all die Sachen ansieht, die er kaufen würde, wenn er Geld hätte.

Owens rot-weiße Turnschuhe mit den Glitzerschnürbändern. Er sitzt neben mir und liest Hibou laut aus der *Lustigen Geschichte von zwei listigen Eulen* vor.

Bis zu diesem Moment habe ich mir nur darüber Sorgen gemacht, wie ich es hinkriege, dass Owens Schnürbänder echt aussehen. Aber jetzt will ich nicht mehr zeichnen. Ich ziehe Moms Tuch aus meinem Rucksack und drehe es in den Händen wie einen seidenen Rosenkranz.

Denk nicht an Haiti.

Denk nicht an Raymond.

Denk nicht an tote Babys.

Denk nicht an Erdbeben.

Erdbeben. Die kaskadische Subduktionszone liegt direkt unter uns und wartet nur darauf, Chaos über uns hereinbrechen zu lassen. Fünfzehntausend Menschen werden sterben. Wir hätten fünfzehn Minuten, um höheres Gelände zu erreichen, bevor der Tsunami auf die Küste trifft.

Komm runter, Maeve. Vielleicht wird es nur ein kleines Erdbeben. Oder ein mittleres.

Wenn es die Stromversorgung lahmlegt und die Straßen verstopft sind und die Busse nicht fahren – wie soll ich dann die Jungs nach Hause bringen? Wir können laufen, aber es würde ewig dauern. Haben wir genug Essen und Wasser dabei? Vielleicht könnten wir jemanden bitten, uns in einem Boot zu Grandma zu bringen. Das ist vielleicht leichter, als vom Fährterminal in die Stadt zu laufen. Aber was, wenn es einen Tsunami gibt? Dann müssen wir in höheres Gelände. Auf die Autobahn.

Wir sollten einen Plan haben. Einen Treffpunkt. Ausreichend Essen und Wasser für zweiundsiebzig Stunden.

Ich könnte den Snackautomaten zerschlagen und das Essen rausholen. Der Getränkeautomat sieht allerdings unzerstörbar aus. Wir müssen irgendwo anders Wasser finden. Vielleicht müssen wir stehlen. Aber das wäre okay, weil es um Leben und Tod ginge. Da gewinnt das Leben.

Außer, der Tod ist schneller. Außer, wir müssen alle sterben. Ich und die Jungs. Die alte Dame mit dem blauen Eyeliner. Das kleine Mädchen mit dem Jo-Jo.

*Das stärkste Erdbeben, das jemals aufgezeichnet wurde, forderte heute beinahe zwanzigtausend Menschenleben, darunter das eines sechzehnjährigen Mädchens und ihrer kleinen Brüder, die unschuldig auf eine Fähre gewartet hatten, als sich der nachfolgende Tsunami über den Anleger ergoss.*

Mein Herz klopft schneller. Meine Hände werden feucht. Ich umklammere Moms Tuch, bis meine Finger taub sind.

Zähl, Maeve.

Langsam.

1, 2, 3, 4, 5 …

Und wenn es nun noch ein Erdbeben auf Haiti gibt? Ich ziehe mein Handy raus.

*Wahrscheinlichkeit von Erdbeben auf Haiti? Habt ihr einen Notfallplan?*

*Essen und Wasser?*

Keine Antwort.

*Sag mir, dass es mir gutgeht und ich tief durchatmen soll.*

*Sag mir, ich soll einen Schluck Wasser trinken.*

*Sag mir, ich soll an etwas Schönes denken.*

Immer noch keine Antwort.

*Es bringt nichts, dass wir uns schreiben wollen, wenn du NIEMALS ZURÜCKSCHREIBST.*

Aber wenn ich bei einem Erdbeben sterbe, wird das die letzte Nachricht sein, die meine Mom von mir bekommt.

*Ich hab dich lieb, Mom. Ich benehme mich blöd. Du sitzt wahrscheinlich im Flugzeug.*

Und dann googel ich nach Informationen über Erdbeben, weil ich es einfach nicht lassen kann.

«Oh Gott.»

Owen hört auf zu lesen. «Was?»

Ich stopfe das Handy in meine Tasche. «Nichts.»

«Hier.» Er setzt Hibou auf meinen Schoß. «Du kannst sie halten. Manchmal hilft das.»

«Danke.» Ich umklammere die Stoffeule fest. Bis meine

Knöchel weiß werden. «Hey, Owen ... hast du noch welche von diesen Kräuterbonbons?»

«Jep.» Er kramt in seinem Rucksack und findet die Bonbondose. «Brombeer.»

Dämliche kleine Kräuterbonbons, die einem helfen sollen zu entspannen. Was eine winzige Verbesserung zu der dämlichen Kräutertinktur ist, die dasselbe bewirken soll. Ruthie hat darüber gelacht. Bachblüten? Die tun ja noch nicht mal so, als wären sie Medizin, Maeve. Blüten? Wo ist denn der wissenschaftliche Beweis dafür? Wie können die so was behaupten? Arzneimitteltests, die sind echt.

Aber meine Mom kauft den Kram trotzdem tonnenweise. Und auch wenn ich mindestens eine kleine Flasche davon im Rucksack dabeihabe, habe ich den bitteren Geschmack und die ganze Philosophie dahinter so satt, dass ich gerade noch so eben einen dieser Bonbons ertrage. Owen nennt sie seine «Angst-Knöpfe», und er glaubt fest daran, dass sie helfen. Er reicht mir die Dose, und ich nehme einen.

Ich hätte gern richtige Medikamente. Ich möchte eine von diesen kleinen Pillendosen mit den Fächern für jeden einzelnen Tag, und in jedem Fach ist eine kleine Glückspille. Und kein Kräuterhokuspokus. Aber meine Eltern sind tatsächlich ziemlich oft einer Meinung, zum Beispiel darüber, dass ich keine Medikamente gegen meine Ängste nehmen darf, bevor ich erwachsen bin. Dein Gehirn ist noch in der Entwicklung, Maeve. Vielleicht gibt es sich ganz von selbst. Es ist noch zu früh, haben sie gesagt. Ich bin anderer Meinung. Mein Gehirn ist einfach anders verkabelt. Warum soll man versuchen, einen Waldbrand zu löschen, indem man dagegenpinkelt? Denn so fühlt es sich an. Wenn sie begreifen würden, wie schlimm es ist – wenn sie es wirklich verstehen würden –, dann würden sie mir Pillen geben. Wenn man sich ein Bein bricht, bekommt man einen Gips. Wenn man Krebs hat, kriegt man Chemo. Wenn im Hirn das totale Chaos herrscht, nimmt man Pillen.

«Was ist los?», fragt Owen.

«Ich denke bloß zu viel nach.»

«Ich kenn das.»

«Das tut mir leid für dich.» Ich hasse es, dass er sich auch so viele Sorgen macht. Das ist meine Schuld, weil ich in seiner Gegenwart immer so ein schlechtes Beispiel bin. Ich zeige ihm, wie der Irrsinn aussieht. Ich wünsche das niemandem, schon gar nicht meinem süßen kleinen Bruder. Niemals. «Nervt ganz schön, oder?»

«Jep.»

Corbin ist wieder da und leert seinen Rucksack auf dem Fußboden aus.

«Was suchst du denn?», frage ich.

«Ich glaube, ich habe hier noch einen Vierteldollar drin.» Er wühlt durch das Durcheinander. «Ich bin rumgegangen und hab noch vier zusammengekriegt, aber ich brauche einen Dollar und fünfundsiebzig, um die Chips zu kaufen.»

«Was meinst du damit, du bist ‹rumgegangen›?» Ich setze mich gerade hin. «Hast du Geld von Fremden angenommen?»

«Ja.» Zwei Zwerge, sein Taschenmesser, eine Alienmaske aus Gummi. «Das mache ich immer.»

«Was meinst du damit, ‹immer›?»

«Er ist richtig gut», sagt Owen. «Normalerweise kriegt er genug zusammen, dass wir uns beide was kaufen können.»

«Ich weiß nicht, was mich mehr überrascht: dass du das Geld mit Owen teilst oder dass du es dir vorher erbettelst.»

«Mom sagt, es ist ein Job», sagt Corbin. «Genau wie jeder andere.»

«Klar, für Faulenzer.» Ich nehme ihm die Vierteldollarstücke aus der Hand. «Du gibst die zurück. Wer hat sie dir gegeben?»

«Das sage ich dir nicht.»

«Tust du doch.»

«Nein, tu ich nicht!»

«Hör mal, Corbin, ich gebe dir das Geld für die blöden Chips. Aber du kannst nicht einfach rumgehen und die Leute um Geld anbetteln.»

«Ich bettle nicht!», schreit er. «Sogar Mom und Dad erlauben es.»

«Sie erlauben es dir? Und hast du sie je sagen hören, dass Betteln in ihren Augen ein ganz normaler Beruf ist?»

«Ich weiß nicht.»

«Wissen sie überhaupt davon?»

«Nicht wirklich.»

«Na, dann kannst du ja nicht sagen, dass sie es dir erlauben, wenn sie gar nicht wissen, was du da machst! Das ist genau der Grund, weshalb Sechsjährige nicht allein reisen sollten.» Ich packe seine Schultern und drehe ihn herum. «Also, wer hat dir das Geld gegeben?»

«Sie da.» Corbin deutet auf ein Mädchen am anderen Ende des Raumes.

«Geh hin und gib es ihr wieder.»

«Nein!»

«Gut, dann mach ich es.» Ich schließe die Münzen in meine Faust und gehe rüber, während Corbin neben mir herhüpft und versucht, meine Finger auseinanderzudrücken. Auf halbem Wege erkenne ich sie. Es ist das Mädchen von der Busstation. Die mit der Geige. Die mich angelächelt hat. Ich bleibe abrupt stehen.

«Maeve?», sagt Corbin. «Was machen wir jetzt?»

Sie liest ein Buch und hat bisher noch nicht aufgeblickt. Meine Panikattacke verändert sich; jetzt richtet sie sich auf sie. Wird sie mich erkennen? Ist es irgendwie seltsam, dass ich mich so gut an sie erinnere? Wie sie am Rand des Parks stand und mit geschlossenen Augen Geige gespielt hat – ist das irgendwie merkwürdig?

Die Durchsage gibt bekannt, dass die Fähre gleich anlegt und wir einsteigen können, und mit dieser Nachricht kehrt mein Entschluss zurück. Corbin wird das Richtige tun, ganz egal, wie nervös ich bin. «Wir geben ihr das Geld zurück, und jetzt kriegst du auch keine Chips mehr. Du benimmst dich total grässlich, Corbin.»

«Und du bist eine Schlampe!»

Ich packe ihn fester am Arm. «Was hast du gerade zu mir gesagt?»

«Hey, Kid!» Das Mädchen steht auf, macht zwei Schritte auf Corbin zu und starrt ihn an. Sie ist groß und hübsch und stinksauer. «So redest du nicht mit deiner Mutter. Das ist nicht cool.»

«Sie ist nicht meine Mom», schnaubt Corbin verächtlich. «Bloß meine blöde Halbschwester.»

«Wie auch immer», sagt das Mädchen. «Man nennt eine Frau niemals Schlampe.»

«Sie ist keine Frau.»

«Natürlich ist sie das.»

«Sie ist bloß ein Mädchen.»

«Corbin, gib das Geld zurück.» Ich kann es nicht ertragen, dass sie sich beide darüber streiten, ob ich eine Frau oder ein Mädchen bin. «Jetzt.»

«Nein!», brüllt Corbin. «Ich habe das ehrlich verdient!»

«Leute anzubetteln ist nicht ‹ehrlich verdienen›.»

«Er hat nicht gebettelt.»

Ich bin ihr so nahe, dass ich die Buchstaben auf ihrem Gürtel erkennen kann, auf dem SHIFT HAPPENS steht, und dass ihre Augen apfelgrün sind. Ein Teil von mir möchte sie anstarren, bis ich sie mit geschlossenen Augen zeichnen kann, doch der andere Teil möchte lieber mit dem schmutzigen Fußboden verschmelzen, als diese Unterhaltung zu führen. Oder nein. Ich hätte lieber eine ganz andere Unterhaltung. Mit diesem Mädchen.

«Wirklich?»

«Er hat mir Witze verkauft», sagt das Mädchen. «Ein Witz für einen Vierteldollar.»

«Ernsthaft?» Ich packe Corbin noch fester am Arm. «Du hast diese Einzelheit verschwiegen, Corbin.»

«Er hat sein Geld also ehrlich verdient.» Sie starrt mich an. «Ich habe dich schon mal gesehen.»

«Busbahnhof.»

«Stimmt.» Sie wird ein bisschen rot. Ehrlich? Oder habe

ich mir das bloß eingebildet? Ich werde auf jeden Fall rot, das ist mal sicher. «Der Lieferwagen auf dem Bürgersteig.»

«Das war mein Dad. Parkt immer wie ein Rockstar.»

«Hat er den Strafzettel bezahlt?»

«Hast du nicht gesehen, wie er ihn zerknüllt und weggeworfen hat?»

«Wie nennt man einen unentschlossenen japanischen Krieger?», fragt Corbin.

«Nunja», sagt sie.

«Oh», sage ich.

«Ja, oh.» Das Mädchen grinst. «Alles gut?»

«Alles gut.»

Sie sieht mich an. Ich sehe sie an. Corbin reißt seinen Arm weg.

«Ihr seid blöd», sagt er.

«Die Fähre legt an», sagt das Mädchen.

«Ja.» Das Wundervolle ist, dass ich in diesem Moment nicht an Erdbeben denke. Nicht ein bisschen. «Wir müssen los.»

«Tschüs.»

«Tschüs», sage ich. «Sorry für das Missverständnis.»

«Die Fähre legt schon an!», sagt Owen, als ich zurückkomme und unsere Sachen zusammensammle. «Du hast so lange gebraucht, ich wollte dich schon holen gehen, aber ich konnte nicht alle Rucksäcke tragen, und ich dachte, du brauchst nicht so lange.»

«Tut mir leid.» Wir stellen uns in die Schlange, die sich zum Einsteigen bereit macht. Das Mädchen ist vor uns. Sie trägt einen ramponierten Geigenkasten und einen ebenso abgenutzten Rucksack über der Schulter. Darauf ist der Siebdruck vom Gesicht irgendeines berühmten toten Komponisten. Ich weiß nicht, welcher, aber das ist auch egal. Denn gleich unter dem toten Komponisten klebt ein Regenbogen.

Bingo. Sie ist eine Freundin von Dorothy.

Nachdem die Sache mit Jessica angefangen hatte und bevor ich mich meinen Eltern gegenüber outete und als Ruthie immer noch nicht mit mir redete, ging ich beinahe jeden Tag nach der Schule zu Dan. Er sollte mir Kochen beibringen, damit ich zu Hause mehr helfen konnte. Aber meistens brannten mir die Hühnchenbrüste bloß an, und die Scones wurden schwarz, und ich tat zu viel Salz in die Suppen – ich war so nervös, dass Dan es bestimmt schon gewusst hat, wenn er mich nur ansah. Als hätte ich mich verändert, als ich mich vor mir selbst outete, und er könnte es sehen. Als gäbe es so was wie ein Homoradar, und vielleicht gibt es das ja auch.

Eines Tages war ich so nervös, dass ich ein Dutzend Eier fallen ließ und sie alle auf den Fliesen zerplatzten. Ich ging mit Dan in seinen Hühnerstall, um nach zwei neuen Eiern zu suchen, die ich für den Kuchen brauchte, den ich für Moms Geburtstag backen wollte, und als ich eins im Stroh fand, reichte ich es ihm.

«Ich bin lesbisch», sagte ich, obwohl ich eigentlich sagen wollte: «Hier ist ein Ei.»

«Na, dann ist meine Mitarbeiterquote ja jetzt erfüllt.» Dan umarmte mich und buk den Kuchen allein für mich, während ich ihm stotternd alles von Jessica erzählte.

Jessica Elena Elliston-Haywood, die so schön war und genauso eingebildet wie ihr Name und die so gut küssen konnte.

Ich erzählte ihm nichts über Ruthie, weil ich nicht wusste, was ich über sie erzählen sollte. Und dann später, nachdem all das passiert war, wollte ich ihm gar nichts mehr erzählen. Aber an diesem ersten Nachmittag, als ich ihm von Jessica erzählte, fühlte ich mich einfach nur glücklich und leicht. Ich musste mich am Stuhl festhalten, weil ich das Gefühl hatte, ich würde sonst abheben und bis zu den Wolken hinaufschweben, so lächerlich glücklich fühlte ich mich. Es war so herrlich, es jemandem zu erzählen. Und viel leichter, als ich gedacht hatte.

Als der Kuchen abgekühlt und verziert war, packte Dan ihn mir in einen Karton, damit ich ihn leichter nach Hause tragen konnte.

«Eine Sekunde noch, Süße.» Er verschwand in seinem Schlafzimmer und kam mit einem alten T-Shirt zurück. Darauf war ein Regenbogen, und darunter stand in verwaschenen runden Buchstaben FRIEND OF DOROTHY.

«Den Regenbogen verstehe ich», sagte ich. «Aber wer ist Dorothy?»

«Das haben Leute früher gesagt, um damit zu zeigen, dass sie homosexuell sind, ohne es laut aussprechen zu müssen», meinte Dan. «Weil das damals gefährlich war. Also haben sie einen Code benutzt. ‹Ich bin ein Freund oder eine Freundin von Dorothy.› Wenn ich zum Beispiel 1952 einen hübschen verheirateten Geschäftsmann bei einer Konferenz für Staubsaugervertreter in Oklahoma ansprechen wollte, dann hätte ich mich neben ihn gestellt und ihn gefragt, ob er vielleicht ein Freund von Dorothy ist.»

«Schnalle ich nicht», sagte ich.

«Dorothy aus *Der Zauberer von Oz*», erklärte er mir. «Was so ziemlich der schwulste Film der Welt ist. ‹Somewhere over the rainbow›? Diese tollen roten Schuhe?»

Das Mädchen mit dem Geigenkasten und dem Regenbogenaufnäher ist also eine Freundin von Dorothy. Und ich habe eine vierzigminütige Überfahrt lang Zeit, um ihr zu sagen, dass ich auch mit ihr befreundet bin – wenn meine Nerven es zulassen.

# DAS MÄDCHEN NICHT FINDEN, DAS MAN SUCHT

Ich kann sie nicht finden. Corbin verkauft noch mehr Witze für je einen Vierteldollar und verbringt die gesamte Überfahrt im Laufgang der Fähre. Owen folgt mir so dicht auf den Fersen, dass er mir zweimal in die Hacken tritt.

«Warum gehst du nicht zu Corbin?»

Owen schüttelt den Kopf. «Das ist mir zu laut da. Und er gibt mir nichts von seinem Geld ab.»

«Er gibt dir bestimmt was ab.»

«Ich mag es nicht da drinnen. Da sind immer größere Kinder, die mich rumschubsen.»

«Na gut. Aber halt ein bisschen Abstand, okay? Gib mir die Hand.» Er nimmt meine Hand und läuft neben mir.

«Wo gehen wir hin?»

«Wir suchen jemanden.»

«Wen?»

«Das Mädchen.»

«Welches Mädchen?»

«Das Mädchen aus dem Warteraum.»

«Die, mit der wir geredet haben?»

«Ja, Owen», seufze ich. «Kannst du mich jetzt in Ruhe lassen? Ich muss mich konzentrieren.»

«Klar.» Owen summt eine kleine Melodie. «Das kann

ich machen.» Er hebt Hibou hoch und dreht sie erst hierhin und dann dahin. «Hibou sagt, sie sieht sie nicht.»

Das Mädchen mit dem Regenbogenaufnäher ist nirgendwo. Aber ich glaube, ich habe bemerkt, wie sie um eine Ecke gegangen ist oder nach oben zu einem der Sessel, die wir nur von hinten gesehen haben. Sie ist nicht in der Cafeteria oder im Souvenirladen. Sie ist nicht oben. Als ich die schwere Tür aufdrücke, die zu den Außendecks führt, zieht Owen mich zurück.

«Das ist zu windig», protestiert er. «Mir tun die Ohren weh.»

«Leg deine Hände drüber. Oder warte hier.» Er kommt mit, die Hände gegen die Ohren gedrückt, Hibou sicher in seinem Shirt verwahrt. Der Wind ist stark, aber kalt. Ich sehe mich auf diesem Deck um, schaue an den Rettungsbooten und den Touristen mit ihren Kameras vorbei und an dem Pärchen, das sich am Bug küsst. Ich sehe auch auf dem oberen Deck nach, während Owen jammert, dass er wieder reinwill.

Ich sehe sogar auf den Toiletten nach und warte, bis sich alle Kabinen geöffnet haben, nur um ganz sicherzugehen. Sie ist wirklich nirgendwo. Als wäre sie von Bord gegangen. Ich bin enttäuschter, als ich sein dürfte. Ich hätte mehr mit ihr reden sollen, als wir an Bord gegangen sind. Ich hätte mit den Jungs nach links gehen sollen, wie sie, statt nach rechts zum Laufgang. Wir haben uns angesehen. Es war nicht bloß ein normaler Blick. Es war ein *Blick*. Oder? Er hat etwas bedeutet. Oder nein, das hat er nicht. Er hat nichts bedeutet, und ich benehme mich wie ein Idiot, der sich irgendwas einredet. Ändere die Geschichte, Maeve. Da war kein Blick. Da war gar nichts. Sie war einfach bloß nett. Sie war nur ein Mädchen. Nur ein Mädchen von Millionen und Abermillionen Mädchen auf dieser Welt. Das sage ich mir selbst und glaube es sogar.

Nein, tue ich nicht.

Oder doch?

Und dann ist sie doch da, aber sie ist zu weit weg, um etwas zu unternehmen.

Wir legen an und gehen von Bord, und sie ist schon fast am Parkplatz. Sie geht an der Spitze einer Gruppe von kleinen Kindern mit roten T-Shirts und schwarzen Geigenkästen auf dem Rücken. Sie führt sie zu einem großen gelben Schulbus, nimmt ihnen die Geigenkästen ab und stapelt sie auf einer Seite und schüttelt die Hände von Eltern und spricht mit einem anderen Mädchen, das ein Clipboard hält. Selbst wenn ich zu ihr rüberlaufen würde, selbst wenn ich sie erreiche, bevor sie auch in den Bus steigt, was soll ich sagen? Und was immer es wäre, ich müsste es vor allen Eltern und diesem Stapel von Geigen und dem anderen Mädchen sagen. Das andere Mädchen ist am schlimmsten. Kennt sie sie? Sind sie befreundet? Das Clipboard-Mädchen lächelt das Geigenmädchen an. Sie streckt die Hand aus und berührt ihren Arm. Ihr Pferdeschwanz hüpft, als sie über irgendwas lacht, das das Geigenmädchen sagt. Wem mache ich eigentlich etwas vor? Ich habe keinen Grund, mit ihr zu reden. Und sie hat keinen, um mit mir zu reden. Der Bus fährt ab, und eigentlich ist es auch egal.

# GRANDMA

Dad hat sein chronisches Zuspätkommen von seiner chronisch zu spät kommenden Mutter geerbt. Die Passagiere von unserer Fähre sind längst ihrer Wege gegangen; dann legt die nächste Fähre an, ein weiterer Bus kommt und fährt ab, und Grandma ist immer noch nicht da. Wir gehen zum Strand und lassen ein paar Steine springen und suchen nach Babykrebsen. Als wir wieder zum Parkplatz zurückwandern, denke ich darüber nach, ob wir einfach die nächste Fähre wieder zurück nehmen sollen. Mein Telefon vibriert. Ich hoffe, es ist nicht Grandma, denn falls sie es ist, bedeutet das, dass sie noch nicht mal losgefahren ist. Aber es ist meine Mom.

*Ich schreibe dir zurück. Vielleicht nicht sofort, aber sobald ich kann.*

*Erdbebenrisiko? Gemäßigt. Aber ich kenne dich ja, mittlerweile denkst du bestimmt schon an etwas anderes. Stimmt's?*

Bevor ich die Chance habe zurückzuschreiben, schreien die Jungs los.

«Da ist sie!» Corbin deutet mit dem Finger auf den alten orangen Kombi, der den Hügel heruntersaust. Sie kommt auf zwei Parkplätzen schlingernd zum Halten und springt mit ausgebreiteten Armen aus dem Auto.

«Meine Hübschen!», ruft sie. «In meine Arme! Sofort!»

*Sind bei Grandma. Mir geht's gut. Ich hab dich lieb. Später mehr.*

«Ich bin ja so froh, dass ihr kommt.» Grandma reißt den Wagen auf. Ihr riesiger Hund, der auf dem Rücksitz vor sich hin sabbert, streckt seinen großen, eckigen Kopf heraus. «Sherman wollte auch mitkommen. Sag hallo, Sherman.»

Ich mag Sherman nicht besonders. Er hinterlässt Sabberspuren auf meiner Hose – oder auf meinen nackten Beinen. Und er riecht nach dem Fischöl, das Grandma ihm in sein Futter gibt, und ansonsten wie ein schmutziger alter Hund.

Grandma lässt die Schlüssel an ihrem Finger baumeln und grinst mich an. «Willst du fahren?»

«Nein, danke.»

«Hier kann man gut üben. Nicht viel Verkehr.»

«Ich will nicht fahren.»

«Deine Mutter hat gesagt, wir sollen dich dazu ermutigen.»

«Ich wollte meinen Führerschein gar nicht machen, hat sie dir das erzählt?»

«Vielleicht hat sie keine Lust mehr, dein persönlicher Chauffeur zu sein. Hast du daran mal gedacht? Als meine Jungs sechzehn wurden, habe ich ihnen den Autoschlüssel gegeben und ihnen gesagt, dass ich sie nicht mehr zu Partys oder Nachhilfe oder in den Club oder ins Kino oder zu ihrem Nebenjob fahre. Ich habe gesagt, wenn wir nicht zusammen irgendwohin fahren, dann müssten sie von nun an allein fahren oder einen ihrer Brüder fragen, ob er sie hinbringt oder abholt. Es sei denn, sie waren betrunken oder bekifft. Dann habe ich sie natürlich abgeholt.»

«Ich gehe nicht auf Partys. Und ich bin in keinem Club.»

«Was ist mit einem Job? Wird Zeit, dass du einen hast.»

«Ich will nicht fahren, Grandma. Bitte.» Ich setze mich auf den Beifahrersitz. Sherman legt den Kopf auf meine Schulter und hechelt und hinterlässt dort eine Sabberpfütze.

«Komm schon, Maeve.» Grandma beugt sich ins Auto und klimpert mit den Schlüsseln vor meinem Gesicht herum. Alles wird lauter. Die Schlüssel, das Hecheln, die Jungs, die sich um die Sitze streiten. Die Möwen, die draußen schreien. Ein Lastwagen, der runterschaltet. «Setz dich hinters Steuer.»

«Grandma, ich will nicht.» Ich schiebe Shermans Kopf weg. «Und ich würde sowieso nicht fahren, weil du keine Kindersitze hast.»

«Niemand wird dich hier kontrollieren.»

«Ich fahre nicht.» Ich schließe die Augen und versuche, die Panik zu unterdrücken. «Ich fahre nicht. Können wir jetzt aufhören, darüber zu reden?»

«Das ist ein Volvo, und das ist zufällig das sicherste Auto der Welt», sagt Grandma.

«Das stimmt nicht. Subaru hat das sicherste Auto. Und es hängt davon ab, wie ...»

«Und wir haben es nicht weit. Ich wette, du fährst so langsam wie eine kleine alte Oma. Oder wie eine typische kleine alte Oma. Die mit den lila Haaren.»

«Ich werde unter keinen Umständen fahren, Grandma. Ich will nicht, und du kannst mich nicht zwingen.» Meine Stimme wird immer lauter. «Ich will einfach nicht!» Grandmas Lächeln erstirbt, und ich versuche mich zu beruhigen. «Und Kindersitze sind Vorschrift, solange die beiden noch nicht neun Jahre alt sind.» Jetzt flüstere ich beinahe. «Willst du, dass ich das Gesetz breche?»

Grandma schweigt einen Moment. Die Jungs schweigen. Sherman schweigt. Nur die Möwen schreien weiter.

«Na gut.» Grandma schließt die Faust um die Schlüssel. «Wie du willst. Dann fahre ich.»

Ich würde den Bus nehmen. Ein Taxi. Den Zug. Ich würde einen Freund bitten, mich zu fahren. Ich würde Rad fahren oder bei jemandem hintendrauf. Ich würde zu Fuß gehen. Aber das sage ich ihr nicht. Sie ist genau wie Dad, immer lustig und voller Späße und Umarmungen, bis sie dann auf einmal so genervt ist, dass sie nicht mal mehr mit einem reden will.

Die Jungs schnallen sich an, auch wenn die Gurte sie erwürgen werden, falls wir einen Unfall haben. Ich drehe mich um. «Vielleicht solltet ihr euch auf eure Rucksäcke setzen. Das ist beinahe wie ein Kindersitz.»

«Ich will nicht auf meinem Rucksack sitzen», sagt Corbin.

Owen schüttelt zustimmend den Kopf.

«Maeve.» Grandma zieht meinen Namen zu einem langen, tiefen Knurren. «Billy und Claire haben kein Problem damit. Jetzt lass es.»

Wie schwer ist es, zwei Kindersitze zu besorgen?

Wir hätten sie auf der Fähre mitbringen können.

Sie könnte zwei kaufen und sie im Wagen aufbewahren. Die Jungs kommen oft genug her. Ich würde jetzt sofort zwei kaufen, wenn es in diesem winzigen Ort einen Laden gäbe, der so was verkauft, und wenn ich genug Geld hätte.

Als wir in die Straße einbiegen, streiten sich die Jungs über die Kampflinien im Zwergenland, und Sherman sitzt zwischen ihnen und betrachtet die Straße aufmerksamer als jeder andere hier im Auto. Grandma fährt, den Blick stur geradeaus gerichtet und sieht mich nicht an.

Ich versuche mich von meinem eigenen Katastrophendenken abzulenken, indem ich die Auffahrten zähle, an denen wir vorbeikommen. Ich komme bis dreiundsechzig und denke immer noch an Autounfälle.

In Kanada sterben jedes Jahr zweitausendfünfhundert Personen bei Autounfällen. Weitere zwölftausend werden schwer verletzt. Und Kanada ist kein großes Land. Na ja, es ist groß, aber Kalifornien hat mehr Einwohner.

In den USA sterben über siebenunddreißigtausend Menschen bei Autounfällen. Jedes Jahr.

Über eintausendsechshundert davon sind Kinder unter fünfzehn Jahren.

Auf der ganzen Welt sterben jedes Jahr beinahe 1,3 Millionen Menschen bei Autounfällen.

Du solltest diese Zahlen nicht wissen, hat Nancy gesagt. Daran müssen wir arbeiten.

Du solltest dir stattdessen lieber die Matheformeln einprägen, hat Ruthie gesagt.

Warum lernst du nicht lieber die lateinischen Namen der Pflanzen in unserem Garten?, hat Mom gesagt.

Heilige Scheiße, hat Dad gesagt. Das sind ja irre Zahlen.

Und Grandma würde gar nichts hören wollen.

*Bei einem Verkehrsunfall auf dem Marine Drive kamen heute Nachmittag die ortsansässige Künstlerin Gillian Glover sowie ihre drei Enkel ums Leben: die sechzehnjährige Maeve und die beiden sechsjährigen Zwillinge Corbin und Owen Glover. Hätte Miss Glover den Rat ihrer Enkelin befolgt, hätten die Jungen vielleicht überleben können. Doch sie waren nicht sicher angeschnallt und wurden deshalb aus dem Auto geschleudert.*

So weit ist das gar nicht hergeholt. Letztes Jahr ist eine Frau aus Port Townsend mit einem Minibus voller Zweitklässler nach Seattle gefahren, weil sie dort das Museum besuchen wollten, aber sie kam von der Straße ab und fuhr geradewegs in eine Zeder. Fünf der Kinder lagen irgendwo auf der Straße oder im Graben. Zwei waren tot, drei schwer verletzt. Ein Siebenjähriger wurde durch die Frontscheibe geschleudert und erst nach vier Tagen gefunden. Der Grund dafür war, dass niemand daran dachte, nach oben zu gucken. Er hing in einem Baum, und zwar so hoch oben, dass ihn niemand von unten aus sehen konnte. Ein Hubschrauberpilot entdeckte schließlich von oben seine rote Jacke.

Und dann habe ich gelesen, dass er gar nicht gleich tot war. Er starb erst am zweiten Tag. Was bedeutet, dass er die ganze Nacht ganz allein da oben war, verwirrt und voller Angst und Schmerzen.

Keines der Kinder war angeschnallt. Keines hatte einen Kindersitz. Die Frau sagte, sie hätte nicht daran gedacht, weil sie doch bloß einen kleinen Ausflug gemacht hätten, so als ob ihr Minibus ganz plötzlich und wie durch Zauberei in einen großen gelben Schulbus verwandelt worden wäre.

Ich habe die Nachrufe dieser Kinder nicht gelesen.

Nicht mal den des kleinen Jungen, der auf dem Baum hing.

Nach dem Mittagessen gehen wir zum Strand, weil Grandma schwimmen will. Sie tut das jeden einzelnen Tag im Jahr, selbst mitten im Winter. Vermutlich stirbt sie irgendwann daran. Ertrinkt. Ihre Leiche wird auf den Wellen treiben, bis sie schließlich an Land gespült wird. Sie sagt, es würde ihr nichts ausmachen zu ertrinken. Sie meint, wenn sie zwischen allen plötzlichen Todesursachen wählen müsste, würde sie Ertrinken wählen. Vielleicht ist Ertrinken sowieso die beste Art zu sterben, sagt sie.

Sie watet ins Wasser und taucht durch die Algen, und dann schwimmt sie mit schnellen und sicheren Zügen hinaus, bis sie so weit draußen ist, dass wir sie kaum noch sehen können. Corbin schwimmt ihr hinterher und kreischt und jault, als er über die Algen kommt.

Ich gehe nicht ins Meer. Nie. Ich schwimme gern im See – im sauberen Wasser mit einem ordentlichen Ufer und freundlichen kleinen Fischen –, aber schon die Vorstellung, im Meer zu schwimmen, macht mir Angst. Die Ebbe könnte mich hinausziehen und mich nie wieder loslassen. Einer von diesen großen, nassen Meeressäugern könnte mich unter Wasser ziehen und mich auffressen, oder ich ertrinke. Das Meer ist felsig und voller Algen und seltsamer Dinge und gruseliger Kreaturen, die im Dunklen lauern, und voll knubbeliger Seesterne und Seeigel und Müll und aller möglichen sich windenden, schwabbeligen, ekligen Dinge. Das Salz klebt auf meiner Haut, wenn ich aus dem Wasser komme, und meine Haare sind total voll damit. Es erfrischt nicht. Es macht keinen Spaß.

Owen geht es ebenso. Er und ich sitzen auf einem Holzbalken, sehen den Wellen zu und schieben den groben Sand mit unseren Füßen weg.

«Sie sind echt weit draußen», sagt Owen.

«Ich weiß.» Ich sehe nicht mehr hin, weil ich mir dann zu viele Sorgen mache. Sie schwimmt jeden Tag, sage ich mir. Sie kann gut schwimmen. Und Corbin auch. Sie kann ihn zurückbringen, wenn er müde wird. Aber was, wenn sie plötzlich einen Krampf bekommt? Oder von irgendwas gebissen wird? Wenn sie einen Herzanfall hat? Dann ist Corbin ganz allein da draußen. Ich hebe den Kopf und versuche sie zu finden.

«Da», deutet Owen mit der Hand.

Ich sehe zwei winzige Flecken, die aussehen wie Seehunde im Wasser. Viel zu weit! Das ist viel zu weit weg! Aber wenn ich jetzt schreie, werden sie mich nicht hören. Wenn ich schreie, hört Owen meine Angst und bekommt auch welche. Stattdessen umfasse ich mein Handgelenk mit der anderen Hand und finde meinen klopfenden Puls und drücke fest auf die kleine blaue Vene, versuche ihn zu beruhigen. Ich drücke so fest zu, dass ich vor Schmerz das Gesicht verziehe, und ich weiß, dass ich später einen blauen Fleck bekommen werde.

# GEBROCHENE KNOCHEN

Nach dem Frühstück am nächsten Morgen laufen die Jungs mit Sherman hinter Grandmas Häuschen in den Wald, um eine Zwergenland-Siedlung zu bauen, während Grandma mich beim Scrabble vorführt. Ich habe schon dreimal hintereinander verloren, als Owen wild rufend den Weg runtergerannt kommt.

«Er ist vom Baum gefallen und hat sich den Arm verletzt, und er hört nicht auf zu schreien!»

«Oh mein Gott!» Ich packe Owen an der Schulter. «Was ist passiert?»

«Ich weiß nicht! Ich weiß nicht! Ich weiß nicht!», brüllt Owen. «Ich glaube, er ist tot!»

«Moment. Einen Moment mal», sagt Grandma. «Owen, du *weißt*, was passiert ist. Du hast es uns ja gerade erzählt. Und du, Maeve, beruhig dich. Schreiende Menschen sind nicht tot. Also, Owen, hol den Erste-Hilfe-Kasten unter dem Bett raus und komm uns nach.»

Schon nach einer Minute auf dem Weg in den Wald höre ich Corbin heulen.

«Wir kommen!», brüllt Owen, der uns eingeholt hat. «Ich habe Grandma und Maeve und den Erste-Hilfe-Kasten!»

«Den nehme ich, danke.» Grandma nimmt ihm den Koffer aus dem Arm.

«Hilfe!», schreit Corbin. «Ich brauche einen Krankenwagen! Die Feuerwehr! Er ist gebrochen!»

Alles, was ich in meinen Erste-Hilfe-Kursen gelernt habe, fällt mir aus dem Kopf und rieselt hinter mir auf den Weg wie die Brotkrumen bei Hänsel und Gretel. Als wir bei Corbin ankommen, habe ich keine Ahnung, was wir jetzt tun sollen, obwohl ich solche Sachen schon tausend Mal in meinem Kopf durchgespielt habe.

Corbins Arm ist tatsächlich zwischen Ellenbogen und Handgelenk gebrochen und sieht aus wie ein S. Als ich das sehe, möchte ich am liebsten kotzen. Ich muss tatsächlich weggucken.

Ich wusste es. Ich wusste es. Ich *wusste* es. Ich wusste, dass irgendwas passieren würde. Ich hätte mit ihnen in den Wald gehen müssen. Ich hätte auf sie aufpassen sollen. Lass sie doch gehen, hat Grandma gesagt. Es sind Kinder, die spielen wollen. Das tun Kinder nun mal, Maeve. Du musst ihnen erlauben, Kinder zu sein.

Und das auch? Dass er bleich wie der Tod auf dem Waldboden liegt, mit gebrochenem Arm?

«Unfälle passieren», sagt Grandma, als sie den Erste-Hilfe-Kasten öffnet und mir eine Mullbinde reicht.

Unfälle können verhindert werden. Unfälle würden nicht passieren, wenn die Leute nicht so leichtsinnig wären. Unfälle passieren, weil die Leute nicht aufpassen oder sie das Offensichtliche ignorieren. Zum Beispiel, dass es dumm ist, zwei kleine Kinder allein in einem Wald spielen zu lassen, der voller Bären und Kojoten ist und Stromschnellen im Fluss und Bäumen und Bäumen und noch mehr Bäumen, von denen man runterfallen kann.

«Roll die Mullbinde ab, Maeve.»

Ich tue es. Ich wickle sie ab und werfe sie ihr zu. Sie sieht mich mit kühlem Blick an, dann fängt sie an, eine Schlinge um Corbins Arm zu wickeln, während Owen nervös um sie herumhopst, an den Nägeln kaut und Corbin schreit und schreit.

«Ich brauche einen Feuerwehrwagen», sagt Corbin, als sein Arm in der Schlinge hängt.

«Nein, den brauchst du nicht», sagt Grandma.

«Ich brauche einen Krankenwagen!»

«Nein, tust du nicht», sagt sie. «Du hast dir ja nicht das Bein gebrochen. Du kannst zum Auto gehen. Also los, gehen wir.»

Zurück beim Haus, setzt Grandma Corbin auf den Rücksitz und schiebt ein paar Kissen unter seinen Arm und gibt Owen strikte Anweisungen, wie er die Kissen festhalten soll. Je näher wir zum Krankenhaus kommen, desto weniger will Corbin hin. Aber nach etwa einer Stunde wird er in die Chirurgie gebracht und schreit, so laut er nur kann, dass er von einem eingeschleusten Agenten aus König Parzivals Armee verstümmelt werden soll.

«Das ist ein gutes Zeichen», sage ich, während wir uns im Warteraum hinsetzen und auf Dad und Claire warten, die bereits auf der Fähre hierher sind.

# ELTERLICHER EHESTREIT

Als Claire und Dad ungefähr eine Stunde später hereineilen, geht Claire direkt zu den Schwestern, um nach Corbin zu fragen, und Dad geht direkt zu Owen, nimmt ihn auf den Arm und drückt ihn an sich, als könnte er Corbin durch reine körperliche Nähe zu seinem Zwilling trösten.

«Ich glaube es einfach nicht», sagt Dad. «Eine Operation!»

«Es ist nur ein gebrochener Arm», sagt Claire, als sie sich auf dem Stuhl neben mir niederlässt.

«Nur ein gebrochener Arm?» Dad setzt Owen ab und sinkt auf einen anderen Stuhl. «Ein gebrochener Arm ist was Ernstes, Claire. Besonders, wenn er operiert werden muss.»

«Es wäre vielleicht was Ernstes, wenn er tagelang in der Wildnis hocken würde.»

«Es kann trotzdem ernst sein», meint Dad. «Infektionen. Nervenschäden.»

«Klar, Billy, du hast recht», sagt Claire strahlend. «Dann wollen wir uns doch lieber alle vor Angst verrückt machen. Das hilft uns ganz sicher.»

Was immer gerade los ist, es hat nichts mit Corbins gebrochenem Arm zu tun.

«Ach, was soll's», fügt Claire hinzu, und dann stemmt

sie sich vom Stuhl hoch und geht zum Snackautomaten. Sie steckt ein paar Münzen rein und drückt ein paar Knöpfe und kommt mit einer Handvoll Müsliriegel wieder. «Will jemand einen?»

«Nein.» Dad verschränkt die Arme. «Ich nicht.»

«Nehmt ihr einen.» Claire verteilt sie an mich und Owen und Grandma. «Ihr habt wahrscheinlich seit dem Frühstück nichts gegessen, stimmt's?»

Ich nehme den Riegel und nicke. Claire setzt sich wieder hin. Sie zieht sich einen kleinen Tisch heran, streift die Sandalen ab und legt ihre geschwollenen Füße auf den Tisch. Dad zieht eine Grimasse.

«Wir sind hier im Krankenhaus, Claire. Zieh deine Schuhe an.»

«Hier haben viele Leute keine Schuhe an.»

«Das sind auch Patienten.»

«Was ist der Unterschied?» Sie wühlt in ihrer Tasche. «Ich hab hier noch Äpfel und etwas Käse, aber ich hatte keine Zeit, noch irgendwas anderes einzupacken. Sonst hätten wir die Fähre verpasst.» Sie wirft Dad einen bedeutungsvollen Blick zu.

«Wir hatten ja offenbar noch genug Zeit, dass du dir vor dem Einsteigen noch einen Schokoriegel kaufen konntest, oder?»

«Kaum.» Noch ein eisiger Blick in Dads Richtung.

Was ist bloß los? Wieso benehmen sie sich so? So benehmen sich sonst nur andere Eltern. Andere Leute reden so miteinander, aber nicht Claire und Dad.

«Du hast einen Schokoriegel bekommen?» Owen setzt sich auf.

«Und sie hat einen für Corbin gekauft», sagt Dad.

«Schwangere Frauen können so viele Schokoriegel essen, wie sie wollen», faucht Claire. «Genau wie ein Kind mit gebrochenem Arm.»

«Das ist unfair, Mom.»

«Ja, das ist unfair. Brich dir doch auch einen Arm.» Es ist so untypisch für Claire, so etwas zu sagen, dass wir sie alle drei bloß anstarren.

«Oh, Owen.» Sie streckt den Arm nach ihm aus. «Das war wirklich nicht nett von mir. Dafür gibt es keine Entschuldigung. Ich hab es nicht so gemeint, tut mir leid.»

Owen fängt vor lauter Verwirrung an zu weinen. Claire zieht ihn umständlich auf ihren Schoß. «Es tut mir leid, Süßer. Sehr leid.»

«Kann ich einen Schokoriegel haben?», fragt Owen durch seine Tränen.

«Natürlich, mein Schatz. Natürlich.» Claire stellt ihn auf die Füße und sieht meinen Dad an. «Würdest du bitte mit ihm an die frische Luft gehen? Kauf ihm einen Schokoriegel.» Sie sagt es ganz formell, aber es klingt kein bisschen höflich, sondern eher so, als würde sie sagen, Dad soll mit Owen an die scheiß Luft gehen und ihm einen scheiß Schokoriegel kaufen und ganz nebenbei könnte er sich eigentlich auch verpissen.

Als Dad und Owen weg sind, stützt Claire den Kopf in die Hände. «Als ihr angerufen habt, wusste ich nicht, wo Billy ist», sagt sie.

«Aber du hast ihn gefunden», sagt Grandma.

«Wo war er?», frage ich.

«Er hat gesagt, er geht arbeiten, weil er noch ein paar Sachen erledigen will, bevor die Aufnahmen nächste Woche am Set losgehen.» Claire schüttelt den Kopf. «Ich habe ihn auf dem Handy angerufen. Zehn Mal. Dann habe ich im Produktionsbüro angerufen, und der Typ, der dran war, ist losgegangen, um ihn zu suchen, konnte ihn aber nicht finden. Irgendwann hat er mich endlich zurückgerufen, nachdem ich ihm Massen von Nachrichten hinterlassen hatte. Ich habe ihn gefragt, wo er war. Er hat gesagt, bei der Arbeit.»

«Dann war er auch bei der Arbeit», sage ich. Aber dann denke ich an den Abend meiner Ankunft und dass er mich so spät abgeholt hat. An all die langen Tage am Set. Zu lange Tage.

«Das behauptet er auch», meint Claire. «Er sagt, wer immer da am Telefon war, wäre bloß eine Aushilfe gewesen, der nicht wusste, wo er suchen sollte. Er meint, es ist ein großes Areal. Aber ich glaube nicht, dass er dort war. Ich glaube nicht, dass er überhaupt hingefahren ist.»

«Du redest dir da was ein, Claire.» Grandma legt ihr eine Hand auf den Arm. «Er ist diesmal schon seit fünf Jahren trocken. Und er hat keine Affäre. Falls es das ist, woran du denkst. Er ist bis über beide Ohren in dich verliebt und nur in dich. Das weißt du.»

«Ich weiß, dass es keine Drogen sind. Das würde ich merken. Das würde ich spüren.»

«Richtig.»

«Und ich weiß, dass er mich liebt. Und die Kinder. Und das Baby.» Sie legt die Hand auf ihren Bauch.

«Hast du ihn direkt gefragt?», sagt Grandma. «Hast

du eine Affäre, Billy? Nimmst du wieder Drogen, Billy? Trinkst du wieder, Billy?»

«Nein.»

«Warum nicht?»

Ich will das alles nicht hören. Als ich aufstehe, zittern mir die Knie.

«Er beharrt darauf, dass er so viel arbeitet», sagt Claire. «Er sagt, er hat irrsinnig viel zu tun.»

«Dann hat er auch gearbeitet.»

Ich bin schon fast bei den Toiletten, aber ich kann sie immer noch hören.

«Ich denke immer daran, wie es war, als er noch mit Deena zusammen war», sagt Claire. «Und was dann passiert ist.»

Deena. Meine Mom.

Claire redet von der Affäre, die die Ehe meiner Eltern beendet hat. Wie hieß sie noch? Shelley? Kelly? Sie war eine alleinerziehende Mutter, die in Seattle in dem Café gegenüber vom Aufnahmestudio arbeitete. Sie hatte keine Ahnung, wer die Railway Kings waren. Sie wusste nicht, dass er praktisch berühmt war. Sie hörte nur Countrymusik. Er hat ihr erzählt, er würde in einem Lager arbeiten und Pappbecher in Kartons füllen. Als die Band mal gesammelt ins Café kam, hat er gesagt, sie würden alle zusammenarbeiten. Pappbecher, Pappteller, Plastikbesteck. Er meinte, er fand es gut, dass sie nichts von der Band wusste.

Sie wusste auch nicht, dass er verheiratet war und dazu Vater eines Kleinkindes und ein Säufer. Sie wusste nicht, dass er sich eine Menge Geld durch die Nase zog. Sie wusste nicht, wie wütend meine Mutter war. Die Frau im Café war diejenige, die alles veränderte. Sie schrieb ihm ihre Telefonnummer auf seinen Kaffeebecher. Sie öffnete ihm Nacht für Nacht die Tür, während meine Mutter zu Hause mit mir im Bett lag und nicht wusste, was sie tun sollte. Diese Frau war es, die alles veränderte. Es ist egal, dass ich mich nicht an ihren Namen erinnern kann. Sie hätte irgendwer sein können.

Ich schließe mich in der Toilette ein und setze mich auf den Klodeckel. Das Neonlicht über mir summt. Ich sitze eine lange Zeit da und starre den roten Alarmknopf an der Wand an. Ich möchte ihn am liebsten drücken. Aber er ist für einen anderen Notfall gedacht. Dad vermurkst es gerade. Claire ist wütend. Das Baby kommt bald. Corbins Arm ist gebrochen. Meine Mom ist auf Haiti. Ich habe das Mädchen von der Busstation auf der Fähre verloren. All das fühlt sich ziemlich nach einem Notfall an.

# JEMANDEM ZUFÄLLIG BEGEGNEN

Claire bleibt bei Corbin im Krankenhaus, obwohl Dad angeboten hat, er könne das übernehmen. Am nächsten Morgen gehen wir alle hin, um sie abzuholen. Fünf Minuten nach unserer Ankunft sagt Dad, dass er die nächste Fähre kriegen muss.

«Ich muss zur Arbeit.»

«Am Sonntag?» Claire trägt eins von seinen alten Railway-Kings-T-Shirts, das ausgewaschen über ihrem Bauch hängt, und eine Jogginghose. Ihre Haare sind zerstrubbelt, und ihre Augen sind gerötet. Sie sieht aus, als hätte sie überhaupt nicht geschlafen. «Wirklich?»

«Ja, wirklich.» Er küsst die Jungen und mich. Claire küsst er nicht. «Um fertig zu machen, was ich *gestern* tun wollte.»

Als er weg ist, sammelt Grandma uns alle ein. «Lasst uns brunchen gehen», sagt sie, nachdem Corbin entlassen wurde.

«Ich habe keinen Hunger», meint Claire.

«Dein Baby aber.» Grandma klimpert mit ihren Autoschlüsseln. «Los, wir gehen.»

Als wir auf dem Parkplatz vom Gumboot Garden halten, springt Corbin als Erster aus dem Wagen.

«Waffeln mit Sahne!» Er fängt an zu laufen, aber dann schreit er auf und bleibt stehen und drückt seinen Gipsarm fest an sich. «Soll das immer noch wehtun?»

Grandma und Claire folgen ihm ins Café, während ich mit Owen noch draußen bleibe. Er untersucht das Kiesbett am Straßenrand.

«Ich suche Steine zum Ditschen», murmelt er. «Flache, glatte. So groß.» Er deutet die ideale Größe mit Zeigefinger und Daumen an. Ich finde einen passenden und gebe ihn ihm.

Jemand spielt in der Nähe Geige. Und es ist einer von Dads Songs, «O'Ryan's Train». Als ich klein war, hat Dad mir einen großen schwarzen Hund gekauft, obwohl ich einen Welpen wollte. Mom meinte, er hätte ihn bloß bei uns abgeladen, weil er auf Tour ging und niemand sonst ihn haben wollte. Er hieß Mars, aber ich habe ihn O'Ryan genannt, nach diesem Song. Es war mein Lieblingssong, bis Dad mir Jahre später erzählte, dass es der letzte Song war, den er geschrieben hat, bevor Hank – der Drummer – an einer Überdosis Heroin starb und alles auseinanderbrach. Es war ihr bester Song, kurz bevor alles kaputtging.

Ich folge der Hecke bis zu ihrem Ende und schaue über die Straße, um zu sehen, wer den Song so verunstaltet. Er soll schnell und scharf gespielt werden, aber hier klingt er weich und langsam. Wer immer es ist, ich will mich über ihn ärgern. Aber es ist das Mädchen von der Busstation.

Das Mädchen von der Fähre.

Sie steht mit dem Gesicht zur Sonne, den Geigenkasten

offen vor sich auf dem Boden, und spielt einen Song von meinem Dad.

Owen taucht neben mir auf und trägt einen Haufen Steine in seinem Shirt.

«Das ist Dads Song!», sagt er. «Sie spielt Dads Song. Lass uns hingehen und zuhören!»

Und er läuft so schnell los, dass die Steine dabei herausfallen.

«Pass auf, die Autos!»

Er bremst ab, sieht sich schnell nach beiden Seiten um, dann rennt er rüber und brüllt: «Hey, du spielst gerade einen Song von meinem Dad!»

Sie unterbricht ihr Spiel. «Einen Song von deinem Dad?»

Mein Magen hebt sich. Ich will über die Straße gehen, aber dann auch wieder nicht. Ich will mit ihr reden, aber ich bin nicht sicher, dass ich das kann. Aber es ist egal, es muss egal sein, jedenfalls lasse ich einmal nicht zu, dass es eine Rolle spielt, denn ich werde beides tun.

Als ich rübergehe, kann ich in ihrem Gesicht erkennen, dass sie überlegt, wo sie Owen schon mal gesehen hat, aber dann sieht sie mich, und ich merke, wie sie uns zusammenbringt.

«Ich kenne dich doch», sagt sie. «Die böse, spaßverderbende Schwester. Wo ist der andere?»

«Im Gumboot.» Ich deute hinter mich. «Meine Stiefmutter liebt Rühreier mit Wasabi.»

«Echt?»

«Sie ist schwanger.»

«Ah, okay.» Sie lacht. «Das erklärt alles.»

Ich stehe da. Sie steht da. Owen wartet darauf, dass etwas Spannendes passiert, und als nichts passiert und sich der Moment dehnt und dehnt, gibt er auf und geht mit seinen restlichen Ditsch-Steinen ins Café.

«Vorsicht, Autos!», rufe ich, als er sich dem Straßenrand nähert. Ich lasse ihn nicht aus den Augen, bis er im Café verschwunden ist.

«Also.» Sie umarmt ihre Geige. «Die Railway Kings. Das ist dein Dad?»

«Er hat meist Gitarre gespielt», sage ich. «Aber er hat auch geschrieben. Zum Beispiel ‹O'Ryan's Train›.»

«Das ist echt cool.»

«Wenn man auf die Railway Kings steht. Was nicht viele Leute tun. Oder eher, getan haben. Ist ein bestimmter Typ.»

«Absolut. Meine Eltern waren große Fans. Oder sind es noch.»

«Meine auch.»

Das Mädchen blinzelt.

«Das sollte ein Witz sein.»

«Ah. Okay. Kapiert.» Sie nimmt einen Vierteldollar aus ihrem Geigenkasten und reicht ihn mir.

Ich nehme ihn. «Wozu ist das?»

«Das ist der Preis, oder?» Sie grinst. «Den hat dein geschäftstüchtiger kleiner Bruder festgesetzt. Seine Witze sind ziemlich witzig.»

«Ja?» Ich werde rot und gebe ihr den Vierteldollar zurück. «Meine Witze sind umsonst.»

«Cool.» Das Mädchen nickt.

«Cool.» Ich nicke auch. Ich sollte zu den anderen ins Gumboot gehen. Mittlerweile haben sie bestimmt bestellt.

Aber ich will nicht gehen. Noch nicht. «Spielst du hier oft?»

«Nicht wirklich.» Das Mädchen sieht sich plötzlich um, als wüsste sie nicht ganz genau, wo sie gerade ist. «Ich bin hergekommen, um ein paar Stunden im Geigen-Camp zu geben.»

Das war der Bus mit den Kindern. Das Mädchen mit dem Pferdeschwanz. «Du unterrichtest? Das ist ja cool.» Ich hole tief Luft. Ich will diese Unterhaltung so weit wie möglich strecken. «Spielst zu schon lange?»

«Seit ich fünf bin.»

«Das ist lang», sage ich und frage mich, wie alt sie wohl ist. Fünfzehn? Zwanzig? «Mein Dad hat versucht, mir Gitarre beizubringen, aber ich habe keinen einzigen Musikknochen in meinem Körper. Ich male.»

«Was malst du?»

«Alles.» Ich habe mein Skizzenbuch bei mir, aber ich will es ihr nicht zeigen. Ich zeige es nie jemanden. «Gegenstände. Kleine Sachen. Teetassen, Schlüssel. Fahrräder.» Das klingt irgendwie bescheuert. «Leute, die mir auffallen.» Ich bereue beinahe sofort, dass ich das gesagt habe. Meine Wangen werden heiß.

«Spielt dein Dad noch?»

«Manchmal. Er ist jetzt Kulissenmaler beim Film.»

«Immer noch cool», sagt sie. «In Vancouver?»

«Jep.»

«Also wohnst du auch in Vancouver?»

«Im Moment ja.» Ich erzähle ihr, dass meine Mom auf Haiti ist. Aber ich sage ihr nichts von Raymond. Oder was ich davon halte. «Und du?»

«Ich bin in East Van geboren und aufgewachsen.»

«Echt?» Mein Hals schnürt sich zu. «M-m-mein Dad wohnt auch in East Van.»

Ich hole tief Luft und versuche das Stottern zu unterdrücken.

«Dann sollten wir uns da mal treffen.» Sie grinst. «Magst du Mochas?»

«Ich liebe Mochas! Die sind so lecker. Ich liebe die Sahne.» Ich klinge wie einer der Zwillinge. Kein bisschen cool. Sondern übereifrig und komplett enthemmt.

«Toll», sagt das Mädchen mit einem Lachen. «Dann müssen wir mal ins Continental.»

«Schokoladensahne, ja! Absolut», sage ich viel zu schnell, und ich spüre, wie mich eine neue Welle der Aufregung packt. Beruhig dich, Maeve. Lass dir Zeit. «Atme.»

«Was?»

«Nichts.» Ich bin total nervös. Das Stottern kehrt zurück. Vermutlich bereut sie ihren Vorschlag schon längst. «Ich m-m-meine, ja. Das w-w-wäre toll. Kaffee. Klar. Das können wir machen.» Dann muss ich mir tatsächlich die Finger auf die Lippen drücken, damit ich aufhöre zu reden.

«Vielleicht sollten wir uns dann mal vorstellen.»

«Gute Idee.»

«Ich bin Salix.» Sie schiebt sich die Geige unter einen Arm und streckt mir die Hand entgegen.

«Ich bin Maeve.»

Wir schütteln uns die Hände und halten sie eine Sekunde zu lang fest, dann zwei Sekunden, und dann lässt Salix zuerst los.

«Interessanter Name», sage ich und erhole mich etwas. «Wie buchstabiert man den?»

«S-a-l-i-x.»

Sie zieht ihr Handy aus der Tasche. «Wie ist deine Nummer?»

Ein Mädchen fragt mich nach meiner Nummer. Das ist noch nie vorgekommen. Jessica hatte meine Nummer, weil sie meine Laborpartnerin war, und Ruthie hatte sie immer schon. Wenn ich Ruthie überhaupt zählen soll. Nein. Nicht wirklich.

Ich bin so von den Socken, weil mich ein Mädchen nach meiner Nummer fragt, dass sie mir einfach nicht einfallen will. Ich muss mein Handy rausholen und nachsehen, bevor ich sie ihr sage, und dann schiebe ich es wieder in meine Tasche und bin sicher, dass ich nie wieder von Salix hören werde. Sie ist bloß höflich, das ist alles. Sie ist vermutlich total beschäftigt und wird es einfach vergessen. Aber dann vibriert mein Handy, während sie immer noch direkt vor mir steht.

*Continental. Freitag 14h?*

«Nur um sicherzugehen, dass ich deine Nummer richtig gespeichert habe», sagt Salix. «Während du noch da bist.»

Ich starre mein Handy an. Auch wenn ich bei dem gesamten Gespräch anwesend war, kann ich die Worte auf dem Display einfach nicht glauben.

«Vorher komme ich nicht in die Stadt», sagt Salix, als ich immer noch nicht antworte. «Passt dir Freitag?»

Ich schreibe zurück, und meine Finger zittern derartig, dass ich die Autokorrektur mehrmals korrigieren muss.

*Ich konnte*

*Ich kommen*

*Ich komme.*

Salix Klingelton ist ein Geigenstück. Sie schaut auf ihr Display. «Super! Dann sehe ich dich Freitag.»

«Freitag.»

Und dann, als hätte sich der Wind gedreht, überkommen mich Zweifel. Ich fühle mich plötzlich wie aufgeschwemmt davon. Vielleicht ist das gar kein Date. Vielleicht ist Salix einfach nur nett. Vielleicht sucht sie einfach nur eine neue Freundin. Vielleicht will ich keine neue Freundin. «I-i-i-ich», stottere ich, «ich mag deinen R-Regenbogenaufnäher.»

«Danke.» Und dann blickt sie zu Boden und sagt schüchtern: «Auf deinem Rucksack habe ich keinen Regenbogen gesehen.»

«Nein. Warte mal, hast du geguckt? Wann?»

«Am Terminal, als du dich mit deinen Brüdern gestritten hast. Kein Regenbogen.»

«Apropos Fähre, ich habe dich nicht mehr gesehen. Wo warst du?»

Salix hebt den Blick. Ihre Augen sind hellgrün und strahlen. «Du hast nach mir gesucht?»

Ich nicke. Der Wind dreht sich wieder, und der Zweifel schwindet. «Und ich hab dich nicht gefunden.»

«Ich war unten im Autodeck in der Ecke, wo die Leute ihre Hunde lassen. Ich spiele ihnen gern was vor. Leiste ihnen Gesellschaft. Weißt du, wo das ist?»

«Ja, weiß ich.» Der einzige Ort, an dem ich nicht gesucht habe. Ich wünschte, ich hätte. Ich wünschte, ich hätte sie dort gesehen, wie sie den Hunden etwas vorspielt. «Das ist echt süß von dir.»

«Oder echt dämlich.»

Es ist Zeit zu gehen. Dan sagt, es ist immer besser, derjenige zu sein, der zuerst auflegt. Oder zuerst geht, wie in diesem Fall.

«Ich sollte jetzt g-g-gehen», stammle ich. «Die fragen sich wahrscheinlich schon, wo ich so lange bleibe.»

«Dann bis Freitag», sagt Salix. «Du weißt, wo das ist?»

«Ja», sage ich. «Mein Dad kauft da immer seine Kaffeebohnen.»

«Meiner auch.»

«Rock on, Railroad Kings.»

«Lang lebe ‹O'Ryan's Train›.»

«Definitiv», sage ich. «Tschüs.»

«Tschüs.»

Ich weiche zurück und bin so abgelenkt, dass ich erst im letzten Moment daran denke, auf den Verkehr zu achten. Ein Lastwagen rauscht vorbei, dann ein Auto, und dann überquere ich die Straße und ducke mich hinter der Hecke, um meinen Dad anzurufen. Ich will ihm dafür danken, dass er einer von den Railway Kings ist. So habe ich vorher noch nie gedacht, aber jetzt auf einmal hat es Bedeutung. Auf einmal ist diese Tatsache so etwas wie eine Währung, und sie hat mir ein Date eingebracht.

# BAUCHGEFÜHLE

Ich bleibe hinter der Hecke stehen und rufe Dad an. Es klingelt und klingelt, während Salix wieder anfängt, Geige zu spielen. Diesmal klingt der Song absolut perfekt, obwohl sie ihn immer noch auf ihre Art spielt, was kein bisschen nach der Version der Railway Kings klingt. Die Mailbox springt an, aber ich will keine Nachricht draufsprechen. Ich will ihm alles erzählen. Erinnerst du dich noch an das Mädchen vom Busbahnhof? Weißt du noch? Du wirst es nicht glauben, Dad. Ich rufe noch mal an. Und dann noch ein drittes Mal, und es klingelt und klingelt. Und dann habe ich sie wiedergetroffen, am Fährterminal, und jetzt ist sie hier. Es klingelt und klingelt, und dann nimmt er endlich ab.

«Maeve!» Er brüllt so laut meinen Namen, dass ich mir das Telefon vom Ohr reiße. «Was zum Teufel ist los? Warum rufst du ständig an? Ist was passiert? Ist was mit dem Baby?»

«Nein, nein, Dad. Allen geht's gut. Und mir erst!»

«Jesus», sagt Dad. «Warum rufst du dann immer wieder an? Warum hast du keine Nachricht hinterlassen?»

«Weißt du überhaupt, wie man seine Mailbox abhört?»

«Darum geht's doch gar nicht. Ich bin hier beschäftigt,

Maeve.» Er klingt kurz angebunden, seine Worte kommen im Stakkato. «Was ist?»

«Da war doch dieses Mädchen, auf der Fähre ... Nein, vorher schon, am Busbahnhof. Weißt du noch? Sie hat draußen Geige gespielt, im Park neben dem Parkplatz.»

«Nein, ich habe kein Mädchen gesehen, das Geige spielt.»

«Na ja, ich habe sie jedenfalls wiedergetroffen, im Warteraum vom Fähranleger, und Corbin hat ihr Witze erzählt, aber ich dachte, dass er sie um Geld anbettelt.»

«Kann das nicht warten?» Er schnallt es nicht. Er begreift nicht, wie alles zusammengekommen ist und sich in etwas Großes verwandelt hat. Welche glücklichen Umstände dazu geführt haben, oder das Schicksal. Oder Gott. Er hört nicht mal zu, jedenfalls nicht richtig. Es ist ihm egal. Genau das zeigt er mir gerade. Es ist ihm egal.

«Vermutlich.» Ich bin nicht sauer. Ich könnte es sein. Aber ich bin bloß traurig. Denn wenn ich es ihm später erzähle, wird es nicht mehr dasselbe sein. Ich will es ihm *jetzt* erzählen, solange ich noch so voller Aufregung bin, die wie ein funkelnder Heiligenschein um mich liegt. Der wird nicht halten. «I-I-Ich wollte einfach nur mit dir reden.»

«Geht's allen gut?»

«Ja», murmle ich. Im Hintergrund höre ich die dampfbetriebene Uhr in Gastown zwölf Uhr schlagen, was überhaupt keinen Sinn ergibt. Das Filmset, wo er arbeitet, ist weit davon entfernt, unten am Fraser River. Kein Stück in der Nähe von Gastown. Mindestens eine halbe Stunde Fahrzeit entfernt. Mein Magen krampft sich zusammen. Er lügt. «Ich dachte, du bist bei der Arbeit?»

«Ich musste was in der Stadt besorgen.»

«Oh.» Plötzlich hat er so einen bestimmten Klang in der Stimme. Irgendwie finster. Wie etwas, das Schatten wirft. Oder Zweifel sät. Mir fällt das Gespräch im Krankenhaus wieder ein, und meine funkelnde Aufregung schiebt sich zur Seite. «Davon hast du gestern gar nichts erwähnt.»

«Warum auch?» Noch finsterer. Noch schärfer. «Ich muss jetzt auflegen.» Dann redet er mit jemandem, der bei ihm ist. «Eine Sekunde, Mann. Das habe ich dir doch gesagt.»

«Wer ist da bei dir?», will ich wissen. Und andererseits will ich es auch nicht wissen.

«Einer aus meiner Crew.»

Ich wünschte, ich hätte ihn nicht angerufen. Ich wünschte, ich hätte alles für mich behalten.

«Okay. Also dann, tschüs, Dad.»

«Ach, komm, Maeve.» Plötzlich kriegt seine Stimme wieder Auftrieb. «Jetzt leg nicht so auf.»

Vielleicht interessiert er sich doch. Oder vielleicht will er auch nur vermeiden, dass ich Claire erzähle, was er am Telefon für ein Arsch war. Ein Arsch, der in Gastown wer weiß was macht, obwohl er am Filmset sein soll. Ein Arsch, der der Boss einer riesigen Crew ist. Ein Arsch, der jeden anderen in die Stadt hätte schicken können, um «was zu besorgen».

«Ich hab noch zwei Minuten», sagt er.

«Und dann?»

«Dann muss ich wieder ans Set.»

«Was war denn so wichtig in der Stadt?»

«Echt jetzt?» Die Schärfe in seiner Stimme ist wieder da.

«So willst du deine zwei Minuten verschwenden? Jetzt sag schon: Ein Mädchen. Busbahnhof. Fähranleger. Triffst du sie als Nächstes am Flughafen?»

Ist er mit einer Frau zusammen? Ist es das? Er klingt nicht betrunken. Es muss eine Frau sein. Noch eine Affäre.

«Dad?» Bist du mit einer anderen Frau zusammen, Dad? Aber die Worte kommen nicht heraus, und ich gebe auf.

«Eine Minute, Maeve.»

«Ist egal.»

«Hast du dich mit ihr verabredet?»

«Ist egal.»

«Überhaupt nicht!»

«Du musst los.»

«Jetzt sei nicht blöd, Maeve.»

«Schön. Ja. Sie hat mich gefragt, ob wir uns treffen wollen. Jedenfalls glaube ich, dass sie das getan hat.»

«Das ist echt toll, Maeve.» Im Hintergrund heult eine Sirene auf. Sie klingt so nah, dass wir einen Augenblick lang nicht sprechen können. Als sie aufhört, verabschiedet er sich. «Grüß alle von mir. Küss Claires Bauch von mir. Das ist so toll mit diesem Mädchen. Ich geb dir Geld, damit du sie einladen kannst. Wo trefft ihr euch?»

«Im Continental.»

«Seit wann trinkst du Kaffee?»

«Wenn da Schlagsahne drin ist.» Jetzt bin ich es, die auflegen will. «Okay, aber du musst los, stimmt's?»

«Ja. Hab dich lieb. Küsse für alle, okay? Auch für den Babybauch.»

«Hab dich auch lieb.»

«Tschüs.»

Salix spielt immer noch, aber jetzt ist es ein anderer Song. Keiner, den ich kenne. Ich würde am liebsten wieder über die Straße laufen und ihre Hand nehmen und mit ihr zum Strand gehen und mich auf einen Balken setzen und die Möwen zählen oder die Hunde, die am Wasser entlanglaufen, oder die Kinder, die Sandburgen bauen. Ich will nicht ins Restaurant und mit den anderen zusammensitzen und ihnen alles erzählen oder Teile davon oder gar nichts.

Ich möchte ihnen sagen, dass Salix nicht einfach bloß irgendein Mädchen ist. Ich möchte ihnen erzählen, dass ich sie von der Busstation kenne und vom Fährterminal und dass das etwas zu bedeuten hat, wirklich. Und von dem Telefonat mit Dad. Soll ich ihnen sagen, dass er sie grüßen lässt und uns alle lieb hat? Oder dass er ganz woanders war und ein Mistkerl ist und dass ich keine Sekunde lang geglaubt habe, dass er wirklich arbeitet? Ich kann die Zwillinge und Grandma und Claire am Tisch hinter dem Fenster sehen. Sie lachen, weil sich Corbin Himbeeren auf die Fingerspitzen seines gebrochenen Arms steckt.

Ich schreibe an Mom.

*Ich habe ein Mädchen kennengelernt. Sie heißt Salix. Sie hat sich mit mir verabredet. Glaube ich. Und Corbin hat sich den Arm gebrochen.*

Und dann noch: *Dad benimmt sich komisch.*

Zum ersten Mal, seit ich gefahren bin, schreibt sie mir beinahe sofort zurück.

*Ein Date! Schreib mir eine E-Mail mit allen Details. Ich will alles wissen. Und unterschreib von mir auf Corbins Gips, ja? Hier ist es heiß. Sehr heiß.*

Und dann kommt eine zweite Nachricht.

*Grüße von Raymond.*

Das bezweifle ich, aber okay.

Salix spielt jetzt irgendwas Klassisches. Es könnte fröhlich oder traurig sein, so als wäre der Komponist sich nicht ganz sicher gewesen. Ich spähe um die Hecke herum. Salix hat sich in den Schatten am Waldrand neben dem Laden verzogen. Die Musik, die Bäume, der blaue Himmel, das Mädchen, das so aussieht wie ein jungenhafter Lehrling dieses Komponisten vor hundert Jahren oder in hundert Jahren. Es tut mir gut, ihr zuzusehen, aber als ich mich zum Restaurant wende, verkrampft sich mein Magen vor Sorgen. Dad baut wieder Mist.

# LEICHEN

Als wir wieder zurück in der Stadt sind und ausgepackt haben, ziehen die Jungs ins Zwergenland ab, um die Truppen wieder aufzubauen und nachzusehen, wie der Rest der Wrens und Parzivals sich in ihrer Abwesenheit geschlagen hat. Ich stelle eine Waschmaschine an, und als ich wieder nach oben komme, bemerke ich einen Karton neben dem Sofa, der vorher noch nicht da war. Er ist offen, und obendrauf sehe ich einen Stapel Wegwerf-Bettunterlagen und eine kleine braune Tüte mit der Aufschrift *Wehen-Tee*. Und ein Bild von einer Göttin, die gerade ein Baby zur Welt bringt. Ihre Beine sind gespreizt, Sterne regnen auf sie herab, und sie lächelt selig.

«Die Ausstattung für die Geburt.» Claire sitzt mit einem Buch auf dem Sofa. *Geburt von innen*. «Das ist gekommen, während wir weg waren.»

Die Bettunterlagen sind für den Schweinkram. Wenn die Fruchtblase platzt. Für das Blut und den Schleim und die Scheiße.

Ich werde bei dieser Geburt nicht dabei sein.

Ich werde bei dieser Geburt nicht dabei sein.

«Ich gehe rüber zu Mrs. Patel», sage ich. «Ich schulde ihr noch eine Partie Rommé.»

«Klar.» Claire deutet auf den Tisch. «Kannst du ihr den Kuchenteller zurückbringen?»

Ich klopfe an Mrs. Patels Tür, aber sie macht nicht auf. Von drinnen dröhnt der Fernseher so laut, dass ich die Seifenoper hören kann, die sie sich ansieht. Irgendwer trennt sich von jemandem. Jemand heult, dramatische Musik, dann Werbung. Ich klopfe noch mal. Keine Antwort.

Die Tür ist nicht abgeschlossen, also gehe ich einfach rein. Genauso wie schon tausendmal zuvor.

«Mrs. Patel?» Ich streife meine Flip-Flops ab und parke sie neben Mrs. Patels Gesundheitsschuhen für alte Damen. Sie mag es, wenn die Schuhe ordentlich nebeneinanderstehen. «Ich bin's, Maeve.»

Als immer noch keine Antwort kommt, lege ich die Hand auf das Treppengeländer und beuge mich zu den Stufen vor.

«Hallo?»

Es ist verständlich, dass sie nicht antwortet, denn der Fernseher ist wirklich laut. Mrs. Patel ist ziemlich taub. Wenn sie ihre Hörgeräte nicht drinhat, dann hört sie mich meistens gar nicht. Selbst wenn sie sie drinhat, muss ich oft brüllen. Ich steige die Treppe zum Wohnzimmer hinauf.

«Mrs. Patel?»

Sie hockt zusammengesackt vor ihrem buttergelben Sessel auf dem Fußboden, die Spielkarten um sie herum verstreut. Halb sitzt sie, halb liegt sie, den Kopf auf der Schulter, und in ihren Haaren und auf ihrer rosa Strickjacke – die mit dem Loch am Ellenbogen und dem fehlenden

Knopf – ist Erbrochenes. Der Geruch von Pisse und Scheiße hängt in der Luft, und einen Augenblick lang bin ich total durcheinander und glaube, dass ich vielleicht immer noch nebenan bin und mir die Bettunterlagen anschaue und an Claire denke, wie sie sich einkotet und dabei wie eine Kuh brüllt. Aber es stimmt nicht. Das hier stimmt nicht.

«Mrs. Patel?» Ich lasse den Teller fallen. Ich starre ihn an. Ich sollte ihn aufheben, denke ich. Was für ein Glück, dass er nicht zerbrochen ist, denke ich. Nichts von alldem ergibt irgendeinen Sinn.

Und dann erinnere ich mich an all die Erste-Hilfe-Kurse, und ich haste zu ihr und falle auf die Knie, packe ihren Arm und schüttle ihn heftig.

«Mrs. Patel!»

Ihr Kopf rollt nach vorn, das Kinn ruht auf ihrer Brust, und ihre strähnigen grauen Haare bilden einen Vorhang vor ihrem Gesicht. Ich greife nach ihrem Handgelenk und drücke meine Finger an die Stelle, wo ihr Puls sein sollte. Ich muss die falsche Stelle erwischt haben. Ich lasse meine Finger in winzigen Schritten um Mrs. Patels knochiges Handgelenk wandern. Kein Herzschlag. Kein Puls. Bloß kalte Haut und Mrs. Patels Hand, die leblos herabfällt.

Leblos.

Tot.

Ich stolpere rückwärts und stoße den Fernsehtisch um, der neben Mrs. Patels Sessel steht, und ihr Telefon und ihre Kreuzworträtsel und die Reste ihres Abendessens aus Fritten und Samosas, alles fliegt auf den Boden. Die Seifenoper brüllt mir zu: «Er verlässt dich! Und er wird niemals zurückkommen! Er hat dich nie geliebt. Nie! Niemals!»

Auch die Zeit fällt zu Boden und gleitet davon. Ich habe keine Ahnung, warum ich nicht längst loslaufe. Ich habe keine Ahnung, wie lange ich neben Mrs. Patels Leiche gesessen habe. Ich habe keine Ahnung, wie lange ich brauche, um 911 zu wählen. Aber ich muss das Telefon aufgenommen und gewählt haben. Ebenso wie ich die Häkeldecke vom Sofa genommen haben muss, um Mrs. Patel damit zuzudecken.

*Mrs. Patel verstarb überraschend in ihrem Wohnzimmer, wo sie von ihrer verwirrten Nachbarin Maeve Glover gefunden wurde. Sie konnte den Schock nur überwinden, weil ...*

An all das dachte ich erst später. Natürlich erst später. Nachdem die Sanitäter gekommen waren und die Polizei und Claire, aufgescheucht durch den ganzen Tumult draußen.

«Maeve?», rief sie von der Tür. «Was ist passiert?»

Aber ich konnte nicht antworten. Die beiden Polizisten standen wie Wächter rechts und links neben Mrs. Patels Leiche. Sie kauerte immer noch vor dem Sessel. Die Sanitäter hatten sie noch nicht mal auf den Rücken gelegt. So tot war sie, so als gäbe es verschiedene Stadien des Totseins. Die Sanitäter bombardierten mich mit Fragen, anstatt Mrs. Patel zu helfen. Wie heißt sie? Wie alt ist sie? Litt sie an irgendwelchen Krankheiten? Wann haben Sie sie zum letzten Mal gesehen?

«Hardeep Patel. Zweiundsiebzig. Oder dreiundsiebzig.

Oder einundsiebzig. Sie nimmt eine Menge Tabletten. Letzten Donnerstag», sage ich. «Sie trug diese rosa Strickjacke. Und ich dachte, oh, sie braucht eine neue.»

«Aber da war sie noch okay?», fragt der Sanitäter. «Hat sie seitdem irgendjemand gesehen?»

«Ich dachte ständig nur, oh, sie braucht eine neue Strickjacke ...»

Und dann zieht Claire mich weg, die Treppe hinunter und nach draußen, wo der Geruch von Flieder in der dicken, heißen, windlosen Stadtluft hängt und mir das Atmen kein bisschen leichter macht.

Zu Hause führt Claire mich zum Sofa, aber ich will mich nicht hinsetzen. Ich stehe einfach bloß da und starre an die gegenüberliegende Wand. Auf der anderen Seite der Wand ist Mrs. Patel. Immer noch tot.

«Maeve?» Claire steht zu dicht neben mir. Ich kann den Knoblauch in ihrem Atem riechen. Ich muss beinahe kotzen. «Was brauchst du? Ein Glas Wasser? Etwas zu essen? Ist dir kalt? Willst du eine Decke? Manchmal kriegt man durch den Schock Schüttelfrost.»

«Ich will mit meinem Dad sprechen.»

«Natürlich», sagt Claire. «Ich rufe ihn an. Sofort.»

Sie wählt und hält sich das Handy ans Ohr.

«Er geht nicht ran.» Sie wählt noch mal. «Die Mailbox springt immer an.»

Ich strecke die Hand aus. Claire reicht mir das Handy. Ich bilde mir irgendwie ein, wenn *ich* seine Nummer wähle, dann bin ich es auch, die anruft, und dann geht er bestimmt ran. Klar geht er dann ran. Er ist schließlich mein Vater, und ich bin seine Tochter, und es gibt eine telepathische Verbindung zwischen uns, die ihn wissen lässt, dass das hier ein Notfall ist. Ein echter, wahrer Notfall. Ich brauche ihn.

Es klingelt und klingelt und klingelt.

Claire steht noch dichter neben mir als vorher. Von ihrem Knoblauchgeruch wird mir schlecht. Ihr Gesicht ist so voller Trauer und Mitgefühl und Sorge, dass ich mich wegdrehen muss.

*Sie haben den Anschluss von Billy gewählt, Kulissen- und Porträtmaler. Bitte hinterlassen Sie mir eine Nachricht, und ich rufe so schnell wie möglich zurück.*

Plötzlich fühlt sich das Handy in meiner Hand ganz heiß an. Ich umklammere es fester.

«Dad?» Das Wort verfängt sich in meinem Hals. «Daddy? Ich brauche dich. Ich brauche dich wirklich. Bitte komm sofort nach Hause.»

Ich reiche Claire das Handy und stehe dann einfach nur da.

Bestimmt ruft er gleich zurück. Es ist ein Notfall. Er ist mein Vater. Und ich brauche ihn.

Aber er ruft nicht zurück. Und auch später nicht. Und er kommt auch nicht nach Hause. Und ich bin so, so wütend auf ihn. Rasend wütend. Ich hatte gerade den schrecklichsten Tag in meinem gesamten Leben, und er ist einfach nicht da. Er ist irgendwo in der Stadt, könnte ganz schnell kommen. Mom wäre vermutlich aus Haiti gekommen, wenn ich sie darum gebeten hätte. Er könnte herkommen und mich in den Arm nehmen, denn ich brauche seine Arme, nicht die von Claire. Seine. Ich will in die Arme von meinem Dad, will seine großen Arme um mich spüren, die mich ganz festhalten, damit ich mich nicht selbst festhalten muss.

Aber er ist einfach nicht da.

## JEMANDEN TÖTEN

Die Jungs gehen ohne Protest ins Bett. Sie steigen mit schweren Schritten die Treppe hinauf und drehen sich nur um, um mich mit rot geränderten Augen anzusehen. Eine Stunde lang herrscht Ruhe. Ich sitze auf dem Sofa und starre immer noch die Wand an, die wir mit Mrs. Patel geteilt haben. Claire beschäftigt sich mit einer ihrer Puppen und näht ihr Haare aus Wolle auf den Kopf. Wir sehen beide auf, als wir leise, langsame Schritte hören, die die Treppen herunterkommen. Es ist Owen. Sein Gesicht ist fleckig-rot, und die Tränen laufen ihm immer noch die Wangen hinab.

«Kann ich bei dir schlafen, Maeve?»

«Oh, Schatz.» Claire legt die Puppe weg und geht zu ihm, zieht ihn an sich. «Ich glaube, Maeve möchte heute gern allein sein.»

«Er kann ruhig bei mir schlafen», sage ich. «Das macht mir nichts aus.» Seit ich die Nachricht auf Dads Anrufbeantworter hinterlassen habe, habe ich nichts mehr gesagt, und mein Hals ist so rau, dass die Worte ganz kratzig klingen. «Komm.» Ich nehme seine Hand. «Wir gehen ins Bett.»

«Danke, Maeve.»

«Danke dir, Owen.» Ich drücke seine Hand.

«Ich wollte nicht ganz allein sein.»

«Ich auch nicht.»

Ich kriege Mrs. Patel nicht aus dem Kopf. Ich versuche an meine Mom in Haiti zu denken. Ich versuche an Salix zu denken. Ich versuche an alles zu denken, was mir nur einfällt, aber nichts bleibt hängen. Ich versuche es mit Schafezählen, dann zähle ich bis hundert, dann von hundert rückwärts. Alles, an was ich denken kann, ist Mrs. Patel. Die liebe Mrs. Patel.

Mrs. Patel ist tot.

Mrs. Patel ist tot.

Immer wenn ich die Augen schließe, sehe ich sie. Den umgefallenen Fernsehtisch. Die Falten auf ihrem Pulli. Das Bild von dem streitenden Paar im Fernseher, wie sie sich mit wutverzerrtem Gesicht anschreien. Ich liebe dich nicht mehr! Geh weg!

Ich kann nicht schlafen.

Hin und wieder schiebe ich meine Hand rüber, bis ich Owens Hand finde. Ich halte sie vorsichtig und lege die Finger an seinen Puls. Ich bin froh, dass er da ist, dass er mich daran erinnert, dass das Leben und nicht der Tod der normale gemeinsame Nenner ist. Auch wenn ich schätze, dass sich die Zahlen am Ende angleichen.

Ich kann nicht schlafen.

Ich kann nicht schlafen, und ich kann nicht schlafen, und schließlich stehe ich auf und knipse das Licht neben dem Bett an. Owen rührt sich nicht. Ich finde Dads illustriertes Anatomiebuch und schlage unter *Herz* nach.

Auf einer Seite ist ein schwarz gezeichnetes Herz auf

weißem Untergrund zu sehen. Ein weiteres Bild ist in Farbe: Rot in allen Schattierungen, dazu Lila und Schwarz, weiße Gefäße, blaues Blut, das auf einer Seite herauspumpt, und rotes Blut, das zur anderen Seite hineinfließt. Auf der nächsten Seite ist das Herz zerteilt. Erst halbiert, dann geviertelt. Es sieht aus wie Fleisch vom Schlachter. Als ob man jedes Viertel in Papier einwickeln, in eine Plastiktüte schieben und mit einem Preis versehen könnte. Diese Woche im Angebot, ein Viertel Herz, das Pfund zu 1,99. Oder eine Million Dollar? Wie viel ist ein Herz wert, wenn es nicht mehr schlägt? Wenn es bloß noch ein Stück Muskelfleisch ist?

Ob Mrs. Patel ihr Herz noch hat?

Oder hat der Pathologe es rausgenommen? Hat er es nass und kalt in seinen behandschuhten Händen gehalten? Es in eine Schale gelegt? Hat er es untersucht und hineingepikst und es aufgeschnitten? Und es dann wieder zurückgelegt in ihren Brustkorb, der von wütenden Metallklammern offen gehalten wurde?

Ich schlage eine leere Seite in meinem Skizzenbuch auf und zeichne den Umriss eines ganzen und intakten Herzens. Keine zerteilten Viertel. Keine Abschnitte, die das Uhrwerk bloßlegen. Nur ein Herz. Ein mächtiger Muskel, der so kräftig ist, dass er den gesamten Körper antreibt. So vital, dass man stirbt, wenn er nicht mehr arbeitet.

Wenn man nach dem Buch geht, dann muss Mrs. Patels Herz ungefähr die Größe ihrer Faust gehabt haben. Sie hatte kleine Hände mit kurzen schlanken Fingern, so wie die eines Kindes. Ich lese weiter. Das Herz befindet sich gar nicht auf der linken Seite des Körpers, sondern so ziemlich in der Mitte. Ich mache eine Faust und lege sie dorthin, wo mein Herz sein muss. Wo ihr Herz gewesen ist.

Herzinfarkt. Der Tod des Herzmuskels. Das Herz kann ohne Sauerstoff nicht arbeiten. Es fängt an zu sterben, wenn die Gefäße verkalken oder verstopfen – durch eine Verklumpung oder einen Gefäßkrampf, der ganz plötzlich kommen kann.

Und an diesem Punkt begreife ich, dass ich Mrs. Patel umgebracht habe.

Sie ist an dem Herzinfarkt gestorben, den ich herbeigefleht habe. An dem, der Raymond hatte gelten sollen. Der Herzinfarkt, den ich versucht habe zurückzunehmen.

*Mrs. Patel verstarb überraschend in ihrem Wohnzimmer, wo ihre Mörderin und gelegentliche Nachbarin Maeve Glover sie fand, entsetzt darüber, was sie angerichtet hatte ...*

Was hatte ich getan? Der Herzinfarkt hatte Raymond gelten sollen. Und dann hatte ich ihn zurückgenommen. Wirklich! Aber irgendwie war er weiter herumgeschwebt und hatte schließlich Mrs. Patel getroffen.

Das war meine Schuld.

Ihr Tod war meine Schuld.

Fahrlässiger Totschlag. Aber trotzdem Mord.

Es ist eine schreckliche Erkenntnis, und ich will all das sofort rückgängig machen.

Ich wollte gar nicht, dass Raymond einen Herzinfarkt hat. Ich hatte es nicht so gemeint. Ich wollte nicht, dass dieses grässliche Ding mir aus den Händen gleitet, bevor ich es wieder einfangen und wegwerfen konnte. Aber es hat sich von mir gelöst und ist bis zu Mrs. Patels Haus gekommen, wo es sich auf sie warf, während sie gerade unschuldig dasaß und fernsah. Es hat sie gepackt und all diese winzigen Explosionen in Gang gesetzt, und sie hat sich an die Brust gegriffen und gekeucht und ist dann zu Boden gerutscht und gestorben, in ihren Hausschuhen und ihre knochigen, haarigen Beine vor sich ausgestreckt.

Ich bin zu benommen, um zu sitzen.

Das ist doch lächerlich. Es ist unmöglich, einen Herzinfarkt auszulösen. Das ist Aberglaube. Voodoozauber. Hexerei mit Haarsträhnen und einem zerfledderten Foto. Es kann nicht sein.

Es kann nicht sein.

Nein.

Unmöglich.

Aber ich kann die Vorstellung davon nicht abschütteln.

Wenn es nun doch wahr ist? Wenn so viele Menschen an eine Macht glauben, die sie nicht sehen können und die sie Gott oder Allah oder was auch immer nennen, und wenn all diese Menschen glauben, dass Gott etwas geschehen lassen oder verhindern kann, dann ist das hier vielleicht nichts anderes.

Ich hätte vorher nicht daran geglaubt.

Aber jetzt schon.

Ich lasse meinen Stift fallen und kauere mich auf den Fußboden, lege mich dann auf den Rücken und schließe die Augen. Mein Herz – gesund und robust – klopft schneller und schneller. Es hat kein Recht dazu. Überhaupt kein Recht. Die Zeichnung von dem Herz leuchtet im kleinen

Kreis des Lampenlichts. Ich starre es so lange an, bis es anfängt, auf dem Papier zu pulsieren. Erschrocken greife ich nach der Lampe und schalte sie aus, und das Zimmer wird in diese besonders schwarze Dunkelheit getaucht, wie das immer kurz nach dem Ausschalten einer Lampe geschieht. Ein paar Augenblicke später kann ich wieder etwas sehen, aber die Schatten im Zimmer sind noch schlimmer. Groß und bedrohlich und fremd.

«Maeve?» Owens leise Stimme, so wunderbar lebendig und zitternd.

«Ja?» Ich schalte das Licht wieder an.

«Ich hab ins Bett gemacht.»

Ich muss beinahe lachen. Es ist so etwas Lebendiges, dass es mir ganz egal ist, wie eklig es ist. Mir ist sogar der Geruch egal. Es ist einfach so fundamental und real und hat mit nichts anderem zu tun als damit, lebendig zu sein. Nicht wie Mrs. Patel, deren Blase sich entleert hat, als sie starb, die einen letzten, passiven Schwall Urin von sich gab, die ihr Nachthemd und den Teppich unter ihr durchweichte.

Owen hat ins Bett gemacht. Normalerweise wäre ich total angeekelt. Normalerweise hätte ich nichts damit zu tun haben wollen, die Bettwäsche zu wechseln, aber jetzt bin ich so froh, dass ich tatsächlich etwas tun kann.

«Ist nicht schlimm.» Ich schalte auch das Deckenlicht an. Keine Schatten mehr. «Alles in Ordnung.» Er blinzelt gegen die Helligkeit, und ich helfe ihm aus dem Bett. Ich ziehe die nassen Laken ab und die Bettdecke. Ich gebe ihm seine Eule, die trocken geblieben ist. Owen folgt mir leise zur Waschmaschine. Ich ziehe ihm seinen Schlafanzug aus, während er dort gähnend und zitternd steht, und stopfe alles in die Maschine. Ich finde eins von Dads T-Shirts im Trockner und ziehe es Owen an. Er sieht darin noch kleiner aus, die Ärmel reichen ihm über die Ellenbogen, und nur seine knubbeligen Knie spähen bleich darunter hervor.

«Besser?»

Er nickt und gähnt wieder.

Ich finde hier unten keine Bettwäsche, aber im Schrank am Ende des Flurs gibt es Schlafsäcke, also hole ich uns zwei und bringe Owen zurück zum Bett. Ich rolle die Schlafsäcke aus, einen blauen mit Leuchtsternen auf der Innenseite für Owen und einen angestaubten grünen für mich. Ich lege Owen hinein und ziehe den Reißverschluss zu, und dann krieche ich neben ihn in meinen und schalte das Licht aus.

«Tut mir leid», flüstert Owen mit schläfriger Stimme.

«Kein Problem», sage ich, obwohl ich eigentlich am liebsten Danke sagen würde. Aber er würde nicht verstehen, wie sehr er mir damit geholfen hat. Er hat Mrs. Patel und die blutenden Herzen und das pulsierende Herz auf dem Papier vertrieben. Nicht weit weg, aber doch weit genug, dass ich endlich zum lauten Klopfen meines eigenen erschöpften Herzens einschlafen kann.

# STREIT ZWISCHEN ELTERN

Ich schlafe etwa eine Stunde. Eine Stunde voller fürchterlicher Träume mit viel zu viel Blut und viel zu viel Samosas und sehr lauter Opernmusik. Während ich wachliege und versuche, wieder einzuschlafen, höre ich das unverwechselbare Geräusch eines Schlüssels in der Haustür.

Es ist Dad, der endlich nach Hause kommt. Um fast 4 Uhr morgens.

Ich will ihn immer noch sehen. Ich will immer noch, dass er mich festhält und mir sagt, dass alles wieder gut wird. Eigentlich will ich, dass er mir sagt, dass es nicht meine Schuld war, aber eine Umarmung würde mir schon reichen. Ich eile nach oben, um ihn noch zu erwischen, bevor er ins Bett geht, aber dann bleibe ich abrupt stehen, weil ich Claire und ihn reden höre.

«Du spülst also einfach fünf Jahre Abstinenz im Klo runter, ja?»

«Wuuusch.»

«Das ist kein Witz. Scheiße, Billy. Fünf Jahre!»

«Du kennst doch den Song ‹Keep coming back›», sagt Dad. «Siehst du, ich komme immer wieder zurück.»

«Maeve hat dich gebraucht, Billy. Wir haben dich gebraucht!»

«Mein Handy lag im Wagen.»

«Und wo war dein Wagen?»

Ich setze mich auf die zweite Stufe, wo die Wand mich vor ihren Augen verbirgt. Es herrscht Schweigen. Ein langes Schweigen.

«Wo war dein Wagen?», fragt Claire noch einmal. «Wo warst du? Hast du dich betrunken, während deine Tochter Mrs. Patels Leiche gefunden hat? Wo warst du, Billy? Antworte mir! Wo zum Teufel warst du?»

«Hör auf, Claire.» Seine Stimme klingt schwer und betrunken. «Du willst also wissen, wo ich war?»

«Ja.»

«Also, hier sind die verdammten News: Ich muss mich nicht erklären», lallt er. «Ich bin ein erwachsener Mann. Ich kann machen, was immer ich will, ohne dich vorher zu fragen. Oder danach. Oder überhaupt.»

«Du bist ein erwachsener Mann mit einer Familie.»

«Möchtest du, dass ich um Gnade winsle?» Er lässt seinen Schlüssel fallen. Als er sich vorbeugt, um ihn aufzuheben, kippt er beinahe um. «Du akzeptierst es doch sowieso nicht, also warum soll ich mir die Mühe machen? Ich sage das eine, du sagst das andere. Hin und her und hin und her, blablabla. Ich hab Schuld, du hast recht, fertig. Warum gehen wir nicht einfach ins Bett und sparen uns den Kummer?»

«Kummer?» Claire stößt ein bellendes Lachen aus. «Dann sprich mal mit deiner Tochter, dann weißt du, was Kummer ist.»

Und dann höre ich, wie sie in den zweiten Stock hinaufstapft.

Und er stolpert rüber zum Sofa.

Und ich hocke im Dunkeln und will immer noch mit ihm reden. Ich will immer noch, dass er mich in die Arme nimmt und mir zuhört, wenn ich ihm sage, wie schrecklich das alles war. Aber ich warte zu lange, und dann schnarcht er.

Ich spähe um die Ecke herum. Er liegt ausgestreckt auf dem Sofa, die Stiefel noch an den Füßen, einen Arm über die Augen gelegt. Er interessiert sich nicht für Mrs. Patels Tod. Es ist ihm egal, dass ich sie gefunden habe. In diesem betrunkenen Zustand ist ihm alles egal. Er schläft einfach, tief und zufrieden, als hätte er es sich verdient. Aber das hat er nicht. Er ist einfach nur ein besoffener, gefühlskalter Arsch, der auf dem Sofa ins Koma gefallen ist.

# WAS NACH DEM TOD PASSIERT

Ruthie war mit ihrem Dad im Seaside Market, als sein Aneurysma platzte und er im Gang tot umfiel, einen Salatkopf in der einen Hand und eine Tüte Karotten in der anderen. Wir waren elf Jahre alt, und als ich sie bei der Beerdigung sah, erzählte sie mir, dass ihre Mutter das Gemüse in seinen Händen gekauft hatte, für den Fall, dass ein Teil seiner Seele jetzt darin steckte.

«Was total dämlich ist. So funktioniert das mit dem Sterben nicht», meinte Ruthie. «Du lebst, und dann bist du tot. Nichts passiert danach. Überhaupt nichts. Das ist wissenschaftlich erwiesen.»

Aber es gibt eine Art Zeitfenster, wenn die Organe aufhören zu funktionieren und die Zellen absterben. Vielleicht sind es bloß ein paar Minuten. Aber es gibt eine Zeit, wenn der Körper schon tot ist, die Seele aber immer noch da ist. Das konnte ich sehen, als mein Hund O'Ryan starb. Selbst nach einer halben Stunde sah O'Ryan immer noch lebendig aus, bloß sehr, sehr still, und ich glaube immer noch nicht, dass er wirklich tot war, nur weil sein Kiefer herunterhing und seine Gedärme sich entleert hatten.

Genau wie bei Mrs. Patel.

Bei O'Ryan – der alt war und voller Arthritis und

Krebs – konnte ich nicht glauben, dass er tot war, bis Dan mit seinem Stethoskop rüberkam und mir zeigte, dass er keine Herztöne mehr hatte. Keine Lungentöne. Er steckte mir den Ohrbügel in die Ohren und legte das Kopfstück auf O'Ryans Herz, und es stimmte.

Bei Mrs. Patel gab es keinen Zweifel. Es war offensichtlich, dass sie tot war. Und auch wenn dieser Gedanke weit hergeholt ist und auch wenn ich mir selbst versuche zu sagen, dass ich mich albern verhalte, denke ich immer noch, dass es meine Schuld war. Ich habe Raymond einen Herzinfarkt gewünscht, und er hat sich auf die falsche Person gerichtet. *Mein Fehler. Mein Fehler.* Der Herzinfarkt war *mein Fehler.* Es kreist in meinem Kopf, und das so laut, dass ich nichts anderes glauben kann.

Dad sieht am nächsten Morgen ziemlich mitgenommen aus. Er sitzt mit einem Stück trockenem Toast und einem Becher starkem Kaffee vor sich am Tisch und breitet die Arme für mich aus. Ich setze mich verlegen auf seinen Schoß, und er legt die Arme um mich und lehnt seinen Kopf an meine Schulter. Seine Haare stinken nach Alkohol und Zigaretten. Sein Gesicht ist fettig und aufgedunsen.

«Es tut mir leid, dass ich nicht für dich da war, Mäuschen.»

Ich antworte nicht. Ich sehe zu Claire, aber sie guckt weg.

Er redet. Er spricht die Worte aus, aber sie klingen flach und ohne Bedeutung. Ich wäre gern hier gewesen. Das Handy lag im Auto. Ist ein bisschen spät geworden. Hatte keine Ahnung. Ihr beide standet euch sehr nah, das weiß ich. Tut mir so leid. Ich wünschte, ich wäre hier gewesen. Keine Entschuldigung. War schlimm für dich. Was brauchst du, Mäuschen? Hast du deine Mom angerufen? Können wir irgendwas tun? Hast du deine Therapeutin angerufen?

Bevor ich abfuhr, hat Nancy gesagt, ich könne sie immer anrufen oder ihr eine E-Mail schreiben. Aber ich will nicht mit Nancy sprechen. Ich weiß, was sie sagen würde. Es tut mir ja so leid, dass du deine gute Freundin verloren hast, Maeve. Es ist nicht dein Fehler. Das ist einfach das Leben. Es war ihre Zeit. Also, Maeve, ich habe hier ein paar Therapeuten für dich in der Nähe. Du brauchst das nicht allein durchzumachen. Wie wäre es mit einer Trauergruppe. Oder sie würde mir *noch mal* Al-Anon empfehlen. Nancy, die nicht akzeptieren will, dass ich niemals wieder an so einer Gruppe teilnehmen würde. Einer Gruppe von Leuten, die über ihre Trinkerväter oder -mütter oder -schwestern oder -chefs oder -kinder jammern. Die sich irgendwo in einem Keller treffen, sich mit hängenden Schultern gegenseitig bemitleiden und danach um trockene Doughnuts herumsitzen und in ihre Taschentücher heulen. Ein Ort, wo man Beziehungen aufbauen kann. Ein Ort, um *Freundschaften* zu schließen.

Ich will Ruthie. Ich will eine ihrer pragmatischen Analysen. Ein Herzinfarkt-Fluch? Sei nicht bescheuert. Das Herz stirbt wegen eines medizinischen Notfalls, der nicht rechtzeitig behoben werden kann. Das würde sie sagen. Wissenschaft. Alles Biologie.

«Hast du deine Mom schon angerufen?», fragt Dad noch einmal, als er sich fertig macht, um zur Arbeit zu gehen.

Ich schüttle den Kopf.

«Warum nicht?»

Ich zucke die Schultern.

«Ruf sie an», sagt er. «Sie wird es wissen wollen.»

Also schreibe ich ihr. *Mrs. Patel ist gestorben.*

Das ist alles. So viel ist passiert. Zu viel. Als sie abfuhr, hat sie gesagt, dass sie alles wissen will. Dass sie alle Details erfahren will. Dass sie wissen will, wie ich mich fühle. Wenn wir verbunden bleiben, dann verändert sich gar nichts zwischen uns, hat sie gesagt. Aber so viel hat sich bereits verändert. Es ist zu viel, um es ihr zu erzählen. Ich weiß nicht, wo ich anfangen soll, denn ich weiß nicht, wo es aufhört.

Als sie zurückruft, erzähle ich ihr, dass ich nicht weiß, wann Mrs. Patel gestorben ist. Oder wie. Claire hat es mir gesagt, sage ich. Bandhu hätte sie angerufen. Oh, und Dad ist betrunken nach Hause gekommen.

Sie sagt all die richtigen Sachen. Und sie stellt keine einzige richtige Frage.

«Mrs. Patel ist jetzt an einem besseren Ort.»

«Vermutlich.»

«Dein Vater hatte schon vorher Ausrutscher und hat sich wieder gefangen. Mach dir keine Sorgen.»

«Ja, vielleicht.»

«Was ist mit deinem Date?»

«Mein Date?»

«Mit Salix.» Ich merke, wie sie sich freut, dass sie sich an den Namen erinnert.

«Oh. Das.»

«Ja, das!» Sie freut sich für mich. Sie schnallt es nicht. «Wann seid ihr verabredet?»

«Freitag.»

«Also, ich will alles davon wissen. Erzähl mir, wie es gelaufen ist.»

Als wir auflegen, scheint Haiti noch weiter weg zu sein als zuvor. Am Rand des Planeten. Vielleicht bin ich auch am Rand des Planeten. In jedem Fall wird irgendjemand herunterfallen.

Natürlich werde ich die Verabredung absagen. Ich habe es nicht verdient, ein Date zu haben. Ich habe es nicht verdient, die Schmetterlinge in meinem Bauch zu fühlen. Ich habe es nicht verdient, mir zu überlegen, was ich anziehe, was ich sage, oder mir einen ersten Kuss mit ihr auszumalen.

Ich habe Mrs. Patel *umgebracht.*

Ich drehe das Handy in meinen Händen, bis ich schließlich eine Nachricht abschicke.

*Es tut mir wirklich leid, aber ich schaffe es Freitag nicht. Mir ist was dazwischengekommen.*

Meine Haut kribbelt vor Enttäuschung, und ich fange fast an zu weinen. Aber dann erinnere ich mich daran, dass ich selbst schuld bin. Ich denke an Mrs. Patel, die auf einer kalten Metallliege im Leichenschauhaus liegt. Ihr Leben ist meinetwegen zu Ende. Ich habe kein Recht darauf, glücklich zu sein.

# KLEINE KINDER UND DAS THEMA TOD

Bei den Hindus geht das mit dem Sterben total schnell», sagt Corbin, als er und Owen und ich zwei Tage später die Straße raufgehen, um uns ein Eis zu kaufen. Mrs. Patels Beerdigung ist am nächsten Tag, ganz nach Tradition so schnell wie möglich.

«Als Bobs gestorben ist, war die Beerdigung schon am selben Tag», sagt Owen. «Weißt du noch? Und Dad hat den Priester gespielt.»

«Es ist albern, für eine Katze eine Beerdigung zu machen», sagt Corbin. «Nana Jenkins hat gesagt, Tiere haben gar keine Seele.»

Claires Mom. Auch schon tot. Eine fundamentalistische Christin, die sicherlich nicht bezweifelt hat, dass sie in den Himmel kommt. Ist an Lungenkrebs gestorben. Hat von ihren vierundsechzig Jahren zweiundfünfzig Jahre lang geraucht.

«Jedem das Seine», sage ich. Die Jungs sehen mich verwirrt an. «Gedanken. Jeder darf seine eigenen Vorstellungen vom Tod haben und dem, was danach passiert.»

«Louie ist in der Turnhalle gestorben», sagt Owen.

«Der war kein Kind», erklärt Corbin. «Der war Hausmeister. Und echt alt.»

«Mia Wong ist gestorben.»

«Autounfall.» Corbin hebt einen langen, dünnen Stock auf und steckt ihn in seinen Gips.

«Corbin!» Ich greife nach dem Stock und werfe ihn auf die Straße. «Damit kannst du dir eine Infektion holen.»

«Und sterben», sagt Owen. «Wir waren bei Mia Wongs Geburtstagsparty, kurz bevor sie gestorben ist. Sie hatte einen Löwenkuchen. Und gepunktete Partyhüte.»

«Ich hab zu viel Kuchen gegessen und musste spucken», meint Corbin.

«Das Rotkehlchen ist gestorben.»

«Und die Ratte.»

«Wir haben sie beerdigt», sagt Owen. «Wird Mrs. Patel auch beerdigt?»

«Verbrannt.» Ich will nicht davon reden. Und ich will auch kein Eis. Eigentlich will ich bloß kotzen.

Wir stehen draußen vor dem Eisladen, und auf einmal will ich nicht reingehen. Mrs. Patels Lieblingseis war Mango. Manchmal hat sie mich hergeschickt, damit ich ihr einen Becher voll kaufe. Aber nicht, als sie mit verklebten Haaren vor dem Sessel kauerte und die Seifenoper dazu plärrte. Nein! Ich werde dich niemals verlassen! Egal was du tust, es ist mir egal! Komm zurück! Komm zurück! Ich liebe dich!

«Geht schon mal rein.» Ich gebe ihnen mein Portemonnaie. «Kauft euch, was ihr wollt.»

«Wenn du mal stirbst, willst du dann begraben werden?», fragt Corbin. «Ich will jedenfalls verbrannt werden.»

«Ich will auch verbrannt werden», sagt Owen.

Sie sehen beide zu mir hoch und warten auf meine Antwort.

Über zwei Millionen Menschen sterben jährlich in den USA. Das bedeutet etwa sechstausendfünfhundert Leute *täglich*.

In Kanada sterben jährlich zweihunderttausend Menschen. Dreißigtausend Menschen in British Columbia.

Das sind nur zweiundachtzig Menschen am Tag.

Soll ich mich in die amerikanische Statistik einrechnen? Oder lieber in die kanadische, solange ich hier bin?

«Maeve?» Owen nimmt meine Hand, während Corbin mit seinem gesunden Arm die Ladentür aufdrückt. «Welche Sorte willst du?»

«Nichts, danke.»

Die Leute gehen auf dem Fußweg um uns herum. Ein paar Chihuahuas, die an einer Parkuhr angebunden sind, kläffen und kläffen und zerren an ihren Leinen. Ein Auto hupt. Jemand schreit einen Fahrradfahrer an, dass er von der verdammten Straße runterfahren soll und auf den Fahrradweg.

«Wenn ich tot bin», sagt Owen, «dann gucke ich auf dich runter und wünsche dir, dass du gutes Eis kriegst.»

«Danke», sage ich. «Wenn ich tot bin, dann gucke ich auch auf dich runter und wünsche dir gutes Eis.»

# DIE LEEREN HÄUSER VON VERSTORBENEN

Als wir zurück zum Haus kommen, steht ein Umzugswagen davor, und ein Typ raucht eine Zigarette, während er Möbel und Kartons sortiert. Zwei weitere Männer tragen ein Sofa in den Vorgarten.

«Das ist von Mrs. Patel!» Owen schwenkt die Arme. «Hey! Stopp!»

Die Umzugsleute tragen Mrs. Patels müde alte Couch die Rampe hinauf und stellen sie in den Laster.

«Sei vorsichtig, Junge.» Einer der Männer tätschelt ihm im Vorbeigehen den Kopf, dann geht er wieder in Mrs. Patels Wohnung.

«Ihr könnt nicht einfach ihre Sachen nehmen!» Corbin hebt seinen Gipsarm, als wolle er den Männern damit eins überziehen.

«Doch, das können sie.» Ich ziehe die Jungs von der Rampe weg. «Das hat bestimmt ihre Familie organisiert.»

Die Umzugsleute kommen wieder zurück, diesmal tragen sie Mrs. Patels Geschirrschrank, den sie in Decken gehüllt haben.

«Lass uns reingehen.» Ich nehme die Jungs an der Hand.

«Nein!» Corbin macht sich los. «Ich gehe nicht rein. Ich passe hier auf, dass sie nichts kaputt machen.» Und er dreht sich zum Umzugswagen um und stützt eine Hand in die Hüfte. «Wehe!»

«Ich auch», sagt Owen leise. Er setzt sich auf den Bordstein und kaut auf einem Finger.

Also gehe ich allein nach Hause, komme allerdings nicht an. Einer von Mrs. Patels Söhnen sitzt vor ihrer Tür auf einem Küchenstuhl und spricht auf Hindi in sein Telefon. Er bedeutet mir, stehen zu bleiben.

«Maeve, hi. Warte mal.» Er beendet das Gespräch. «Wie geht es dir?»

Meine Hände fangen so heftig an zu zittern, dass ich sie in die Taschen schieben muss. «Okay.» Auch meine Stimme zittert. Das ganze Gewicht der Schuld, das ich seit Tagen spüre, drückt mich noch mehr herunter. Ich will es ihm sagen. Ich habe sie umgebracht, Bandhu. Ich habe deine Mom geliebt, und es ist meine Schuld, dass sie tot ist. Ich verdiene es, dass mich der Gestank von Kot verfolgt, von umgekippten Samosas und das Gebrüll von Seifenopern. Ich liebe dich! Verdammt, ich liebe dich! Und Mrs. Patel, die auf dem Boden hockt, und die Kotze und all die Karten um sie herum.

Er redet. Er sagt all die Dinge, die er sagen soll. Es tut mir so leid, dass du sie so gefunden hast. Danke, dass du der Polizei meine Nummer gegeben hast. Es muss so schlimm für dich gewesen sein. Und dann sagt er irgendwas über ihre rosa Strickjacke.

«Wie bitte?»

«Es ist komisch, dass sie darin gestorben ist.» Er lächelt ein bisschen. «Aber es ist irgendwie keine Überraschung.»

Wie kann er lächeln? Wie kann er einfach dastehen und

telefonieren und mit mir reden und den Umzugsleuten zusehen, wie sie die Sachen seiner Mutter mitnehmen? Und wo bringen sie die Sachen überhaupt hin? Zum Roten Kreuz? Zur Müllkippe? Zu ihm nach Hause?

«Ich habe ihr jedes Jahr zum Geburtstag einen neuen Pullover geschenkt», sagt er. «Und jedes Jahr hat sie ihn schön zusammengefaltet und ihn in die Schublade gelegt, mit einem Papier zwischen diesem Pullover und dem vom Jahr davor. Sie mochte bloß die rosa Jacke. Das war die erste, die ich ihr gekauft habe. Da war ich nicht viel älter als du.»

Ich denke an Gin-Rommé und wie sie mich nie hat gewinnen lassen. Ich denke an ihre durchgelaufenen Hausschuhe. Ich denke an ihren Schrank voller Gläser mit losem Tee. Ich denke, dass alles meine Schuld ist.

«Es t-t-t-tut mir so leid für dich.»

«Danke», sagt er. «Wie geht es dir damit, Maeve? Ich weiß, das muss schlimm gewesen sein. Das stelle ich mir jedenfalls vor.»

Mir geht es schlecht damit. Grauenvoll. Ich sehe immer nur ihren toten Körper. Ich höre immer nur diese Seifenoper, und in meinem Kopf ist sie immer lauter, als sie eigentlich war. Ohrenbetäubend. Ich liebe dich! Nein, nein! Verlass mich nicht!

«Es tut mir so, so l-l-leid», flüstere ich.

Wir gehen ein Stück zur Seite, damit die Umzugsleute wieder reinkönnen.

«Weißt du, wir haben ihr gesagt, sie soll einen von diesen Notfallknöpfen um den Hals tragen, damit sie um Hilfe rufen kann, falls sie fällt oder wenn sie krank würde», sagt er. «Es ist schon einige Male vorgekommen, dass sie wegen ihrem Diabetes fast ins Koma gefallen war. Aber sie meinte immer, wenn die Zeit käme, dann wollte sie sie nicht verpassen.»

Diabetes?

Sie ist an ihrer Zuckerkrankheit gestorben? Nicht weil ich irgendjemandem etwas gewünscht habe?

Es sterben mehr Leute an Diabetes als an Brustkrebs und AIDS zusammen. So viel weiß ich. Insulin. Glukose. Irgendwas mit Kohlenhydraten und Proteinen.

«Diabetes?»

«Ja. Das liegt bei uns in der Familie.»

Ich kann bereits spüren, wie sich das Gewicht von mir hebt, wie ich leichter und leichter werde.

«In letzter Zeit ist es schlimmer geworden», sagt er. «Sie hätte vielleicht noch viele Jahre gehabt, wenn sie so einen Knopf getragen hätte.»

«So ist das passiert?» Ich fühle mich plötzlich vollkommen leicht. «Daran ist sie gestorben?»

Ich packe das Treppengeländer mit beiden Händen. Ich bin so leicht, dass ich beinahe wegschwebe. Ich könnte in die Luft fliegen und nach unten gucken, und alles würde von oben so ordentlich und perfekt aussehen Und so ist es ja auch. Ich habe Mrs. Patel nicht umgebracht. Natürlich habe ich sie nicht umgebracht. Ruthie hätte verhindert, dass all das überhaupt mit mir passiert. Wenn ich mit ihr geredet hätte, dann hätte sie mir schon beigebracht, was für eine alberne Idee das ist. Wissenschaft. Es geht immer nur um Wissenschaft. Empirische Belege, Maeve.

Wissenschaft oder Aberglaube, das ist jetzt egal.

Ich habe sie nicht umgebracht. Das ist, was zählt.

Einer von den Umzugsleuten kommt mit Mrs. Patels Sessel auf dem Rücken heraus. Er hat vermutlich keine Ahnung, dass sie in diesem Sessel saß, als ihr Zuckerspiegel durcheinandergeriet und ihr Herz noch eine Zeitlang tapfer weiterschlug, bis es nicht mehr konnte.

«Kann ich dich um einen Gefallen bitten?»

Ich möchte am liebsten lachen. Da geht der Sessel, er hüpft praktisch durch den Vorgarten, so hell und absurd mit seinem fettigen Fleck oben, wo ihr Kopf immer gelegen hat. Aber nicht am Schluss, möchte ich sagen, als wäre das überhaupt die beste Pointe. Mrs. Patels Kopf lag auf ihrer Brust, und Erbrochenes tropfte an ihrem Kinn herab. Bamm! Knall! Applaus. Ich habe sie nicht umgebracht, und jetzt scheint mir alles ein bisschen zu witzig. Natürlich hatte ich ihr keinen Herzinfarkt aufgehalst. Ich möchte bloß lachen und lachen, so eine dumme Idee ist das gewesen. Lächerlich.

Bandhu redet immer noch. «Ich muss meinen Onkel vom Flughafen abholen. Würde es dir was ausmachen, die Möbelpacker zu beaufsichtigen? Ich habe schon bezahlt, auch mit Trinkgeld. Und ich gebe dir zwanzig Dollar für deine Zeit.»

«Du brauchst mich nicht zu bezahlen.» Ich muss mir auf die Lippe beißen, um mich am Lachen zu hindern. «Ich helfe dir gern.»

Und bin so wahnsinnig froh, dass ich Mrs. Patel nicht umgebracht habe.

«Bis morgen dann?»

«Wir kommen.»

«Meine Mutter würde sich freuen.» Er drückt mir trotzdem die zwanzig Dollar in die Hand, und dann verabschiedet er sich und geht, gerade noch rechtzeitig, dass er nicht das breite Grinsen sieht, das ich nicht länger unterdrücken kann.

Als die Umzugsleute fertig sind, will mich der Mann, der den gelben Sessel auf seinem Rücken getragen hat, durch die leeren Zimmer führen, damit ich das Formular unterschreiben kann, auf dem steht, dass sie keine Wände oder Türrahmen beschädigt haben.

«Du musst mit reinkommen», sagt er, als ich an der Haustür stehen bleibe.

«Ich kann nicht, sorry. Ich werde hier unterschreiben.»

«Erst alles ansehen. So steht es im Vertrag.»

«Aber ich kann nicht. Sie ist dadrin gestorben. Sie war meine Freundin.»

«Das tut mir leid. Sie ist aber nicht mehr da, und ich brauche eine Unterschrift.»

Also folge ich ihm. Er deutet auf eine Delle in der Wand, ein Stück fehlende Diele, ein Riss in der Schlafzimmertür.

«Das war alles schon vorher so. Ich kann dir die Fotos zeigen, die wir gemacht haben.» Seine Stimme hallt, und die Wände sehen schmutzig aus, und das Linoleum klebt unter meinen Füßen, was mir so komisch vorkommt. Mrs. Patel war eine pingelige Hausfrau, doch ihre Möbel und ihre Bilder und ihre Regale voller Bücher und Porzellan haben Jahre von Schmutz unter sich versteckt.

«Wo muss ich unterschreiben?», frage ich. «Ich muss los.»

Er hält das Klemmbrett, während ich ganz unten unterschreibe, und dann geht er, und ich bin allein. Alle Vorhänge und Rollos sind fort; die Sonne strömt durch die Fenster, und die Rechtecke aus Licht treffen sich in der Mitte des Zimmers. Ich lege die Hand auf das Geländer. Ich nehme die Stufen eine nach der anderen, zögere auf jeder einzelnen, komme aber trotzdem schließlich oben an. Im Teppich sind Vertiefungen von Mrs. Patels Möbeln und eine dunklere Spur dort, wo sie eine Million Mal von der Küche zu ihrem Sessel gegangen ist. Jemand hat den Platz gesäubert, wo all der Urin und der Kot und das Erbrochene gewesen ist, darum ist dieses Stück Teppich sauberer als der Rest, aber immer noch schmutzig. Ein Besen lehnt am Küchentresen neben einer schwarzen, halbvollen Mülltüte. Ich fege die Küche, dann nehme ich den Besen und die Schaufel und die Mülltüte mit nach unten und fege das Linoleum neben der Tür.

Die Wohnung riecht immer noch nach ihr. Aber sie riecht auch nach staubigen Möbeln und alten Büchern und nach dem Teppichreiniger, den sie benutzt haben, nachdem sie gestorben ist. Obwohl ich die Einzige hier bin, ist es eine andere Art Stille. Ein Müllwagen rumpelt die Straße runter, und es klingt lauter, als ob das Geräusch direkt hier zu mir hereinkommt und von den nackten Wänden widerhallt. Ich kann die Kinder im Park auf der anderen Seite der Straße spielen hören. Mrs. Patels Haus ist jetzt ein trauriger, schmutziger, einsamer Ort. Ich schließe die Tür und hole im Vorgarten tief Luft. Das war das.

# BEERDIGUNGEN UND VÄTER

Ich verfasse ungefähr eine Million Nachrichten an Salix in meinem Kopf und schicke keine davon ab. Zu viel ist passiert. Ich habe es verkackt. Sie denkt bestimmt, ich bin total bescheuert. Was ich ja auch bin. Denn wer glaubt denn auch nur für eine Minute, dass man jemandem einen Herzinfarkt wünschen kann, der dann wirklich einen Menschen umbringt?

Jemand, der verrückt ist. Sonst niemand.

Ich habe keinem was von dem Herzinfarkt erzählt. Noch nicht mal als Witz. Und das werde ich auch nicht. Stattdessen mache ich einfach weiter, passe auf die Jungs auf, zeichne und fühle mich, als hätte ich es mit Salix in den Sand gesetzt. Drei Tage nachdem Mrs. Patel gestorben ist, gehen Claire und die Jungs und ich zur Beerdigung in den Hindu-Tempel.

«Sie war fast sieben Jahre lang unsere Nachbarin!» Claire telefoniert mit Dad, während sie im Trockner nach frischer Unterwäsche sucht. Ich bin in meinem Zimmer, bürste meine Haare und lausche, bürste meine Haare und lausche weiter. «Du solltest dabei sein, Billy. Mach eine längere Mittagspause. Erklär es Nigel, er versteht das.» Sie schweigt einen Moment, dann knallt sie die Trocknertür zu. «Ich hoffe es, Billy. Denn es gibt keine Entschuldigung, nicht zu kommen. Sie war nicht bloß eine Nachbarin. Sie war unsere Freundin. Sie war deine Freundin.» Sie schweigt wieder. «Es fängt um zwei Uhr an. Wir treffen uns dort.»

Aber Dad ist nicht da.

Claire bittet mich, draußen vor dem Tempel auf ihn zu warten, während alle anderen reingehen und sie für die Jungs einen Platz sucht.

«Kommst du nicht rein?», fragt Bandhu.

«Gleich», sage ich. «Ich warte noch auf meinen Dad.»

Ich richte meinen Blick auf den Parkplatz, aber er kommt nicht. Schließlich gehe ich auch rein, und statt mich auf Mrs. Patels Trauerfeier zu konzentrieren, koche ich auf meinem Platz vor Wut vor mich hin. Wo zum Teufel bleibt er? Was, wenn er zwar von der Arbeit losgefahren ist, aber nie beim Tempel angekommen ist? Wenn er auf dem Weg angehalten hat, um sich mitten am Tag zu betrinken? Er ist nicht verletzt. Er ist nicht tot. Er ist bloß ein Arschloch.

«Das ist unentschuldbar», flüstert Claire, etwa zehn Minuten nachdem die Trauerfeier begonnen hat. Sie ist ebenso unruhig wie die Jungs, denn wir alle versuchen uns auf eine Zeremonie zu konzentrieren, die in einer für uns fremden Sprache abgehalten wird. Sie legt eine Hand auf Corbins Bein, um es am Zappeln zu hindern.

«Mom, Mom», flüstert Owen. «Ich verstehe nicht, was die sagen.»

«Ich muss hier raus.» Claire packt mein Handgelenk. «Ich kriege keine Luft.»

Ich nehme ihren Arm und helfe ihr auf. Die Jungs folgen uns. Die Leute starren uns an, als wir gehen, aber Claire beugt sich einfach ein bisschen vor und hält sich den Bauch, als wäre das der Grund, weshalb wir gehen. Als wir uns durch die Türen geschoben haben und hinaus in den heißen Sommertag treten, reckt sie sich erst mal ausgiebig und holt tief Luft.

«Was zur Hölle ist eigentlich los? Wo verdammt noch mal ist dein Vater?»

Wir drei anderen sagen kein Wort, während wir ihr über den Parkplatz folgen. Sie öffnet den Wagen, setzt sich auf den Fahrersitz und tritt sich die Sandalen von den Füßen.

«Ich werde ihn finden.» Sie packt das Steuerrad mit beiden Händen. «Ich werde ihn finden, und dann werde ich ihm die Leviten lesen.»

«Was sind Leviten?», fragt Owen vom Rücksitz.

«Denn wenn er glaubt, dass das hier irgendwie akzeptabel ist, dann hat er sich geirrt.»

Sie fährt zurück in unsere Gegend, und dann hält sie – angefangen vom südlichen Ende – an jeder einzelnen Bar und jedem Restaurant und jeder Kneipe an und schickt mich rein, um zu nachzusehen, ob er da ist.

Aber er ist nicht da.

«Ich hab Hunger!», brüllt Corbin, als wir an einem Imbiss halten, der Bier und Fish and Chips verkauft. «Ich muss gut essen, damit sich mein Knochen wieder erbaut. Hat der Arzt gesagt!»

«Aufbaut.» Claire zieht sich die Sandalen an.

«Und ich muss mich viel ausruhen und viel Wasser trinken.»

Claire hievt sich aus dem Auto und stapft in den Laden und bestellt viermal Fish and Chips, und als alles fertig ist, sitzen wir im Wagen und essen, und dann fahren wir weiter nördlich, dorthin, wo die kleinen Brauereien Probierstuben und winzige Bars haben.

Wir fahren stundenlang herum – so lange, dass wir irgendwann tanken müssen. Claire bietet an, uns zu Hause abzusetzen, aber wir wollen alle zusammenbleiben. Erst als es dunkel wird, fährt Claire uns nach Hause. Als sie die Jungs nach oben bringt, findet sie Dad leise schnarchend quer über ihrem Doppelbett liegen.

«Echt jetzt?» Sie knallt die Tür zu. Dann reißt sie sie wieder auf. «Billy! Wach auf!» Aber er wacht nicht auf, oder er tut so, als ob er weiterschläft, also knallt sie noch mal die Tür. Dann poltert sie nach unten und lässt die Zwillinge im Flur stehen, die beide ein Bilderbuch in der Hand halten und ihr verwirrt nachsehen.

«Alles wird gut.» Ich schiebe sie in ihr Zimmer. Wir setzen uns schweigend auf das untere Bett, bis Corbin mir sein Buch hinhält, aber dann legt Owen seins obendrauf, und dann haben sie etwas gefunden, worüber sie streiten können.

Ich lese beide Geschichten und decke sie zu, dann gehe ich nach unten.

«Ich weiß nicht mehr, was ich tun soll.» Claire telefoniert. «Weißt du noch, wie es war, bevor die Jungs auf die Welt kamen? Erinnerst du dich, wie schlimm das war?»

Ich will nichts hören. Ich will es nicht wissen.

## RUTHIE VERMISSEN

Ich will mit Ruthie reden.

Nicht mit meiner Mom, denn ich will nicht, dass sie erfährt, dass es hier immer schlimmer wird.

Nicht mit Claire, weil sie schon selbst so tief drinsteckt, dass sie fast untergeht.

Nicht mit Nancy, weil ich eigentlich nie mit ihr reden will.

Auch nicht mit Dan, weil er dann nur Witze machen wird. Er macht sich über alle schlimmen Sachen lustig und erwartet von mir, dass ich dasselbe tue. Manchmal ist das auch okay, aber nicht jetzt.

Ich will Ruthie, ganz egal, was zwischen uns passiert ist. Früher konnte ich ihr immer alles erzählen. Sie kannte all meine Geheimnisse, und selbst jetzt, wo wir gar nicht mehr miteinander reden, weiß ich, dass sie sie niemals weitererzählen würde. Ich habe ihr immer vertraut. Ich will Ruthie mit ihrer wissenschaftlichen Perspektive. Sie hat immer eine Formel für alles, und wenn es keine gibt, dann erfindet sie eine. Sie hört mir zu, wie ich weine, aber sie weint niemals mit mir. Sie hört zu, aber sie leidet nicht mit.

Ich weiß nicht, was ich sonst tun soll, also schreibe ich ihr, auch wenn ich nicht sicher bin, dass ich ihr jetzt noch vertraue. Ich erzähle ihr von Mrs. Patel und von meinem Dad. Ich erzähle ihr sogar von Salix, denn wenn ich das nicht mache, wird alles nur noch schlimmer.

*Ich glaube noch nicht mal, dass ich in eine Bar gehen darf*, schreibe ich am Ende. *Schon gar nicht in 26 Bars. Kaum zu glauben, was?*

Meine Finger schweben über der Löschtaste. Ich habe es geschrieben, aber ich muss es ja nicht absenden. Das sagt Nancy immer. Schreib den Brief. Befrei dich davon. Lösch den Brief, verbrenn ihn, zerreiß ihn, zerfetz ihn, aber schick ihn nicht ab.

Ich habe von Ruthie keine E-Mail oder Nachricht mehr bekommen, seit sie mich an diesem bestimmten Nachmittag zu sich eingeladen hat, nachdem Jessica bereits wieder nach Kalifornien gezogen war. Es war ein paar Wochen später, und ich hatte einen guten Grund, ihr eine E-Mail zu schicken, also tat ich es. Sie schrieb beinahe sofort zurück, als hätte sie nur darauf gewartet.

Ich habe die E-Mail immer noch. Und die identische Nachricht auf meinem Handy. Ich öffne beides.

*Willst du kommen und mir bei ein paar Hexaflexagons helfen?*

*Und ich will dir was zeigen.*

*Bin zu Hause. Komm einfach rein.*

R.

Aber es war eine Lüge. Oder falls sie mir doch etwas zeigen wollte, dann war das andere passiert, bevor sie die Gelegenheit dazu hatte. Andererseits, wenn ich so darüber nachdenke: Vielleicht hat sie es mir ja gezeigt.

Ich habe seitdem ein paar Mal versucht, ihr zu schreiben, aber was soll ich sagen? Sie sollte diejenige sein, die sich bei mir meldet, oder nicht? Oder soll ich etwa all die Fragen stellen und darauf hoffen, dass sie mir antwortet?

Ich bin sauer.

Ich schäme mich.

Ich bin verwirrt.

Ich bin verletzt.

Und all das sollte sie auch sein. Plus: Es sollte ihr leidtun.

Warum soll ich also diejenige sein, die nach all der Zeit die Hand ausstreckt?

Sie sollte auf *mich* zukommen.

Sie ist diejenige, die sich entschuldigen muss.

Aber ich schicke die Nachricht trotzdem ab. Und dann kann ich es nicht mehr rückgängig machen. Vielleicht kommt etwas Gutes dabei heraus, vielleicht etwas Schlechtes.

Gut: Ich vermisse Ruthie, und ich will, dass sie wieder meine beste Freundin ist.

Schlecht: Sie löscht die Nachricht, bevor sie sie überhaupt gelesen hat, und spricht nie wieder mit mir. Zwischen uns wäre alles krampfig. Ich schreibe eine weitere E-Mail:

*Ich vermisse dich.*

Und schicke sie ab.

Und dann noch eine.

*Ich weiß nicht mal, ob du diese E-Mails hier überhaupt bekommst. Oder ob du sie liest.*

Und dann wird es beinahe lustig.

*Ich höre jetzt auf.*

Senden.

Und zuletzt noch ein Witz. Weil sie immer so schlechte Witze erzählt.

*Frage: Was ist ein Cowboy ohne Pferd?*

*Antwort: Ein Sattelschlepper!*

Senden.

Vielleicht wird sie sie alle löschen.

Aber vielleicht liest sie sie auch. Und vielleicht erinnert sie sich daran, wie es vor der Sache mit Jessica zwischen uns war.

# ÜBERRASCHUNGEN

Am Freitagmorgen vibriert mein Handy. Ich greife danach und stoße dabei mein Skizzenbuch und meine Stifte auf den Boden.

*Bin jetzt auf der Fähre auf dem Rückweg nach Van. Bis heute Nachmittag dann?*

Salix?

Salix!

Aber ich hatte ihr doch die Nachricht geschickt. Ich habe unsere Verabredung abgesagt. Und Salix hat nicht geantwortet.

Aber da ist die Nachricht, und sie ist immer noch offen. Nicht abgeschickt. Ich habe sie nicht abgeschickt! Mein Magen macht einen Salto. Ich habe es doch nicht verkackt! Salix hatte mich nicht ignoriert. Ich habe bloß zum ersten Mal gegen meine eigene Impulsivität gewonnen.

Ich lösche die vorige Nachricht und schreibe ihr dann mit zitternden Händen zurück. *2h, oder?*

Salix antwortet sofort. *Wird bloß schwierig, draußen einen Tisch zu kriegen.*

*Drinnen ist auch okay*, schreibe ich.

*Nein*, kommt Salix' Antwort. *Es ist so ein schöner Tag. Überlass das mir. Ich kriege einen Tisch draußen, keine Sorge. Bis dann.*

Ich sitze wie belämmert da. Ich habe immer noch ein Date, und zwar heute Nachmittag. Mein erstes Date. Na ja, nicht wirklich. Aber irgendwie schön. Zählt Jessica? Wir haben in der Schule Händchen gehalten. Sie hat beim Mittagessen auf meinem Schoß gesessen. Wir haben uns oft geküsst. Aber wir sind nie ausgegangen. Ich bin am Wochenende zu ihr gegangen, und wir haben Filme geguckt und Kekse gebacken. Sie war zuerst so draufgängerisch, bis zu diesem umwerfenden – und ebenso schrecklichen – ersten Kuss. Kurz bevor sie nach Kalifornien zurückging, schob sie mir im Unterricht einen Zettel zu. *Willst du heute bei mir übernachten und es tun?* Unterschrieben mit *xoxoxoxo* und einem Smiley. Ich war ein nervöses Wrack, während ihre Eltern mit uns Abendbrot aßen. Ich war ein nervöses Wrack, als wir einen Film sahen und Händchen hielten, die wir voneinander lösten, wenn ihre Mom runterkam. Ich war ein nervöses Wrack, als wir ins Bett gingen, ihre Tür abschlossen und uns nackt auszogen. Vollkommen nackt. Als ich neben ihr ins Bett glitt, wich meine Anspannung. Aber ihre nicht. Sie lag ganz steif neben mir, also berührten wir uns fast gar nicht. All ihr Gerede, und dann wusste sie wohl nicht, was sie eigentlich mit einem Mädchen anfangen sollte. Und ich hatte nie behauptet, dass ich es besser wüsste.

# JESSICA

Als ich meinen Eltern erzählte, dass ich lesbisch bin, lachte Dad. Ich verstehe das, meinte er und blinzelte mir zu. Ich mag auch lieber Mädchen. Ich krümmte mich vor lauter Fremdschämen. Und dann Claire: Ich wusste es! Sie umarmte mich. Weißt du, als ich im College war, hatte ich auch drei Monate lang eine Freundin.

Aber eine Beziehung im College machte sie noch lange nicht zur Lesbe. Nicht wirklich. Das habe ich auch nie behauptet, meinte sie, als mein Dad sie damit aufzog. Ich schätze, technisch gesehen bin ich bisexuell, sagte sie. Wenn du mir unbedingt ein Schild umhängen musst.

Er sah sie mit einem Blick an, den ich ziemlich einfach deuten konnte.

Lesbisch zu sein bedeutet auch, nicht auf Jungs zu stehen. Genauso, wie es um Anziehung geht, geht es auch um Nichtanziehung, wie ein weißer Fleck. Es gäbe keinen weißen Fleck, wenn ich beide attraktive fände. Aber das tue ich nicht. Mädchen leuchten für mich, als würde all das Licht nur auf sie fallen und nicht auf die Jungs. Jungs sind kaum existent, bloß Schatten und Hintergrundgeräusche. Ich mag es, wie Mädchen reden und sich bewegen, wie sie lächeln oder sich die Haare hinter die Ohren stecken. Ich sehe den anderen Mädchen dabei zu, wenn sie sich zum Sport umziehen, wie sie ihre T-Shirts und Shorts ausziehen oder sich aus ihren Kleider schälen. Wie sie ihre Haare befestigen, sich necken. Die Linien ihrer Arme und die Kurven ihrer Körper. Es juckt mich immer, sie zu zeichnen, selbst in der Umkleidekabine. Das klingt schräger, als es ist. All diese Mädchen ignorieren mich. Sie würden mich niemals bemerken, selbst wenn ich mit meinem Skizzenbuch und Stiften dasitzen würde. Sie halten mich für eine Loserin. Einen Nerd. Eine der Unsichtbaren. Und das ist auch okay, denn je weniger sie mich bemerken, desto mehr kann ich sie bewundern, selbst wenn es Zicken sind.

Bis Jessica mich gesehen hat. Mich richtig gesehen hat, als stünde ich auch auf einmal im Licht. Sie zog sich nach dem Sport wieder an, zog ihre enge Jeans über ihre Boycut-Unterhose, und ich sah das winzige, verschwommene Tattoo eines Sterns auf ihrer Hüfte.

«Hat mir meine Freundin gestochen», sagt sie. «Mit einer Nadel und Asche. So machen die das in russischen Gefängnissen.»

Ich wurde rot und sah weg.

«Nicht, dass ich je in einem russischen Gefängnis gewesen wäre.»

Sie war eine Woche zuvor aus Kalifornien gekommen. Wegen irgendeinem Stress mit ihrem Dad, der verrückt geworden war und in ihre Schule gekommen und im Sekretariat irgendwas von einer Entführung von Außerirdischen gebrüllt hatte. Jetzt wohnte sie mit ihrer Mom zusammen, aber sie hatten den schulischen Kontinent noch nicht kartographiert – wer zum Land gehörte und wer zum Wasser. Oder vielleicht war es ihr auch egal.

«Ich hab gesehen, wie du geguckt hast», meinte Jessica.

Ich wollte es abstreiten, aber stattdessen stotterte ich eine Entschuldigung.

«S-s-s-sorry.»

Jessica lachte. «Kein Problem.» Sie nahm ihre Tasche und schloss ihren Schrank mit einem Finger, den sie dann weiter über mein Schließfach gleiten ließ, das neben ihrem lag. «Ich gucke auch gern.»

Sie tätschelte mir den Kopf wie einem Schoßhündchen. Was ich am Ende wohl auch für sie war.

## DATES

Pferdeschwanz? Haarband. Offene Haare. Haare hochbinden. Rock? Shorts. Kleid. Tanktop und Jeans. Nein. Egal. Ohrringe? Keine Ohrringe. Oder vielleicht Ohrstecker? Oder ein süßes T-Shirt? Nein. Auf jeden Fall ein Tanktop. Es ist zu heiß für ein T-Shirt. Und Shorts, weil es ein lockerer Anlass ist. Ist doch locker, oder? Moms Tuch als Gürtel. Gibt dem Ganzen einen netten Touch. Oder ist das zu spießig? Egal. Oder nicht egal? Was heißt überhaupt spießig? Ist jetzt *egal.*

Tanktop.

Shorts mit dem Gürtel.

Fertig.

Jetzt muss ich aber los, also kann ich mich nicht mehr umentscheiden, wenn ich nicht zu spät kommen will. Auf dem Weg nach draußen finde ich Claire in der Küche. Sie lehnt sich gegen den Tresen und verzieht das Gesicht.

«Alles in Ordnung?»

«Alles gut.» Sie atmet aus. «Braxton-Hicks.»

«Wer?»

«Braxton-Hicks-Kontraktionen.» Claire richtet sich auf und lächelt. «Schon besser. Es sind nur Vorwehen, das ist alles. Dem Baby geht's gut.»

«Es ist noch viel zu früh.»

«Absolut.» Sie greift nach meiner Hand und legt sie auf ihre Rippen. «Es strampelt. Fühlst du es?»

Nichts. Nichts. Aber dann spüre ich es! Es fühlt sich an wie ein Tritt und dann ein Drücken, als würde sich das Baby strecken.

Aber jetzt komme ich wirklich zu spät, also laufe ich nach draußen und die Straße rauf, ohne weiter darüber nachzudenken, was ich anhabe.

Einen Häuserblock vor dem Continental halte ich an.

Sehe ich total bescheuert aus?

Ich hätte doch ein Kleid anziehen sollen. Ich sehe an mir hinab. Viel zu locker. Ich sehe total schlampig aus. Und habe ich überhaupt Deo benutzt? Ich schließe die Augen und versuche mich zu erinnern. Heute Morgen? Nein. Salix' Nachricht hat mich völlig durcheinandergebracht. Ich presse die Augen zusammen und krümme mich. Ich bin ziemlich sicher, dass ich kein Deo benutzt habe.

«Hey!» Eine Hand auf meiner Schulter. Als ich mich von meiner Überraschung erholt habe, lacht Salix mich an. «Was machst du da?»

«Ich h-h-h-hab bloß nachgedacht.»

«Worüber?» Salix sieht genauso süß aus, wie ich sie in Erinnerung habe. Vielleicht noch süßer. Sie trägt eine dünn gestreifte, eng anliegende Hose, die bis über die Waden hochgekrempelt ist, rote Söckchen und rote Converse und ein enges schwarzes Unterhemd, auf dem in großen weißen Buchstaben *Beinahe* steht.

«Über nichts. *Beinahe* was?»

«Einfach nur ‹beinahe›.» Sie geht los. «Komm, da ist unser Tisch.»

Unser Tisch? Die Tische draußen sind im Continental stark umkämpft. Die Leute kommen schon morgens her und richten sich dann mit Zeitung und Strickzeug und Freunden und Büchern und Computern darauf ein, stundenlang zu bleiben. Und wenn sie den Tisch dann endlich freigeben, stehen immer schon Leute in der Nähe und warten.

Aber da ist er, ein leerer Tisch, auf dem eine Kaffeetasse steht und darunter ein Zettel mit Salix' Namen drauf, und über einem Totenkopf mit gekreuzten Knochen steht *Reserviert* und darunter die Unterschrift *Die finsteren Piraten des Managements.*

Ich strecke die Hand nach einem Stuhl aus, aber sie ist schneller und zieht ihn für mich heraus.

«Danke.»

Die Bürgersteige sind voll mit Pärchen und alten Männern und Kindern und Hunden und dem ganzen Gewühl eines Freitagnachmittags. Ein Bus fährt vor und leert sich, und eine kleine alte Dame müht sich damit ab, ihren Einkaufstrolley aus dem Bus zu zerren. Salix läuft hin und hilft ihr, und als sich die Frau herumdreht, lächelt sie breit, und in ihren Augenwinkeln liegen Falten, und sie trägt eine rosa Strickjacke. Und anstatt wegen des Tisches nachzufragen, höre ich Mrs. Patel laut und deutlich in meinem Kopf.

Komm doch morgen zu mir rüber.

Sie kneift mich in die Wange.

Dann spielen wir Rommé.

Aber ich bin nicht rübergegangen. Ich habe noch nicht

mal dran gedacht. Wir sind zu Grandma gefahren. Und so sind die Karten stattdessen auf dem Fußboden gelandet.

Ich will nicht an sie denken.

Ich habe so viel an sie gedacht, das muss doch reichen, oder?

Ich kann später noch an sie denken.

Aber die Bilder drängen sich in mein Bewusstsein. Ein Herz-Ass neben ihrer schlaffen Hand. Die alte rosa Strickjacke. Und der Fernseher, aus dem die Seifenoper plärrt. Handschaufel und Besen. Die Wände, an denen die Bilderrahmen Abdrücke hinterlassen haben.

Salix setzt sich mir gegenüber auf den Stuhl. «Alles okay?»

«Ja.» Die Sanitäter und die Feuerwehrleute und die Polizisten, die um ihre Leiche herumstehen. Ich weiß, ich hätte nichts tun können, aber trotzdem hätte ich doch irgendetwas tun *müssen.* Ich setze mich gerade hin und lächle. «Alles gut.»

«Ich hab mal hier gearbeitet», sagt Salix. «Ungefähr drei Wochen lang. Ich habe sieben Gläser zerbrochen und drei Becher und hatte eine Verbrennung dritten Grades am Handgelenk. Gott sei Dank haben sie mich gefeuert. Aber sie mögen mich immer noch. Deshalb haben sie mir den Tisch frei gehalten, falls du dich deshalb gewundert hast.»

«Ich habe mich echt gewundert. Ich war nur ... gerade in Gedanken. Das mit dem Tisch ist toll.» Nichts in meiner Stimme klingt nach *toll* oder *wie schön, dich zu sehen* oder auch nur *ich bin einigermaßen interessant.*

«Was soll ich dir holen?»

«Oh, ich weiß noch gar nicht –»

Wie läuft das jetzt? Soll ich mit ihr reingehen? Oder soll

ich Salix bestellen lassen und ihr später das Geld geben? Will sie mich einladen?

«Ich lade dich ein», sagt Salix.

Habe ich das etwa laut gesagt?

«Was würdest du – was ist denn ...», stammle ich. «Ich w-w-weiß nicht ...» Ich hole tief Luft und versuche es noch mal. «Was würdest du empfehlen?»

«Die Mochas. Geeist oder heiß.»

«Klar. Klingt gut. Ich gebe dir das Geld.» Ich krame in meiner Tasche nach meinem Portemonnaie, aber es ist nicht da. Ich ziehe mein Skizzenbuch raus und die Stifte und finde schließlich ganz unten eine Handvoll Münzen. Ich starre entsetzt in meine Tasche. Plötzlich fühlen sich meine Wangen heiß an. Soll ich nach Hause laufen und mein Geld holen?

«Ich bezahle, Maeve.» Salix legt eine Hand auf meinen Arm. «Mach dir darüber keine Gedanken. Geeist oder heiß?»

«Geeist, glaube ich. Danke.»

«Alles klar.»

Sie hält einer Mutter mit ihrem Baby auf der Hüfte die Tür auf – damit hat sie schon drei Leuten geholfen, wenn das Baby mitzählt – und folgt ihr nach drinnen zum Tresen, wo sie sich auf die Ellenbogen stützt und sich mit dem Typ an der Espressomaschine unterhält. Sie guckt aus dem Fenster und merkt, dass ich sie beobachte. Schnell sehe ich weg und blättere durch mein Skizzenbuch.

Salix kehrt mit vier Gläsern zurück: zwei großen – die kalten Mochas mit Schokoladensahne – und zwei kleinen mit Wasser. Sie setzt sie ab. «Ein Wunder, dass ich das geschafft habe, ohne eins runterfallen zu lassen.» Sie zieht eine Papiertüte aus der Tasche und holt einen großen Keks hervor. «Ingwerkeks.» Sie bricht ihn in zwei Hälften und legt sie auf die Tüte in der Mitte des Tisches. «Du darfst wählen. Wer den Keks teilt, kommt als Zweiter dran, so ist die Regel.»

«Du bist offensichtlich kein Einzelkind.»

«Ich habe eine ältere Schwester.» Sie schiebt die Tüte zu mir hin. «Such dir ein Stück aus.»

«Danke.» Ich nehme eine Hälfte, breche eine Ecke ab und schiebe sie mir in den Mund. Mein Mund ist trocken. Ich kaue und kaue. Als ich schlucke, greife ich nach dem Wasserglas. Meine Hand zittert, und das Wasser wackelt im Glas, als ich es zum Mund führe.

«Hallo erst mal.»

«Was?»

«Wir haben uns noch gar nicht begrüßt.»

«Hallo.» Ich lache, und der Knoten in meinem Bauch lockert sich. «Wie war das Geigencamp?»

«Toll. Ich hatte die kleinen Kinder. Die sind ja so lustig. Als müsste man einen Haufen Wildkatzen zum Chorsingen bringen, bloß dass es fünfzehn Geigen sind. Ziemlich viel Gequietsche und Geheule.»

Salix' Geigenkasten steht zu ihren Füßen, genau wie ihr abgenutzter Rucksack. «Wer ist der Typ auf deinem Rucksack?»

«Beethoven», meint Salix.

«Dieser blinde Komponist?»

«Das ist Bach.»

«Ah.» Wie dumm, dumm, dumm.

«Auf welche Musik stehst du denn so?»

«Ich höre gern welche. Zählt das?»

«Hängt davon ab, welche.»

«So ziemlich alles außer Country und kitschigem Jazz.»

«Kitschiger Jazz?» Salix lacht. «Was ist kitschiger Jazz?»

«Schläfriger, schleimiger Jazz. Mein Dad nennt ihn immer so.» Wieder ist mein Mund trocken. Ich nehme einen Schluck Mocha, aber es ist so viel Sahne drauf, dass ich das Glas weit kippen muss, bis der Kaffee den Weg zu meinen Lippen findet. Und dann schießt er ganz schnell heraus und läuft mir übers Kinn. Als ich das Glas abstelle, habe ich einen dicken Sahne-Bart.

«Ich habe extra viel Sahne bestellt.» Salix reicht mir eine Serviette, und ich wische den Bart ab. «Tut mir leid.»

«Alles gut», sage ich. «Fahrstuhlmusik.»

«Was?»

«Kitschiger Jazz.»

«Okay, klar. Ich weiß, was du meinst. Aber was ist mit echtem Jazz?»

«Ich mag echten Jazz.» Ist das die richtige Antwort? «Mein Dad hat eine riesige Sammlung.»

«Gut, denn ich weiß nicht, ob wir weiter zusammen an einem Tisch sitzen können, wenn du keinen echten Jazz magst.»

«Definier mal ‹echten Jazz›.»

«Also, ich mag die alten Sachen. Louis Armstrong und Bix Beiderbecke. Django Reinhardt. So was.»

«Noch nie von Bix Sowiesobecke gehört, aber Louis Armstrong kenne ich natürlich. Und jeder liebt ‹What a Wonderful World›, oder?»

«Ist gar nicht mal mein Lieblingssong.»

«Das ist Blasphemie.» Ich fühle mich besser. «Und Django Reinhardt kenne ich auch. Mein Dad liebt ihn. Kannst du seine Stücke spielen?»

«Kann ich. Soll ich dir was vorspielen?»

«Klar!» Ein süßes Mädchen, das mir in einem Straßencafé etwas auf der Geige vorspielt? Es würde mich nicht überraschen, wenn gleich ein Tyrannosaurus Rex die Straße runtergaloppiert und sie verschlingt. Es ist jedenfalls genauso wahrscheinlich.

Als Salix aufsteht und anfängt zu spielen, drehen sich alle um und hören zu. Alle Leute an den anderen Tischen, die Leute vom Bürgersteig mit ihren Einkäufen und Hunden und Kleinkindern und Handys in der Hand. Der Typ, der nebenan die Buchhandlung führt, kommt raus und auch seine Kunden. Salix spielt etwa fünf Minuten, und als sie aufhört, klatschen alle.

«Wo soll ich das Geld reintun?», fragt eine Frau.

«Das war gratis. Ein Musikwunsch.»

«Das war unglaublich», sage ich. Die Leute bleiben noch einen Moment lang stehen, aber als Salix die Geige einpackt, gehen sie langsam weiter.

«Danke.» Salix nimmt einen Schluck Kaffee. «Du hast gesagt, du spielst kein Instrument?»

«Nein.»

«Nicht mal in der Schulband?»

«Nein.» Apropos Schule. «Gehst du auf die Brit?»

«Windsor House.»

«Wo ist das?»

«In Strathcona. Das ist eine demokratische Schule, was

im Grunde heißt, dass wir alles tun können, was wir wollen, und dass wir hingehen, wann wir wollen.»

«Ich bin auf der Brit eingeschrieben.»

«Dann schreib dich um. Windsor. Auf jeden Fall. Wir haben sogar eine Karnevalsband, da solltest du unbedingt mitmachen.»

«Aber ich kann kein einziges Instrument spielen.»

«Das ist ja das Gute an einer Karnevalsband. Niemand merkt das.» Sie schüttelt den Kopf. «Ich kann nicht glauben, dass Billy Glover dein Dad ist und du kein Instrument spielst. In meiner Familie musst du eins spielen. Das ist Gesetz.»

«Bei uns gibt's nicht viele Gesetze.»

«Glück für dich.»

«Weiß ich gar nicht», sage ich. «Du kannst richtig toll Geige spielen. Hättest du es gelernt, wenn deine Eltern dich nicht dazu gebracht hätten?»

«Vermutlich nicht.»

«Ich wünsche mir manchmal, mein Dad hätte versucht, mir Gitarre beizubringen.»

«Du kannst es ja immer noch lernen.»

Ein paar Sekunden lang sagt keiner von uns etwas, und dann weiß ich nicht mehr recht, was ich sagen soll, also sage ich weiter nichts und hoffe, dass Salix als Erste etwas sagt. Und das tut sie auch.

«Wie war deine Woche?»

Eine ganz einfache Frage.

Ich könnte mir irgendwas aus den Fingern saugen. Aber ehrlich gesagt kann ich das nicht. Ich hätte wissen sollen, dass sie das fragen würde. Was hast du so gemacht? Irgendwas Interessantes, seit ich dich das letzte Mal gesehen habe? Wie war deine Woche.

«M-m-meine Woche?» Mrs. Patels abgewinkelte Beine. Samosas und Fritten überall auf dem Teppich. Ein Herz-Ass. Ein blutiger Ketchup-Fleck. «A-a-alles gut.»

«Ehrlich?»

Ich blinzle.

«Deinem Gesicht nach war sie nicht so gut.» Salix sieht mich besorgt an. Was alles noch schlimmer macht. «Was ist passiert?»

«Es w-w-war bloß ...» Aber es gibt kein *Bloß* dabei, und plötzlich erzähle ich ihr alles darüber, wie ich Mrs. Patel in ihrer rosa Strickjacke gefunden habe, über die Sanitäter und die Polizisten und über die Seifenoper, die aus dem Fernseher plärrte, und über die Umzugsleute. Salix hört mir zu, und ihr Gesicht drückt Besorgtheit aus, dann Neugierde, dann Entsetzen und Mitleid.

«Oh, ich ... das ist ja schrecklich», sagt Salix. «Absolut schrecklich. Ich weiß gar nicht, was ich sonst sagen soll.»

Und einfach so habe ich unser Date ruiniert. Warum sollte Salix mit jemandem abhängen wollen, der die gesamte Seifenoper auswendig aufsagen kann, die im Hintergrund lief, während sie neben ihrer toten Nachbarin kniete?

«Ich sollte jetzt gehen.» Ich starre in meinen Mocha. Ich kann ihr nicht in die Augen sehen, ihre freundlichen, fragenden Augen. Wenn ich das tue, fange ich wahrscheinlich an zu heulen.

«Schon?»

Ich nicke schnell. «Ich muss auf meine kleinen Brüder aufpassen.»

«Oh.» Salix steht auf. «Oh. Okay. Vielleicht können wir ...»

Aber da habe ich schon mein Skizzenbuch in die Tasche gestopft und bin los, stammle bloß eine Verabschiedung über die Schulter und unterdrücke das Bedürfnis, den Bürgersteig runterzurennen. Nach ein paar Schritten bleibe ich stehen. Ich sollte was sagen. So sollte das nicht enden. Ich sollte sie wissen lassen, dass es nichts mit ihr zu tun hat. Nur mit mir. Dass all das Merkwürdige nur mit mir zu tun hat. Ich drehe mich um, und Salix starrt mich an, und sie sieht so verwirrt aus, und mir fällt nichts ein, was ich sagen kann, also drehe ich mich wieder weg und renne gegen eine Drehsäule mit Büchern. Sie kippt um, und alle Taschenbücher regnen auf den Bürgersteig. Ich stolpere über eins davon und fange meinen Sturz ab, indem ich mich an der Auslage des persischen Obstladens festhalte. Eine Kaskade von Orangen stürzt herab, alles rollt auf die Straße. Das nächste Auto fährt über sie drüber, und auf dem heißen schwarzen Asphalt sieht man helle kleine Pfützen.

«Maeve!» Das ist Salix, die mir zu Hilfe kommt. Natürlich kommt sie mir zur Hilfe. Aber das will ich nicht. Ich springe auf und renne los. Ich laufe immer weiter.

«Maeve! Stopp!»

Aber ich bleibe nicht stehen und drehe mich auch nicht um. Ich laufe den ganzen Weg bis zum Park und um die Kurve und stolpere über einen Riss im Asphalt. Diesmal kann ich meinen Sturz nicht abfangen und lande auf allen vieren.

*Irgendeine Hoffnung ist heute plötzlich verstorben, was jedoch niemanden besonders überrascht hat. Überlebt hat Salix Nachname-Unbekannt-denn-so-weit-bin-ich-gar-nicht-erst-gekommen, die nur knapp dem Chaos namens Maeve «Vollidiotin» Glover entkam. Spenden bitte an Irgendeine-Hoffnungs-Zukunft, welche jedoch nicht lautet: ‹Zwei glücklich verliebte Mädchen›. Es wird keine Beerdigungszeremonie geben, denn dazu gab es von vornherein keinen Anlass.*

# BLAMAGEN

Als ich wieder auf die Füße komme und in den Vorgarten stolpere, hat Salix mir schon sieben Mal geschrieben.

*Hey.*

*Geht's dir gut?*

*Was ist passiert?*

*Du hast noch nicht mal deinen halben Keks gegessen. Er ist sehr traurig deswegen.*

Dann ein Bild von dem Keks auf der Papiertüte, und darauf mit einem Stift ein trauriges Gesicht.

*Ich bewahr ihn für dich auf.*

*Hallo?*

Als ob wir uns jemals wiedersehen würden. Weil ich es nämlich komplett verkackt habe, daran gibt es gar keinen Zweifel. Sie ist bloß nett. Ich schreibe nicht zurück. Ich setze mich auf den Bürgersteig und weine und bin dankbar, dass keiner im Vorgarten ist. Warum weinst du denn, Maeve? Oh, keine Ahnung. Ohne Grund. Ich habe bloß gerade die Leiche meiner Nachbarin gefunden. Das ist alles. Und ich habe ein Date mit einem Mädchen verkackt, das ich richtig gern mochte. Vielleicht weine ich auch über all die anderen Sachen. Nancy sagt, Weinen kann man nicht immer so zuordnen. Manchmal denkt man, es geht um eine bestimmte Sache, aber eigentlich geht es um etwas anderes. Ich will nicht an all die anderen Dinge denken, die es sein können. Ich will, dass es wegen des Dates ist. Ich heule, weil ich mein Treffen mit einem echt süßen Mädchen verbockt habe. Ein Mädchen, das kleinen alten Damen aus dem Bus hilft. Ein Mädchen, dessentwegen ein gesamter Straßenzug mitten in der Stadt stehen bleibt, um ihm beim Geigespielen zuzuhören. Ein Mädchen, mit dem ich Händchen halten möchte. Das Mädchen, das ich küssen will.

Was jetzt niemals passieren wird.

Ich wühle in meiner Tasche nach meinem Schlüssel, aber ich kann ihn nicht finden. Ich kippe die Tasche aus und krame mich durch die Stifte und das Skizzenbuch und die Radiergummis und Münzen, und da ist mein Portemonnaie, unter der Wasserflasche versteckt. Es war die ganze Zeit da. Genau wie mein Schlüssel.

Ich schließe die Tür mit einem Riesenseufzer auf. Dann lasse ich mich auf den Rücken fallen und liege ausgestreckt auf dem schmuddeligen Teppich und starre auf die Staubpartikel, die im Sonnenschein herumfliegen, lausche der Stille, die von dem Falschen und dem Dummen und der Reue widerhallt. Ich versuche, jeden einzelnen Partikel anzusehen, zwinge meine Augen, das Unmögliche zu fokussieren, wenn es mich nur davon abhält, an irgendwas anderes zu denken als an das, was gerade passiert ist. Oder nicht passiert ist. Oder gerade jetzt passiert. Eine Hierarchie von Dingen, die passieren.

Ein Rommèspiel, das nie passiert ist.

Ein Date, das nur halb passiert ist.

Mom und Raymond, die passieren und passieren und passieren.

Das Baby, das passiert, und zwar bei einer Hausgeburt, die nicht passieren sollte.

Mrs. Patels Wohnung, die nebenan so leer ist, und die Bilder ihrer Leiche, die immer noch weiter passieren.

Ruthie und Jessica und alles, was passiert ist. Und nicht passiert ist.

Ruthie und unsere Freundschaft, die nicht passiert.

# RUTHIE

Ruthie erklärte sich die Welt mit Hilfe von *Doctor Who*-Folgen und Handlungssträngen aus obskuren japanischen Videospielen. Sie sah Zahlen und Formeln genauso wie ich Linien und Umrisse und konnte sie zum Leben erwecken. Ruthie, die an den Schließfächern unserer Schule vorbeischlurfte, irgendwie nicht angekommen in ihrem breitschultrigen Körper, die riesigen Füße in gigantische Turnschuhe mit Nieten geschoben, den Rucksack in Form einer Zeitmaschine über eine Schulter gehängt. Nicht über beide. Ich habe Ruthie deswegen mal gefragt, aber sie zuckte bloß die Achseln und meinte, wieso das so wichtig sei, wie sie ihren Rucksack trage. Aber es war wichtig. Diese kleinen Dinge waren sehr wichtig.

Ich lernte Ruthie in der fünften Klasse im Sozialkundeunterricht kennen. Ich war gerade aus Mrs. Henshaws Unterricht geflogen und Ruthie aus Mr. Randhawas Unterricht am anderen Ende des Flurs. Zusammen mit drei anderen Kindern mussten wir uns einmal die Woche treffen und Sachen machen wie uns gegenseitig in die Augen sehen oder uns nicht in die Augen sehen. Oder ein Essen bestellen und daran denken, uns zu bedanken. Oder uns höflich entschuldigen, wenn unsere Ticks oder Ängste oder unsere Wutanfälle oder unsere präpsychotische Veranlagung dazu Anlass gaben.

Ruthie war einfach schräg, vielleicht auch einfach nur zu schlau, um als normal durchzugehen. Und ich machte mir einfach immer Sorgen. Wir beiden schienen ziemlich harmlos im Vergleich zu den anderen drei, allesamt Jungs, die wegen verschiedener Gewaltakte suspendiert worden waren – in einem Fall sogar dafür, in der Schule einen Brand gelegt zu haben. Es war nur ein kleines Feuer, aber trotzdem.

Wir hatten nichts gemeinsam, aber wir waren gern zusammen und füllten diesen Beste-Freundinnen-Platz aus, den jeder zu haben scheint. Und dann gewöhnte ich mich an sie, und ich liebte sie. Ruthie war Einzelkind, und ich war meistens ein Einzelkind, und vielleicht hatte es damit zu tun. Was immer uns verband, war stark. Wir machten alles zusammen. Wir versuchten, alle Kurse gemeinsam zu belegen, unsere Schließfächer lagen nebeneinander, wir aßen jeden Mittag zusammen in der Loser-Ecke. Am Wochenende ging ich zu ihr und zeichnete, während sie winzige Modelle von Robotern und Flugzeugen baute, ganz zarte und perfekte Dinger, trotz ihrer riesigen Hände. Oder sie kam zu mir und las mir seltsame wissenschaftliche Artikel vor, während ich zeichnete, oder sie folgte mir durch den Garten und erzählte mir, dass 93 Prozent der Gärtner Tomaten züchten oder dass die größte jemals gezüchtete Tomate sieben Pfund gewogen hat oder dass japanische Wissenschaftler Mücken untersuchen, um mit ihrer Hilfe eine schmerzlose Nadel zu entwickeln.

Meistens stammten diese Artikel aus *Scientific American*,

das ihr Dad abonniert hatte und das nach seinem Tod aus irgendeinem Grund immer noch kam. Eines Tages las sie mir beim Mittagessen vor, dass sich Gehirne wie Papier zusammenknüllen, um diese Falten auszubilden. Und dabei kam Jessica zu uns an den Tisch, kurz nachdem ich ihr Tattoo in der Umkleidekabine gesehen hatte. Sie setzte sich neben uns, als wäre das etwas Akzeptables – sich zu uns an unseren Tisch in der Ecke zu setzen. Absichtlich.

«Was machst du da?» Ruthie presste sich das Heft an die Brust, als wäre es ein Geheimnis.

«Ich bin Jessica. Ich hab Maeve eben in der Umkleide getroffen. Sie hat sich meinen Arsch angesehen. Und du bist ...?»

«Ich hab mir nicht deinen A...» Ich spürte, wie meine Wangen heiß wurden. «Ich hab dich n-n-nicht angesehen.»

«Hast du so was von.» Jessica grinste. «Ist schon okay, mich stört's nicht.»

«Hab ich nicht.»

Jessica starrte mich mit hochgezogenen Augenbrauen an. Ruthie starrte Jessica mit offenem Mund an.

Ich sah von einer zur anderen und wusste nicht, was ich sagen sollte, also stellte ich Ruthie vor.

«Nett, dich kennenzulernen.» Jessica warf Ruthie ein Stück Popcorn in den immer noch offenen Mund. Ruthie würgte und spuckte es aus. Es landete auf Jessicas Tablett. Sie schnippte es mit dem Finger weg und bot Ruthie stattdessen die Tüte mit Popcorn an. «Ich hab nur gesehen, dass dein Mund offen stand.»

Aber davor. Im Frühling davor, als wir auf meine Mom warteten, die uns in Seattle abholen wollte, nachdem wir ein Roller-Derby-Spiel zwischen den Rat City Roller Girls und den Bellingham Betties angesehen hatten, da stand Ruthie neben einer Bushaltestelle voller Graffiti und Müll und murmelte irgendwas über das Spiel und die Betties, und dann murmelte sie noch irgendwas, und es hörte sich so an, als hätte sie gesagt, sie steht auf Mädchen.

«Was?» Das Auto meiner Mutter war schon auf der Kreuzung. Sie hupte und winkte.

«Ich mag Mädchen», wiederholte Ruthie.

Drei kleine Worte. Und ich wusste genau, was sie bedeuteten. Denn auch ich mochte Mädchen. Aber ich wollte nicht darüber reden. Ich wollte es nicht laut aussprechen. Und ich hätte nie gedacht, dass Ruthie lesbisch ist. Nicht in einer Million Jahren. Ich hielt sie einfach für einen schrägen Wissenschafts-Nerd, der sich irgendwann mit einem anderen schrägen Wissenschafts-Nerd zusammentun würde, um ein paar schräge Wissenschafts-Nerd-Babys zu zeugen.

Aber dann dachte ich, wer sagt denn, dass dieser andere schräge Wissenschafts-Nerd ein Mann sein muss?

Wie auch immer. Ich hatte schon genug Probleme mit meinen eigenen verwirrenden Gedanken über Mädchen; ich war nicht in der Lage, mich auch noch mit Ruthies zu beschäftigen.

Ich tat so, als hätte ich sie nicht gehört, und winkte meiner Mom hektisch zurück. Und dann fiel es mir ein. Was, wenn Ruthie mich so sah? Als ein Mädchen, für das sie sich interessierte.

Nein.

Ich war kein schräger Wissenschafts-Nerd. Ich war genauso wenig ihr Typ wie sie meiner.

Sie war nicht süß. Und sie war nicht interessant. Na ja, jedenfalls nicht so. Nicht für mich. Sie war natürlich irgendwie interessant. Aber mehr für den schrägen Wissenschafts-Nerd, der sich mal in sie verlieben würde und der mit ihr gemeinsam langweilige Artikel aus *Scientific American* lesen wollte. Und *süß* war sicher kein Wort, mit dem ich Ruthie beschreiben würde. Jemand anderen bestimmt. Sie würde ihren schrägen Wissenschafts-Nerd-Partner ganz bestimmt finden.

Mom fuhr heran, und Ruthie stieg vorn ein, weil da mehr Platz war. Sie war nicht dick oder so – überhaupt nicht –, aber sie konnte sich irgendwie nicht klein machen, um reinzupassen. Kleidung, Gruppen, Rücksitze – Ruthie schien für alles zu groß zu sein.

Danach mied Ruthie mich eine Weile. Sie versteckte sich mittags im Labor und ebenso nach der Schule und in jeder freien Sekunde ihrer Pausen. Als ich ihr eines Tages auf dem Mädchenklo begegnete, wurde sie rot und wusch sich schnell die Hände zu Ende und ging dann gleich raus, ohne sie abzutrocknen. Ich folgte ihr auf den Flur.

«Ruthie! Wo bist du gewesen?» Ich wollte ihr sagen, dass ich gehört hatte, was sie an der Bushaltestelle gesagt hatte. Ich wollte ihr sagen, dass das für mich okay war. Ich wollte ihr sagen, dass ich ebenfalls auf Mädchen stand. Ich auch, Ruthie! Aber nichts davon kam heraus.

«Ich hab an den Modellen gearbeitet», sagte sie. «Für den Landeswettbewerb. Das ist alles.»

Und dann sah ich sie wieder zwei Wochen lang nicht. Erst nach dem Wettbewerb, zu dem ich sie eigentlich begleiten sollte, aber als sie mich nicht anrief und mir keine Nachricht schrieb und keine E-Mail, nahm ich an, dass sie mich auf diese Weise ausgeladen hatte.

«Ich habe gewonnen», gab sie am Montag nach dem Wettbewerb bekannt. Sie saß beim Mittagessen mir gegenüber und ordnete ihren Joghurt und ihr Sandwich und ihre Möhren in einem Sechseck auf einer Serviette an. Als wäre nichts geschehen. Es war ja irgendwie auch nichts geschehen. Aber dann wiederum schon. Hatte sie mich gemieden? Oder war es wirklich wegen der Modelle gewesen? Diese halbe Unterhaltung auf dem Parkplatz schien jetzt so unwirklich. Hatte ich sie das wirklich sagen hören? Hatte sie es gesagt? Sie schob mir ihre Medaille über den Tisch. «Erster Platz.»

«Das ist toll», sagte ich. «Herzlichen Glückwunsch, du Geek.»

«Danke, du Freak.»

Und damit war alles wieder wie vorher. Beinahe.

Jessica lachte über Ruthies Sechseck, als sie im nächsten Frühling zum ersten Mal bei uns am Tisch saß. Sie nahm sich einfach eine Möhre, und Ruthie sah sie entsetzt an.

«Das war meine.»

«Du hattest sie bestimmt übrig.» Jessicas Haare waren kürzer als Ruthies, sahen aber viel besser aus. Ruthies Haare bildeten einen ungleichmäßigen, struppigen Helm, der drei Zentimeter weit um ihren Kopf herum abstand und auch nicht besser aussah, wenn die Haare länger waren. In dieser Hinsicht wäre sie verflucht und verdammt, sagte sie manchmal. Jessica allerdings nicht. Ihre glatten schwarzen Haare waren an den richtigen Stellen ungleichmäßig, sie trug einen teuer wirkenden Pixie Cut mit langen rosa gefärbten Strähnen, die mit Sicherheit viel gekostet hatten.

Ich fragte mich, ob Jessica lesbisch war, aber sie fragte ich nicht. Und dann brauchte ich sie nicht mehr zu fragen, denn eines Tages kam sie mit einem T-Shirt zur Schule, auf dem zwei Frauenfiguren abgebildet waren, wie man sie von Toilettentüren kennt, aber sie standen nebeneinander und hielten Händchen – oder eher handlose Arme –, und darunter stand SORRY, JUNGS.

Wir standen vor dem ersten Klingeln draußen in der Kälte, aber es war so eine optimistische Frühlingskälte, also trug niemand Jacke oder Mantel außer Ruthie. Ruthie und ich starrten auf Jessicas T-Shirt (was bedeutete, dass wir auch auf ihre Brüste starrten) und wurden beide rot. Ruthie stotterte und schluckte und murmelte irgendwas über Petrischalen und Extrapunkte und flüchtete ins Labor.

«Ich kann so viel an deinem Blick ablesen.» Jessica schob sich die Ponysträhnen aus dem Gesicht. Und dann: «Sag mir nicht, du wusstest nicht, dass ich lesbisch bin. Ich hab dir immer wieder Hinweise gegeben, seit ich dich zum ersten Mal gesehen habe.»

Und dann nahm sie meine Hand und hielt sie fest und zog mich in die Schule, als wäre all das gar keine große Sache.

Als Jessica später am Tag fragte, ob sie als Dritte bei unserem Biologieprojekt mitmachen könnte, runzelte Ruthie die Stirn.

«Das zählt dreißig Prozent für die Note», sagte Jessica. «Natürlich will ich in Dr. Ruths Gruppe sein.»

«Nenn mich nicht so.»

«Ach komm, das ist ein Kompliment.»

«Sie kann dabei sein», meinte ich. «Oder, Ruthie?»

«Willst du das?»

«Klar.»

«Na gut.» Ruthie schob ihre Hefte und Bücher zusammen, um ihr Platz zu machen.

«Danke», strahlte Jessica und setzte sich. Dabei rückte sie ihren Stuhl näher an meinen heran.

Ich hatte Ruthie nichts davon gesagt, dass wir Händchen gehalten hatten, und niemand sonst hätte es ihr erzählt. Es redete eigentlich keiner mit ihr, außer die anderen Geeks aus dem Naturwissenschaftsclub und von den Mathleten, die vermutlich ebenfalls keine Ahnung davon hatten. Ich wollte es ihr sagen, aber dann dachte ich, vielleicht wollte ich es eigentlich auch nicht. Vielleicht wollte ich es gern ganz für mich allein behalten. Jedenfalls für eine Weile. Erst wenn ich es ihr sagen musste. An den hektischen roten Flecken auf Ruthies Wangen konnte ich ablesen, dass sie ebenfalls in Jessica verliebt war. War es das? War ich in Jessica verliebt? Aber sie hatte meine Hand genommen, sagte ich mir. Sie hatte meine Hand genommen. Sie festgehalten. Mich mit reingezogen.

Eine Dritte bei einem Naturwissenschaftsprojekt dabeizuhaben war eine Sache. Aber eine Dritte innerhalb einer

Freundschaft brachte alles ins Wanken. Und eine Dritte für mehr als das? Eine Katastrophe.

Am nächsten Tag saßen Jessica und ich in Ruthies Keller auf dem Fußboden und rissen Zeitungen in Fetzen, um mit unserem Papiermaché-Modell über Zellen anzufangen, während Ruthie oben Mehl und Wasser zu einer Paste zusammenrührte und uns was zu essen holte.

«Wir brauchen was zu essen», hatte Jessica gesagt. «Das macht man so als Gastgeberin, Ruthie.» Und darum hatte sich Ruthie vom Fußboden erhoben und war nach oben gestampft. Ich konnte sie in der Küche hören. Eine Schranktür knallte. Der Kühlschrank wurde geöffnet und geschlossen.

«Ich tue das lieber jetzt gleich», sagte Jessica. Sie beugte sich vor und küsste mich auf die Lippen. Ich erstarrte, und Jessica küsste mich wieder, und dann küsste ich sie zurück, und so fand Ruthie uns, die Lippen aneinandergeklebt, Jessicas Hand unter meinem T-Shirt, die Zeitungsfetzen um uns herum verstreut.

Ruthie ließ das Tablett fallen, und die Schüssel mit Kleber, ein Teller mit Käse und Crackern und drei Gläser Apfelsaft krachten zu Boden.

«Ruthie!» Ich sprang auf die Füße. «Ich helfe dir.»

Ruthie stand bloß mit offenem Mund da.

«Ich hole Haushaltstücher», sagte ich viel zu laut und zu schnell. Ich lief die Treppe rauf und griff nach der Papierrolle neben der Spüle.

Als ich wieder runterkam, stand Ruthie immer noch mitten in den Scherben der Schüssel und des Tellers und der Gläser, und der Kleber sickerte in den schmuddeligen Teppich, und Jessica stand auf der anderen Seite und kaute auf ihrer Lippe und versuchte, ein Lächeln zu unterdrücken.

Ruthie meinte, es wäre alles nicht so schlimm, und vielleicht meinte sie damit die Scherben, aber vielleicht auch die Sache mit mir und Jessica, aber es war auch egal, weil sie einfach verschwand. Sie wechselte in einen anderen Biologiekurs mit der Begründung, sie wolle lieber bei einem Lehrer lernen, der an seiner Promotion arbeitete, und nicht bei einem, der gerade erst von der Uni kam, und darum unterschrieb der Direktor ihre Bitte. Sie war immerhin die Beste in Naturwissenschaft.

Das hätte das Schlimmste sein können. War es aber nicht. Es wurde noch schlimmer, viel schlimmer als ein Haufen Scherben auf dem Fußboden.

Was mit Mädchen anzufangen scheint mir nicht besonders gut zu gelingen. Erst Jessica – und dann das, was später mit Ruthie passiert ist – und jetzt Salix. Jedes Mal, wenn ich Salix zurückschreiben will, lasse ich es wieder. Ein paar Mal fange ich eine Nachricht an, aber ich schicke sie nicht ab.

*Sag dem Keks, es tut mir leid, dass ich ihn dagelassen habe.*

Oder: *Kann ich dich zu einem Sorry-dass-ich-geflüchtet-bin-Kaffee einladen?*

Oder: *Django hat mich aus seinem Grab angerufen und lässt dir ausrichten, dass er auch zugehört hat und dass du richtig gut warst.*

Bescheuert.

Oder: *Kennst du Grandview Park? Die könnten eine richtig gute Geigerin gebrauchen. Es gibt nur einen Hippie-Schlagzeuger und einen Typen an der Trompete, der klingt wie eine sterbende Gans.*

Bescheuert und peinlich.

Also schreibe ich gar nichts.

# NEUE NACHBARN UND BETRUNKENE VÄTER

Der neue Nachbar zieht genau eine Woche nach Mrs. Patels Beerdigung ein. Es ist ein alter Mann – älter als Mrs. Patel –, klein und dicklich mit schütteren weißen Haaren und dicken Brillengläsern, die gerade eben noch auf der Spitze seiner dicken roten Nase balancieren. Eine Weinnase nennt meine Mom so was. Die Jungs und ich sehen zu, wie die Umzugsleute seine Sachen reintragen. Transportkarren voller Kisten, einen Ledersessel und so viele Bücherregale, dass ich sie nicht zählen kann. Als die Umzugsleute weg sind, verschwindet er drinnen und kommt ein paar Augenblicke später mit vier Eis-Sandwiches raus.

«Ich hab immer einen Karton im Tiefkühlschrank», sagt er. «Und im Moment ist nichts anderes drin. Also können wir uns jetzt mit schokoladenverschmierten Fingern vorstellen, okay?» Aber er zieht dabei ein Taschentuch heraus und betupft sich die Mundwinkel. «Ich fange an. Ich heiße Oscar Heidelman.» Er hat einen Akzent. Könnte ein deutscher Akzent sein, aber ich weiß es nicht genau.

«Ich heiße Corbin», sagt Corbin mit vollem Mund. «Und das ist mein Bruder Owen. Wir sind Zwillinge. Auch wenn wir nicht gleich aussehen. Und ich habe mir den Arm gebrochen.»

«Das sehe ich.»

Owen sieht Mr. Heidelman mit ernstem Gesicht an. Ich weiß, was er denkt. Es sollte niemand anderes als Mrs. Patel in dieser Wohnung wohnen. Vor allem nicht so bald, nachdem sie *in ihrer Wohnung* gestorben ist. Die Vermieter hätten wenigstens bis zum Ende des Monats warten können.

«Ich bin Maeve.»

«Schön, euch kennenzulernen, Nachbarn.» Jemand hupt auf der Straße. «Entschuldigt mich.» Er schiebt die Brille hoch. «Meine Babys sind angekommen.»

«Babys?», fragt Owen.

«Seht selbst.»

Also folgen wir ihm durch den Vorgarten. Ein knallgelber Laster parkt am Bürgersteig. ELLIS KLAVIERTRANSPORT. Mr. Heidelman schiebt sich den Rest von seinem Eis in den Mund und begrüßt die Männer. Er steht unten an der Rampe, während sie einen kleinen Flügel herunterschieben. Ich versuche, die Instrumente zu zählen. Es folgt ein Klavier. Ein Bass. Ein Cello. Fünf Geigen und vielleicht eine Bratsche, alle in ebenso abgestoßenen Kästen wie der von Salix.

«Können Sie all diese Instrumente spielen?», frage ich.

«Ja.» Mr. Heidelman nickt, während einer der Träger einen weiteren schwarzen Kasten in die Wohnung schleppt.

«Was ist dadrin?», will Owen wissen.

«Ein Waldhorn.»

«Ich hab euch schon gesucht.» Claire kommt mit nackten und geschwollenen Füßen zu uns auf die Straße. «Mittagessen ist fertig.» Sie wendet sich an Mr. Heidelman. «Möchten Sie mitessen?»

«Nein, danke», sagt er. «Ich will mich erst einmal einrichten. Vielleicht haben die Jungs Lust, mir nach dem Essen dabei zu helfen, eine Million Bücherkisten auszupacken? Ich bezahle in Limonade.»

Corbin kommt schon nach zwanzig Minuten und einem Glas Limonade wieder zurück.

«Das war mir zu anstrengend», sagt er. «Und die Bücher sind echt staubig.»

Owen bleibt beinahe bis zum Abend.

Als Claire gerade die Sachen für das Abendessen aus dem Kühlschrank nimmt, schreibt Dad, dass er auf dem Heimweg ist und Pizza mitbringt – endlich mal wieder früh. Seit Mrs. Patels Beerdigung ist er kaum aufgetaucht.

Pizza ist deshalb eine große Sache.

Wenn er sonst nach Hause kommt, geht er normalerweise gleich nach oben und duscht, kaum dass er uns begrüßt hat. Aber heute nicht. Und Pizza hat er auch nicht dabei.

«Wo ist die Pizza?», fragt Corbin, und die Enttäuschung steht deutlich in seinem Gesicht.

«Ich hab gesagt, ich bestelle welche.»

«Nein, du hast gesagt, du bringst welche mit», sagt Claire. Sie öffnet seine Nachricht und hält sie ihm hin.

«Danke, Frau Nachrichten-Polizistin.» Er steht vor ihr stramm.

Irgendwas ist los. Es ist nicht bloß wegen der Pizza. Es ist nicht bloß, weil er früher nach Hause gekommen ist. Er ist irgendwie nicht er selbst. Ist er gefeuert worden? Hat man ihn wegen Trunkenheit am Steuer angehalten?

Das Schlimme daran ist, dass nichts von beidem mich überraschen würde.

Claire fängt an, ihm von ihrer Freundin in Toronto zu erzählen, die gerade einen wichtigen Umweltpreis für einen Dachgarten bekommen hat, den sie entworfen hat, aber er hört ihr gar nicht richtig zu.

Plötzlich packt er Corbin mit einem lauten Kriegsschrei und wirbelt ihn herum, dann drückt er ihn auf den Boden.

«Hab dich!»

Corbins Gesichtsausdruck wechselt von erschrocken zu begeistert, er quietscht vor Lachen und trommelt mit seinem Gipsarm auf Dad herum.

Sie rangeln immer noch, als Owen gefolgt von Mr. Heidelman in der Tür auftaucht.

«Billy, wir haben Besuch», sagt Claire. «Das ist unser neuer Nachbar, Mr. Heidelman.»

Dad schiebt Corbin von sich runter und springt auf.

«Hi!» Er streckt die Hand aus. «Billy Glover.»

«Er war bei den Railway Kings», sagt Claire. «Kennen Sie die noch? ‹O'Ryans's Train›.»

«Leider nicht mein Gebiet.»

«Ich mache Ihnen keinen Vorwurf, Mr. Heidelman», sagt Dad und wirft Claire einen vernichtenden Blick zu.

«Nennen Sie mich bitte Oscar.» Sein Blick fällt auf die Bilder an der Wand. «Sie sind Förderer der Kunst, wie ich sehe. Genau wie ich.»

«Wir versuchen es.» Dad führt Mr. Heidelman herein, um ihm das große Bild mit dem Pferd und dem Oger zu zeigen, das im Treppenhaus hängt. Es ist scheußlich, und auf den ersten Blick sieht es aus, als wäre es Hunderte von

Jahren alt, weil es fast nur in dunklen Ölfarben gehalten ist, und die hellen Stellen sind genau dort, wo sie sein sollten. Es sieht aus, als würde sich das Pferd gerade losreißen und aus der Leinwand springen wollen, wenn es nicht ein verletztes Bein hätte, das ganz rot ist und blutig und bis zum Knochen abgenagt. Der Oger ist riesig und bedrohlich, er trägt einen Geschäftsanzug und hat glitzernde Augen. Ich hasse das Bild.

«Das ist von einem guten Freund von mir», sagt Dad. «Ein Hochzeitsgeschenk. Wir machen eine Menge Tauschgeschäfte.»

«Billy ist auch Künstler.» Claire deutet auf das Bild, das über dem Esstisch hängt. «Das hier ist von ihm.» Es ist eins meiner Lieblingsbilder: eine Bergwiese, auf der ich und Dad auf einer karierten Decke in der Ecke liegen und schlafen. Dad hat sich um mich herumgerollt und legt seinen Arm schützend über meinen Kopf. Ich bin etwa zwei Jahre alt, und meine Beine sind ganz dick, und ich habe rosige Wangen. Meine Eltern haben da schon getrennt gelebt.

Er tut es wieder.

Er trinkt.

Kommt nicht nach Hause.

Und jetzt benimmt er sich, als wäre er high.

Es war bloß eine Frage der Zeit, auch wenn Claire behauptet hat, er würde das nie wieder tun. Sie hat gesagt, er wäre anders als die anderen. Sie hat gesagt, sie glaubt ihm. Als wäre das genug, wenn die Zahlen sagen, dass über 50 Prozent – und bis zu 90 Prozent! – aller Süchtigen rückfällig werden. Die Zahlen lügen nicht.

Er schiebt Claire weg, genau wie er es schon mal gemacht hat. Genau wie er es mit meiner Mutter getan hat. Als er die Frau aus dem Café dazu benutzt hat, um alles komplett zu ruinieren.

Vielleicht hat er einfach die Anlage dazu, seine Familie zu zerstören. Seine Familien. Jedes Mal, wenn ein neues Baby – oder zwei – kommen, bricht er zusammen. Vielleicht ist er einfach nicht dazu gemacht, Teil einer Familie zu sein. Mein Herz zieht sich bei diesem Gedanken zusammen. Das kann er uns nicht antun. Das darf er nicht.

«Das ist ein sehr gutes Bild.» Mr. Heidelman betrachtet es mit den Händen auf dem Rücken. «Wunderschöne Details. Gekonnte Pinselführung.» Er sieht sich das Datum in der Ecke an. «Vor vierzehn Jahren. Ihre neuen Arbeiten müssen sehr, sehr gut sein.»

«Ja, sind nicht schlecht.»

«Er ist zu bescheiden», meint Claire. «Wenn er sich mit einer Galerie zusammentun würde, wäre er sehr erfolgreich.»

«Keine Galerien.» Mein Dad schüttelt den Kopf. «Ich mach gern mein eigenes Ding.» Er schnieft. «Also, kann ich Ihnen beim Einrichten helfen? Brauchen Sie was? Bilder aufhängen oder Möbel aufbauen?»

«Nein, aber vielen Dank.» Mr. Heidelman lacht. «Ich bin sehr müde. Ich werde mir eine Tasse Tee kochen und dann direkt ins Bett gehen. Alles andere kann warten.»

Als Mr. Heidelman gegangen ist, bestellt Claire Pizza. Während wir warten, bauen Corbin und Owen eine Schlacht zwischen den Königen auf, aber Corbin ist nicht richtig bei der Sache. Er wirft immer wieder einen Blick zu Dad. Corbin lässt König Parzival bald gewinnen, dann steht er auf und springt mit Anlauf auf Dads Schoß, sodass er umfällt. Dad rollt auf dem Fußboden, und sie fangen wieder an zu rangeln. Erst lacht Corbin noch, dann aber schreit er vor Schmerz auf.

«Aua, Daddy!» Er humpelt vor ihm weg.

«Ach komm, das war doch nicht doll.» Dad reißt ihn an seinem guten Arm zurück, und sein Gips knallt gegen das Tischbein. Er ist zu grob. Zu brutal. Selbst für Corbin.

«War es doch.» Corbin macht sich wieder frei und geht zu Claire, die die Arme um ihn legt.

«Alles in Ordnung, Baby?»

Corbin nickt atemlos und verschwitzt.

Owen und ich setzen uns aufs Sofa. Wir alle starren Dad an.

«Billy?»

«Was?»

«Alles in Ordnung?»

«Mir geht's gut.»

«Das hoffe ich.»

«Jetzt entspannt euch alle mal.» Dad verdreht die Augen. «Komm schon, Corbin, ich pass besser auf.»

«Mom?», sagt Corbin leise.

«Er möchte nicht mehr.» Claire legt ihren Kopf an Corbins und sieht Dad weiter an.

«Corbin kann selbst sprechen.»

Aber Corbin schweigt.

«Wir haben doch bloß gespielt.» Dad setzt sich wieder auf die Knie. Er ist ebenfalls außer Atem. Seine Wangen sind rot. Er schiebt sich die Haare aus der Stirn. «Was?» Er begegnet Claires Blick und hält ihm stand.

«Es war zu grob», sagt Claire.

«Wir reden doch hier über Corbin, oder? Ich hatte den richtigen Zwilling. So schwer ist es ja nicht, sie auseinanderzuhalten.»

Owen gibt ein kleines Geräusch von sich. Ich lege ihm den Arm um die Schultern.

«Das war völlig unangebracht, Billy.»

Owen zittert ein bisschen und versucht, nicht zu weinen, aber dann gelingt es ihm doch nicht, und er fängt an zu schluchzen. Ich halte ihn im Arm, während Claire Dad anfunkelt.

«Dann bin ich also wieder der Böse. Okay. Alles klar.» Statt sich zu entschuldigen, springt Dad auf und geht zur Tür. «Ich kann gern den Bösen spielen.» Er lässt seine Schlüssel am Finger herumwirbeln, und sie fliegen sofort ab und knallen gegen die Wand. «Jemand muss es ja sein. Und du bist es ja nie, Claire, stimmt's? Du bist immer die Gute. Die perfekte Mutter.» Er nimmt seine Schlüssel auf, rammt sich eine Baseballmütze auf den Kopf und öffnet in dem Moment die Tür, als der Pizzalieferant gerade klingeln will. «Super. Die Pizza ist da!»

Er nimmt die beiden Kartons, wirft dem Mann das Geld zu, und dann schleudert er die Kartons wie Frisbeescheiben in die Wohnung. Einer der Kartons geht auf, und eine Pizza fliegt auf den Esszimmerteppich.

Dad knallt die Tür hinter sich zu und überlässt uns vieren das Chaos.

*Die Ehe zwischen Claire und Billy Glover verstarb heute aus ungeklärter Ursache. Zum jetzigen Zeitpunkt lässt sich noch nicht viel sagen, aber eine Wiederbelebung scheint unwahrscheinlich. Die Ehe hinterlässt eine verwirrte Frau, drei verunsicherte Kinder und ein Ungeborenes, das von alldem glücklicherweise nichts weiß. Anstelle von Blumen bittet die Familie um Hilfe für Billy.*

# WEGLAUFEN

Als ich mich in Seattle am Busbahnhof von meiner Mom verabschiedet habe, meinte ich, ich würde ihr immer alles erzählen. Ich schreib dir jeden Tag eine E-Mail, habe ich gesagt. Damit du alles weißt.

Aber sie weiß nicht alles, denn es ist so viel schwieriger, ihr alles zu erzählen, als ich gedacht habe. Sie weiß kaum etwas. Klar, ich habe ihr von Mrs. Patel erzählt. Und von Dad. Aber nicht wirklich. Ich habe ihr nicht gesagt, dass ich es war, die Mrs. Patel gefunden hat, und dass ich gedacht habe, ich hätte sie umgebracht. Ich habe ihr nicht erzählt, dass Dads Trinkerei wieder schlimmer geworden ist und dass er alles verbockt. Ich habe ihr von meinem Date erzählt, aber nicht, wie ich es verkackt habe. Und sie hat keine Ahnung davon, dass ich plane, in einen Bus zu steigen und zu Dan zu fahren. Nach dem, was mit der Pizza passiert ist, habe ich ihm geschrieben. Er meinte, ich kann kommen. Ich hab ihm gesagt, es wäre nur für kurz. Ich habe ihm gesagt, dass ich so depressiv bin und mich so einsam fühle, dass mich ein Stück von seinem Red Velvet Cake wirklich aufbauen würde. Aber eigentlich will ich bleiben.

Wer soll mich aufhalten? Wer würde mich wirklich

aufhalten? Dad und die Jungs werden nichts mitkriegen. Claire ist zu sehr damit beschäftigt, alles zusammenzuhalten. Vermutlich wäre sie sogar erleichtert, wenn sie sich um eine Person weniger Sorgen machen muss.

Mrs. Patel hätte sich gekümmert. Na, na, Maeve, hätte sie gesagt. Komm, setz dich erst mal. Denk erst mal zu Ende. Ich setze Teewasser auf, und du mischst die Karten.

Aber ich kann nicht gehen. Nicht, bis ich weiß, dass mit Claire alles gut ist.

Zwei Tage nach Dads Pizzaanfall und eine Woche nachdem ich auf die Fresse gefallen bin, und zwar im übertragenen und im wörtlichen Sinne – die Schrammen auf meinen Knien sind endlich verheilt –, bin ich im Park und checke die Abfahrtszeiten auf meinem Handy, während die Jungs spielen. Es gibt einen Bus um fünf und einen um sieben, ebenso wie an jedem anderen Tag, den ich bisher nachgesehen habe. Es ist irgendwie tröstlich, die Zeiten in ihren kleinen Kästchen zu lesen. Sobald ich kann, werde ich einen dieser Busse besteigen und über die Grenze fahren und in Seattle aussteigen und Dan anrufen, damit er mich abholt.

Ich stecke mein Handy weg und schlage das Skizzenbuch auf. Dann sehe ich mich im Park um, wen ich zeichnen kann. Ein Mann lehnt gegen einen Baum und liest ein Buch, die Sonnenbrille auf den Kopf geschoben. Er hat die Schuhe abgestreift, die Socken hineingestopft und die Jeans hochgekrempelt und hält seine knochigen weißen Füße in die Sonne. Er hat eine lange Nase und buschige Augenbrauen. Abstehende Ohren. Und dann steht plötzlich jemand vor mir und versperrt mir die Sicht.

«Hey.»

Salix.

Bücher auf dem Fußweg. Orangen, die auf die Straße rollen. Django Reinhardt. Alle gucken. Die Scham, die in heißen Wellen vom Bürgersteig aufsteigt.

Salix deutet auf den Hügel, wo ein Mann Trompete spielt. «Ist das die sterbende Gans?»

«Hör mal, wegen neulich – es tut mir wirklich leid.»

«Klingt so, ja.»

«Es tut mir leid, dass ich dir nicht zurückgeschrieben habe.»

«Das war nicht nett.»

«Nein, und ich ...»

«Warum eigentlich nicht?» Dann hält sie eine Hand hoch und schüttelt den Kopf. «Nein, ich weiß schon, glaube ich. Du warst durcheinander. Du hast dich geschämt. Du wusstest nicht, was du sagen solltest.»

«Ja, all diese Sachen.»

«All diese Sachen, die mich gar nicht stören. All diese Sachen, die nicht wichtig sind. Ich meine, es tut mir leid, dass ich dich durcheinandergebracht habe ...»

«Es lag nicht an dir. Oder an irgendwas, was du gesagt hast.»

«Wie sollte ich das wissen? Du hast mir nicht mehr geschrieben. Hast du gedacht, lass sie sich doch einfach Sorgen um dich machen? Oder dass es mir egal ist? Oder hast du gedacht, du müsstest einfach jetzt mal kurz woanders hingehen? Irgendwohin, wo es dir besser gefällt?» Salix schweigt kurz. «Hilf mir, das zu verstehen.»

«Tut mir leid.»

Salix schiebt ihre Hände in die Taschen. Dann holt sie sie wieder raus. Sie sieht einen Augenblick weg, hin zu dem Trompeter, dann wieder zu mir. «Aber dir geht's gut?»

«Jetzt schon.» Ich hebe ein Knie. «Ich bin doch noch hingefallen. Da drüben.»

Salix hockt sich neben mich und berührt den gelblichen Fleck, der um die Schramme liegt. «Autsch.»

Ihre Finger fühlen sich weich und warm an. Mein Atem geht schneller. «Wa-wa-was machst du hier im Park?»

«Du hast mir geschrieben.»

«Nein, hab ich nicht.»

Salix zieht ihr Handy raus und zeigt es mir. Eine Nachricht, eingegangen vor zwanzig Minuten. Die, die ich vor einer Woche verfasst und nie abgeschickt habe. Doch bei all meinem Gesuche nach den Busabfahrtszeiten und den Nachrichten an Claire, dass ich noch Brot und Milch kaufe, habe ich offenbar auch die Nachricht an Salix abgeschickt, weil ich sie nie gelöscht habe. Maeve Glover, das Technik-Genie.

«Oh ja», sage ich. «Der Trompeter.»

«Der Trompeter.» Salix setzt sich neben mich.

«Du hast deine Geige gar nicht dabei.»

«Nein.»

Eine oder zwei Minuten lang schweigen wir beide, dann greift Salix in ihre Tasche und holt eine kleine Wachspapiertüte hervor. Ich weiß gleich, was drin ist.

«Der Keks.»

«Der Keks.» Salix reicht ihn mir. «Ist vielleicht schon ein bisschen trocken.»

Ich halte den Keks in meinem Schoß.

«Also», Salix verpasst mir einen Stoß mit ihrer Schulter. «Wenn ich sage, ich komme in zehn Minuten wieder, bist du dann noch hier?»

Ich nicke.

«Du rennst nicht weg?»

«Ich passe auf meine Brüder auf. Die sind da drüben auf dem Spielplatz.» Ich deute hin.

«Ich bin gleich zurück.» Und dann geht sie über den Hügel. Ich lege meine Hand über die Schramme auf meinem Knie. Salix' Finger und dann ihre Schulter an meiner. Das war nicht geplant. Ich will nach Hause. Sobald ich weiß, dass Claire und die Jungs okay sind. Aber wann wird das sein? Wenn sie Dad rausgeworfen haben? Wenn er sich zusammengerissen hat? Wenn das Baby da ist? Ich bin nicht sicher, aber ich weiß, dass ich gehen will. Das ist mein Fokus. In einen dieser Busse steigen und über die Grenze fahren und zu Dan: ein dunkler Weg durch den Wald und dann mein Haus zwischen den Bäumen und der verwilderte Garten. Das Chaos um meinen Vater, meine Mom und Raymond in Haiti, sogar der Keks in meinem Schoß – nichts davon ergibt einen Sinn. Salix sollte gar nicht mehr in meinem Umfeld sein. Aber da kommt sie mit einem Tablett voller Plastikbecher. Erst geht sie damit zum Spielplatz und gibt den Jungs was zu trinken, die sich freuen und sich mit ihr unterhalten, auch wenn sie sie kaum kennen. Ich muss mit ihnen darüber sprechen. Es ist viel wahrscheinlicher, dass sie von einem Bekannten entführt werden als von einem Fremden.

Sie kommt auf mich zu, und im letzten Moment begreife ich, dass sie mir zuzieht, wie ich ihr zusehe.

«Geeiste Mochas, Teil zwei.» Sie setzt sich neben mich und gibt mir einen Becher. «Den Jungs habe ich Kakao mitgebracht. Falls du dich gefragt hast.»

Ich bin viel zu aufgeregt, um mich irgendwas zu fragen. Die Geräusche vom Spielplatz werden plötzlich lauter; die farbigen T-Shirts und Shorts der Kinder sind wie kleine hopsende Lichtpunkte. Ich möchte Salix anschauen. Ich möchte sie ganz genau betrachten. Die Linien ihres Kiefers nachfahren, den Schwung ihrer Lippen. Aber ich kann sie so nicht ansehen. Stattdessen fokussiere ich Corbin auf der Schaukel, wie er sich mit einer Hand an der Kette festhält, den Gipsarm um die andere Kette gelegt, und höher und höher schwingt.

«Hey.» Jetzt sehe ich sie doch an, aber ich versuche, nicht zu starren. Salix nimmt den Keks wieder an sich. «Wir sollten den an die Vögel verfüttern.»

«Gute Idee.»

Salix bricht kleine Stücke ab und streut sie zu unseren Füßen auf den Boden. Spatzen flattern herbei und hüpfen vorsichtig auf die Krümel zu.

«Erzähl mir von dem Begräbnis.»

«Was?»

«Das wolltest du mir gerade erzählen, bevor ich dich verscheucht habe.»

«Du hast mich nicht verscheucht.» Ich will ihr nicht von der Beerdigung erzählen. Ich will nicht an Mrs. Patel denken.

«Okay, vergiss das mit der Beerdigung.» Salix kaut an

ihrem Strohhalm. «Sag mir, welche drei Dinge du mitnehmen würdest, wenn dein Haus abbrennt, mal abgesehen von Menschen oder Haustieren.»

Damit will sie das Thema wechseln? Mit brennenden Häusern? Ehrlich?

«Wusstest du, dass jedes Jahr über dreitausend Menschen in ihren brennenden Häusern sterben? Und das nur in den Staaten. Und die Feuerwehrleute sind nicht mal mitgezählt.»

«Ich würde meine Geige mitnehmen und meinen Computer – weil darauf die ganzen Fotos von meiner Familie sind», sagt Salix. «Und meine Kopfhörer.»

«Das ist einer alle hundertsiebzig Minuten.»

«Ein was?»

«Ein Mensch, der stirbt.» Ich weiß, ich sollte etwas anderes sagen – sollte ihr die drei Dinge nennen, aber mein Hirn übernimmt und spuckt stattdessen Statistiken aus. «Alle hundertsiebzig Minuten. Ich glaube, eigentlich sind es einhundertneunundsechzig Minuten.»

«Und wenn du gerade so davongekommen bist, einer von diesen Leuten zu sein, was würdest du mitnehmen?»

Ich presse meine Lippen fest aufeinander, drücke mir den Mund zu. Ein Faktenticker läuft durch meinen Kopf: Halten Sie sich in Bodennähe auf. Jedes Jahr kommen mehr Amerikaner bei Hausbränden um als bei allen Naturkatastrophen zusammen. Wechseln Sie zweimal im Jahr die Batterien Ihres Rauchmelders. Ich werde nichts mehr sagen, bis ich genau weiß, dass ich keine einzige von diesen Statistiken über Hausbrände oder verkohlte Leichen oder Brandstiftung oder die beste Möglichkeit zu überleben zitiere. Drei Dinge – denk über diese drei Dinge nach.

Als ich mich entschieden habe, wiederhole ich sie ein paar Mal in meinem Kopf, bevor ich sie laut ausspreche. Nur damit ich nicht stattdessen erzähle, dass die meisten Hausbrände in der Küche anfangen.

«Mein Skizzenbuch und die Stifte – das zählt als eine Sache. Meinen Computer – auch wegen der Fotos. Und das Bild von mir und meinem Dad.»

«Zeig mal.»

«Das Bild?»

«Dein Skizzenbuch.» Salix streckt eine Hand aus, als würde ich es ihr wirklich einfach so geben.

«Nein», sage ich. «Das mache ich nicht. Ich meine, ich zeige das nie anderen Leuten.»

«Ich habe auch für dich Geige gespielt.»

«Du spielst für viele Leute Geige.»

«Zeig doch mal.»

Ich lege meine Stifte in meine Federtasche und ziehe den Reißverschluss zu. Ich lege mein Skizzenbuch in meinen Schoß und drücke die Handflächen darauf, drücke es nieder, als würde es sonst einfach zu Salix hinüberschweben.

«Okay», sagt Salix. «Du bist ein strenges Publikum.»

«Ich zeige es dir», sage ich. «Aber nicht heute.»

Salix grinst.

«Was?», frage ich.

«Das bedeutet, dass ich dich wiedersehe.»

Ich grinse. «Ja?»

«Ja.» Salix strahlt. «Mal sehen, was kann ich dir noch

über mich erzählen: Mein Dad ist Busfahrer. Meine Mom arbeitet in einem Gemüseladen. Aber davor haben sie in einem Bus gewohnt und auf Volksfesten billigen Schmuck verkauft, bis meine Schwester geboren wurde. Im Bus. Sie heißt Linden. Nach dem Baum. Salix bedeutet ‹Weide›. Du ahnst schon, was meine Eltern für Typen sind. Linden ist zwei Jahre älter als ich. Sie ist jetzt auf der Juilliard. Sie spielt Cello. Wir haben früher immer in diesem Park hier gespielt. Da oben bei dem Ehrendenkmal. Ziemlich genau da, wo die sterbende Gans steht.»

«Juilliard», sage ich. «Das ist beeindruckend.»

«Ich werde auch da hingehen. Wenn ich angenommen werde, meine ich.»

«Du wirst bestimmt angenommen.» Ich denke nicht mehr an Hausbrände. Ich denke an Salix' Eltern im Bus. An Geburten. Steig da jetzt nicht ein, Maeve, lass die Babys in Ruhe. Denk nicht an potenziell tote Babys.

«Es ist fast unmöglich, angenommen zu werden.»

«Deine Schwester hat es geschafft.»

«Vielleicht hat sie das Familienglück aufgebraucht.» Salix hebt ihre Halskette an, die sie bisher immer getragen hat, wenn ich sie gesehen habe. Auch beim ersten Mal am Busbahnhof. «Linden hat mir die hier als Glücksbringer gegeben. Sie hat sie bei der Aufnahmeprüfung getragen.»

«Aber es geht nicht um Glück», sage ich. «Sondern um Talent. Und davon hast du ganz viel.»

«Vielleicht», meint Salix. «Aber ich müsste ein Vollstipendium bekommen, so wie Linden. Wenn ich nicht genommen werde, habe ich einen Plan B.»

«Eine andere Schule?»

«Nein. Ich haue einfach ab. Nach Europa. Oder Australien. Vielleicht auch Thailand.»

«Thailand? Aber was ist mit den Erdbeben? Was ist mit den Tsunamis?»

«In Thailand?»

«Bei dem Tsunami von 2004 sind zweihunderttausend Leute gestorben.»

Salix trinkt ihren Mocha aus und sieht mich mit zusammengekniffenen Augen an. «Du weißt, dass es hier auch Erdbeben gibt.»

«Oder Hepatitis», mache ich weiter. «Du kannst dich am Trinkwasser anstecken. Oder bei Spa-Behandlungen. In Tattoo-Läden. Sextourismus.» Ich höre mich reden und wünschte gleichzeitig, ich würde die Klappe halten. Oder eine normale Unterhaltung führen. Wie ein normaler Mensch. Ich nehme einen Schluck Mocha, bloß um meinen Redeschwall zu unterbrechen.

«Dann halte ich mich an Mineralwasser», sagt Salix und lacht. «Und vermeide jede Spa-Behandlung und siffige Tattoo-Läden. Und Sextourismus.»

«Und wenn du am Strand einen tollen Typen kennenlernst und er spielt Gitarre und ist total nett und dann sagt er: ‹Hey, lass uns in Bangkok treffen.›» Die Worte laufen und laufen und laufen aus mir heraus. «Nur leider steckt er dir eine Tüte Kokain in deinen Rucksack, und du wirst am Flughafen gefasst, und sie werfen dich in ein thailändisches Gefängnis. Was dann? So was passiert.»

Salix starrt mich sprachlos an.

«So was passiert», wiederhole ich. «Wirklich.»

«Es müsste ein Mädchen sein.»

«Was?»

«Am Strand. Es müsste ein Mädchen sein.»

«Oh.»

«Wo kommst du her?», fragt Salix.

Meint sie, von welchem Planeten? Meint sie, wer redet schon so einen Blödsinn? Welcher Mensch redet und redet und redet über irgendwelchen Scheiß, der nie passiert, und warum er passiert und unterstellt ihr damit, dass sie so blöd ist, irgendeinen ‹Sextourismus› mitzumachen, was immer das ist, oder Drogen über eine Grenze zu schleppen, als würde sie die Tüte Koks in ihrem Rucksack nicht bemerken?

«Das ist so eine gute Frage», sage ich.

«Ernsthaft», sagt Salix. «Du hast gesagt, dein Dad wohnt hier. Wo ist deine Mom?»

«Auf Haiti.»

«Deine Mom ist auf Haiti, und du machst dir Sorgen darüber, wenn ich nach Thailand gehen will?»

«Ich mache mir auch ihretwegen Sorgen», sage ich. «Darauf kannst du wetten.»

«Warum ist deine Mom auf Haiti?»

Also erzähle ich ihr, wie alles gekommen ist. Ich schaffe es, ihr nichts von Raymonds verschrumpeltem Penis zu erzählen oder von Mom und ihm im Auto neben den bärensicheren Mülleimern oder von dem Mann, der an der Grenze befragt wurde, oder von Tim McLean, dem der Kopf im Greyhound-Bus von einem Irren abgeschnitten wurde.

Stattdessen erzähle ich ihr von Dan und seinem Einhorn-Schlafanzug und von dem FREUNDE-VON-DOROTHY-

T-Shirt, und sogar von Jessica. Aber ich sage ihr nichts von Ruthie und auch nicht, dass Dad gerade alles kaputtmacht oder dass ich darüber nachdenke, in einen Bus zu steigen und nach Hause zu fahren, während mein Dad seine zweite Ehe ruiniert. Ich sage ihr, dass das Baby strampelt. Ich erzähle ihr von Mr. Heidelman und den Eis-Sandwiches und dem Umzugswagen voller Instrumente.

«Ich würde so gern bleiben», meint sie, als ich fertig bin. «Aber ich habe einen Schüler.»

Ich sammle die Jungs ein, und Salix begleitet uns bis zum Laden. Sie kommt noch mit rein und trägt den Einkaufskorb für mich, während die Jungs die Gänge rauf- und runterlaufen. Ich nehme einen Laib Brot vom Regal und einen Karton Milch, und als wir wieder draußen sind, stehen wir mitten auf dem Fußweg, und die Jungs rennen im Kreis um uns herum.

Salix schiebt die Hände in ihre Taschen. «Wenn ich dir schreibe, schreibst du mir diesmal zurück?»

«Ja, das mache ich. Ganz bestimmt.»

«Okay, dann kann ich dir ja ganz beruhigt Tschüs sagen. Tschüs, also.»

Corbin greift meinen Arm, Owen nimmt den anderen. «Wir wollen los!»

«Du musst los.»

«Sieht so aus.»

«Tschüs, Maeve.»

«Tschüs, Salix.»

Sie geht den Block entlang und um die Ecke, ohne sich noch einmal umzudrehen.

# JEMANDEN VERGESSEN, DEN MAN LIEBT

Ich wäre am liebsten nach Hause gegangen und hätte jede einzelne Sekunde mit Salix noch mal im Kopf durchgespielt. Aber als wir nach Hause kommen, ist da eine E-Mail von Raymond. Als ich seinen Namen sehe, bin ich sofort in höchster Alarmbereitschaft. Die Betreffzeile lautet: MACH DIR KEINE SORGEN, DEINER MUTTER GEHT ES GUT!

*Hi, Maeve,*
*wir hatten heute einen kleinen Autounfall auf dem Rückweg vom Strand, und deine Mutter bleibt über Nacht im Krankenhaus. Sie hat sich nichts gebrochen, aber ziemlich den Kopf gestoßen, darum behalten sie sie sicherheitshalber da, um eine Gehirnerschütterung auszuschließen. Sie hat im Krankenhaus keinen Empfang, darum hat sie mich gebeten, dir zu schreiben. Hier ist ein Foto, damit du weißt, dass es ihr gutgeht.*
*Sie lässt dir ausrichten, du sollst dir keine Sorgen machen.*
*Wir melden uns bald.*
*Raymond*

Ich scrolle bis zum Foto runter. Sie sitzt in einem Krankenhaushemd im Bett und hält einen Zettel hoch. Darauf hat sie geschrieben: *Mir geht's gut! xoxo*

Ich vergrößere das Bild und untersuche jeden Zentimeter davon, suche nach einem Beweis dafür, dass sie lügt, dass es ihr nicht gutgeht. Aber sie hat keine Verbände, keine Kratzer, nicht mal ein blaues Auge. Oder ist das da der Schatten eines blauen Auges? Ich versuche nachzuprüfen, ob ihre Pupillen gleich groß sind, aber so stark vergrößert wird das Foto körnig. Ich schreibe Raymond zurück und setze Mom in cc.

*Wenn sie sich irgendwas getan hat, bringe ich dich um.*
*Im Ernst.*
*Sag ihr, sie soll mich SOFORT anrufen, wenn sie kann.*
*M*

Ich betrachte noch mal das Bild. Da ist doch ein Schatten von einem blauen Auge. Ich bin ganz sicher. Was, wenn sie erst ganz okay scheint und niemand was merkt? Was, wenn sie eine so kleine Blutung hat, dass niemand was mitkriegt, und dann fängt sie nachts an zu bluten und bekommt einen Schlaganfall? Was ist, wenn sie stirbt? Was, wenn es am Ende gar kein Erdbeben oder Cholera ist, sondern bloß ein kleiner Autounfall?

*Deena Glover starb heute an den Folgen eines kleinen Autounfalls, zum Entsetzen ihrer Lieben und des alten Mannes an ihrer Seite. Sie hinterlässt einen verwahrlosten Garten und eine emotional verwahrloste Tochter. Auch wenn sie da-*

*von nichts wusste, da ihre Tochter sie ignoriert hat. Oder sie gemieden. Was den alten Mann angeht, so ist er ganz allein für dieses Chaos verantwortlich.*

Ich rechne den Zeitunterschied nach. Bei ihnen ist es fast elf Uhr nachts.

«Maeve?» Claire steht in der Tür. «Ich habe gerade eine E-Mail von Raymond bekommen. Er hat gesagt, er hätte dir auch eine geschrieben. Und Billy.»

«Ich muss mit ihr sprechen.» Ich kriege kaum Luft. «Jetzt sofort. Ich muss wissen, dass es ihr gutgeht.»

Claire setzt sich mit ihrem Computer neben mich und sucht nach den Telefonnummern der Krankenhäuser in Port-au-Prince und liest sie mir vor, während ich anrufe und in fürchterlichem Französisch nach meiner Mutter frage. Beim vierten Anruf antwortet eine Frau etwas auf Französisch, und nach einem Klicken und einer Pause höre ich die Stimme meiner Mutter.

«Maeve? Bist du das? Geht es dir gut?»

«Ob es *mir* gutgeht?» Ich fange an zu schluchzen. «Nein. Nein. Geht es *dir* gut?»

«Mit geht's prima, Süße. Ich hätte dich morgen früh gleich angerufen.»

«Morgen früh?», sage ich durch meine Tränen. «*Morgen früh?*»

Claire tätschelt mir das Knie. «Ich lasse euch beide allein», sagt sie und verlässt das Zimmer, zieht die Tür leise hinter sich zu.

«Mir geht's wirklich gut», sagt Mom.

«Woher weißt du das? Haben die ein CT gemacht?»

«Sie haben mich total durchgecheckt.» Es knackt in der Leitung.

«Ich vermisse dich so sehr, Mom.»

«Ich dich auch, Schatz. Es ist viel schwieriger, als ich dachte, so weit weg von dir zu sein. Ich hab dich lieb.»

«Ich dich auch.»

Wir reden über Haiti. Über die Stiftung. Raymond. Zuhause. Sie haben beide eine E-Mail von Dan bekommen, der geschrieben hat, er hätte einen Bären auf unserer Veranda gesehen, als er mal bei uns nach dem Rechten geschaut hat. Meine Mom lacht.

«Vermutlich hat er gerade ein Mittagsschläfchen auf dem Sofa gehalten.»

Das alte Sofa auf unserer Veranda, auf dem ich Stunden damit verbracht habe, Blautölpel und Krähen und die Hühner im Stall zu zeichnen, die Zedern, den Fuchs und den Garten.

«Nachdem er sich im Garten bedient hat», sage ich.

Es ist so traurig, dass wir nicht da sind, um die Bohnen zu pflücken, die Babykarotten und die Erbsen. Es ist so symbolisch, und ich wünschte, es wäre es nicht. Der Garten, der ohne uns weiterlebt. Das Haus allein im Wald.

Und zwischen all den Worten liegen all die Dinge, die ich ihr nicht erzählt habe. Also erzähle ich ein bisschen davon. Dann ein bisschen mehr, so als würde ich die Schnur eines Drachens abwickeln, immer ein Stück zur Zeit. Ich erzähle ihr von Salix und dass ich bei unserem ersten Date abgehauen bin und dann, wie wir zusammen im Park gesessen haben. Ich erzähle ihr, dass ich Mrs. Patel gefunden habe. Danach gibt es eine lange Pause. Sie ist so lang, dass ich schon denke, die Verbindung ist unterbrochen.

«Mom?»

«Es tut mir so leid, dass du sie gefunden hast», sagt sie. «Es tut mir so leid, dass ich nicht da war, um dich zu trösten.»

Und Dad. Was kann ich ihr von Dad erzählen?

«Ihm geht's gut, schätze ich.»

Schweigen. «Wirklich?»

«Nein. Nicht gut.»

«Maeve.» Noch eine Pause. «Du weißt, dass du nichts dagegen tun kannst. Das muss er allein schaffen.»

«Vielleicht ist es schon zu spät», sage ich, und meine Stimme bricht kurz weg. «Ich glaube, er und Claire trennen sich bald.»

«Oh, Maeve. Das tut mir so leid. Ist es denn noch okay für dich, da zu sein?», fragt sie. «Soll ich Dan anrufen?»

Das ist meine Chance, nach Hause zu fahren.

Bis zu diesem Moment war mir gar nicht klar, dass Dad der Grund sein könnte, dass ich hier bin, und dass er, wenn er sich nicht im Griff hat, der Grund sein könnte, dass Mom mich nach Hause fahren lässt. Ich könnte den Fünf-Uhr-Bus nehmen. Ich könnte morgen Nachmittag zu Hause sein. Ich könnte barfuß im Garten stehen, das Licht würde durch die Bäume scheinen, ich würde die Erde unter den Füßen spüren und den Duft der Natur um mich herum einatmen.

Aber ich will gar nicht gehen. Und es ist nicht nur wegen Salix. Es ist auch wegen Claire und Owen und Corbin und dem Baby. Und es ist auch wegen Dad, denn selbst wenn ich nichts ausrichten kann, scheint es irgendwie nicht richtig, einfach abzuhauen.

«Keine Autounfälle mehr», sage ich. «Keine Krankenhäuser. Okay?»

«Du hast mir nicht geantwortet», sagt Mom. «Willst du, dass ich Dan anrufe?»

«Noch nicht.»

«Sagst du mir, wann?»

«Ich sag dir, wann.»

Nachdem wir aufgelegt haben, sitze ich auf dem Bettrand und starre Dads unfertiges Bild von dem Mops und dem Deutschen Schäferhund an, das schon vor zwei Wochen hätte verschickt werden sollen. Er hat mit einem anderen Bild angefangen, das auf einer zweiten Staffelei steht, aber ich kann nicht erkennen, was es werden soll. Bisher sieht es chaotisch aus. Vollkommen chaotisch.

# VORWEHEN

Als ich am nächsten Morgen aufwache und nach oben gehe, weiß ich gleich, dass Dad nicht nach Hause gekommen ist. Claire brodelt schweigend vor sich hin, während sie Frühstück macht, knallt die Schranktüren zu, tritt gegen den Kühlschrank, reißt den Toast aus dem Toaster und wirft die Scheiben auf die Teller. Die Jungs sitzen auf dem Sofa – sie spielen nicht und streiten nicht, sondern gucken nur zu, wie Claire Erdnussbutter auf einen angebrannten Toast kratzt.

«Hast du was von ihm gehört?»

«Hab ich nicht.» Sie sieht nicht auf.

«Kann ich was tun? Hast du ihn angerufen?»

Sie wirft das Messer krachend in die Spüle. Dann legt sie beide Hände auf den Tresen und seufzt.

«Lasst uns rausfahren», sagt sie. «Lasst uns zum See fahren.»

Wir machen uns in Rekordzeit fertig, sogar die Jungs. Entweder wollen wir alle wirklich gern schwimmen gehen, oder wir wollen alle wirklich gern einen Tag von zu Hause weg sein. Als wir das Auto in der Garage vollgepackt haben, hält mir Claire die Schlüssel hin.

«Du fährst.»

«Ich will nicht.»

«Wozu hast du den Führerschein gemacht, wenn du nie fahren willst?»

«Ich will vielleicht mal fahren», sage ich. «Aber nicht hier. Wusstest du, dass auf diesem Planeten täglich dreitausendzweihundertsiebenundachtzig Leute bei Autounfällen sterben?»

«Niemand wird in diesem Wagen sterben.»

«Du hast mir erzählt, dass die Autobahn Sea-to-*Die* heißt.»

«Das ist ein Witz», sagt Claire. «Sie heißt Sea-to-*Sky*, Maeve. Und du musst das nicht alles so ernst nehmen.»

«Wir sollten das alle sehr ernst nehmen», sage ich.

«Oh, *Maeve*.» Sie klimpert mit den Schlüsseln. «Jetzt nutz die Gelegenheit. Komm schon.»

«‹Oh, *Maeve*› wird heute nicht fahren.»

«Na schön. Dann muss also wieder diese sehr unförmige und sehr verschwitzte Schwangere fahren.»

«Claire, ich ...» Ich sollte fahren. Ich weiß es. Doch die Kluft zwischen Vorstellung und Handlung ist einfach zu groß. «Ich will ja ...»

«Nein, willst du nicht. Nicht wirklich.» In ihrer Stimme liegt eine Schärfe, aber dann ist sie wieder weg. «Ist nicht so schlimm. Lass uns schwimmen gehen.»

Etwa eine Stunde später biegen wir von der Autobahn auf die Straße zum Alice Lake. Mein Telefon summt in meiner Tasche.

*Was machst du heute? Wollen wir uns geeiste Mochas holen und im Park der sterbenden Gans zuhören? Er macht sich langsam.*

*In einer halben Stunden im Park?*

*Wir sind gerade am Alice Lake*, schreibe ich zurück. *Aber ich würde dich gern sehen. Später? Melde mich, wenn wir losfahren.*

Aber ich kann nicht senden. Ich versuche es noch mal, als wir auf den Parkplatz fahren. Kein Netz. Kein Netz. Kein Netz. Ich fahre das Fenster runter und halte das Telefon raus, aber es findet immer noch kein Netz.

«Am See gibt es kein Netz», sagt Claire.

«Offenbar.» Ich halte das Telefon so weit raus wie ich nur kann, diesmal in die andere Richtung. «Können wir noch mal kurz rumfahren?»

«Bis Squamish gibt es kein verlässliches Netz.»

«Aber ich habe eine Nachricht bekommen, als wir von der Autobahn abgefahren sind.»

«Dann war das Zufall. Und ich fahre jetzt nicht den ganzen Weg bis nach Squamish zurück.» Claire parkt das Auto. «Das kann jetzt warten.»

Bevor sie den Schlüssel aus dem Schloss ziehen kann, haben die Jungs schon ihre Rucksäcke in der Hand, springen aus dem Wagen und rennen zum Strand.

«Ich kriege die Jungs auf keinen Fall dazu, wieder ins Auto zu steigen, nur um dich zur Autobahn zu fahren, Maeve.» Plötzlich leuchtet Claires Gesicht auf. «Aber du kannst allein fahren!»

«Niemals.»

«Doch. Ich weiß, dass du das kannst. Du fährst auch in Port Townsend. Und das hier ist keine Stadt. Das ist eine ruhige Straße mitten im Nirgendwo. Die hat noch nicht mal eine Fahrbahnmarkierung. Deine Mom hat gesagt, du brauchst Praxis. Bis zur Autobahn sind es nur fünf Minuten.»

«Ich darf nicht ohne Begleitung eines Erwachsenen mit Führerschein fahren.»

«Weniger als fünf Minuten.» Claire holt die Kühltasche aus dem Kofferraum. «Hilf mir mal mit der Karre.»

Ich hebe den Bollerwagen raus und belade ihn mit den ganzen Strandsachen.

«Und wenn ich die Jungs hole und wir fahren ganz schnell hin?»

«Sie sind vermutlich schon im Wasser.» Claire hält mir wieder die Schlüssel hin. «Du schaffst das schon. Tu es einfach. Brich die Regeln. Sei ein Rebell.»

Und wenn ich jemanden anfahre? Oder jemand mich anfährt? Oder wenn ich in einen Graben fahre? Oder die Bremsen versagen? Oder der Motor absäuft? Oder die Polizei mich anhält, weil mein schlechtes Gewissen wie ein Scheinwerfer aus dem Fenster leuchtet?

«Es ist verboten.»

«Als ich sechzehn war, hatte man dreißig Tage Unterricht, und dann machte man den Führerschein. Bamm, nach dreißig Tagen war man Autofahrer. Die haben also die Regeln geändert. Na und? Du schaffst das schon. Mach einfach. Meinen Segen hast du.» Sie hält einen Finger hoch, um meinen Protest zu unterbinden. «Wir werden die Jungs nicht dazu zwingen, wieder ins Auto zu steigen, nur damit du deiner Freundin eine Nachricht schicken kannst. Ganz bestimmt nicht.»

«Sie ist nicht meine Freundin.» Zumindest glaube ich das nicht.

Aber ich muss ihr antworten. Ich werde an nichts anderes denken können. Ich werde mir die Berge ansehen und Limonade trinken und in diesem herrlichen Wasser schwimmen und braun werden und Sandburgen bauen, und all das wird von dem Gedanken getrübt werden, dass Salix auf meine Antwort wartet. Ich habe sie schon mal damit verletzt. Ich will sie nicht wieder warten lassen.

Wie lange würde es dauern, bis zur Autobahn zu laufen? Eine halbe Stunde? Aber was, wenn Claire recht hat und es da gar kein Netz gibt? Dann wäre das einfach dumm. Dumm, dumm, dumm. Und ich würde die Zeit am See verpassen.

«Hilf mir mal, das Zeug an den Strand zu ziehen, Maeve, und dann bauen wir alles auf, und dann gehst du erst mal schwimmen, um den Kopf frei zu kriegen.» Sie nimmt eine Badetasche über die Schulter. «Ich kann die Jungs nicht so lange allein lassen. Die Leute werden glauben, dass sie ohne Begleitung hier sind, und der Strandwächter hat mich letztes Mal schon verwarnt, weil sie zu weit draußen waren. Ich musste ihm sagen, dass sie acht sind, damit er uns in Ruhe lässt, aber ich weiß, dass er mich jetzt auf dem Kieker hat, also lass uns gehen, okay?»

Geschlagen nehme ich den Griff des Bollerwagens und ziehe los in Richtung Strand.

«Komm schon, Maeve», ruft Claire hinter mir her. «Es ist bloß eine Nachricht.»

«Okay.»

«Sie wird das verstehen.»

«Klar.»

«Du kannst immer noch allein fahren.» Die Schärfe in der Stimme ist zurück.

Der Bollerwagen rumpelt und knirscht über den Kies.

«Warte mal, Maeve.» Claire holt mich ein und legt mir die Hand auf den Arm. «Gib einer Schwangeren eine Chance, ja?»

Salix würde es verstehen. Sie ist nicht wie ich. Sie springt nicht von einer Annahme zur nächsten und zieht daraus die falschen Schlüsse. Sie würde allein nach Thailand fahren. Sie würde nach New York ziehen. Sie trägt den Regenbogensticker für alle sichtbar mit sich herum.

«*Uuuuuh*», keucht Claire. «Uuuuuh, uuuuuuh ... Okay.»

«Was ist?»

«Nichts.» Sie verzieht das Gesicht. «Nur ein paar Vorwehen.»

Ich lasse den Griff fallen und packe ihre Arme. «Bist du sicher?»

Ich habe mich belesen. Um weitere Argumente für meine Abneigung gegen Hausgeburten zu finden. Ich habe eine Menge gelesen. *Spirituelle Geburtshilfe. Der umfassende Führer zur Hausgeburt. Geburt, wie du sie willst.*

«Sicher.»

«Wenn du mehr als vier Wehen in einer Stunde hast, sollten wir die Hebamme anrufen.» Ich hole eine Flasche Wasser aus der Kühltasche und reiche sie Claire. «Austrocknung kann Wehen auslösen. Es ist so heiß. Hast du genug Wasser getrunken?»

«Mir geht's gut, Maeve. Lass uns gehen, bevor der Strandwächter die Jungs sieht.» Claire geht mir voran den Weg entlang. Nach ein paar Schritten bleibt sie stehen und dreht sich um. «Woher weißt du so viel über Vorwehen?»

Es ist derselbe Strandwächter, aber diesmal bequasselt er eine Gruppe von Teenagermädchen im Bikini, die vor Sonnenöl glänzend nebeneinander auf ihren Handtüchern liegen. Ich schätze, er hat nicht mal bemerkt, dass Corbin und Owen allein im Wasser sind. Ich kann schon aus der Ferne sehen, dass Corbin die anderen Kinder mit seinem wasserfesten Gips beeindruckt. Owen steht zitternd neben ihm. Auf der Nase trägt er eine Klemme, sodass es von hier wirkt, als hätte er eine Höckernase.

Ich stelle Claires Klappstuhl auf und den Sonnenschirm. Sie setzt sich hin, gräbt ihre geschwollenen Füße in den kühlen Sand und trinkt das Wasser aus. Danach rülpst sie lautstark.

«Gott, diese Kohlensäure.» Sie verzieht wieder das Gesicht und legt die Hände auf ihren Bauch.

«Immer noch?» Ich reiche ihr noch eine Flasche.

«Nein danke.»

«Wir sollten nach Hause fahren.»

Wenn wir das täten, könnte ich Salix in einer halben Stunde schreiben. Aber jetzt geht es gar nicht mehr um die Nachricht. Überhaupt nicht. Sondern darum, dass Claire das Gesicht verzieht und sich krümmt und sich den Bauch hält.

«Mir geht's gut», sagt Claire. «Wirklich, Maeve. Dem Baby geht es auch gut. Es kommt heute nicht zur Welt. Oder morgen. Auch nicht diese Woche oder nächste oder übernächste. Und Salix wird warten, das verspreche ich dir. Du willst doch mit jemandem zusammen sein, der nicht gleich sauer ist, wenn du ein bisschen brauchst, um ihm zu antworten. Und so ein Mensch ist sie, stimmt's?»

Ich nicke. Mit jemandem zusammen sein. Freundin. Claire ist viel optimistischer als ich. Und denkt schon viel weiter in die Zukunft.

«Es gibt keinen Grund zur Sorge. Jetzt geh schwimmen.»

«Sicher?»

«Stell dir mal vor, ich würde hier mein Kind bekommen. Der Strandwächter kriegt die Krise.»

«Die Mädchen da auch.»

«Dann kommt er mit seinem riesigen Erste-Hilfe-Kasten an und stellt fest, dass dadrin gar nichts ist, was uns nützt. Aber immerhin hat er einen», sagt Claire. «Die Jungs haben unseren für ihre Zwergenstadt genommen. König Parzival ist nämlich vom Turm gefallen. Es war offenbar ziemlich schlimm. Wir haben noch einen im Badezimmer, aber ich glaube, das meiste daraus wurde bei der letzten großen Schlacht zwischen den Wrens und den Parzivals verbraucht.»

«Dann fülle ich den sofort auf, wenn wir wieder nach Hause kommen.» Ich ziehe mich bis auf den Badeanzug aus.

«Das ist Billys Job.» Claire seufzt. «Er hat noch eine ganze Liste abzuarbeiten, bevor das Baby kommt. Und den Erste-Hilfe-Kasten aufzufüllen ist auch dabei.»

«Was noch? Vielleicht kann ich ja was übernehmen.»

«Will ich aber nicht. Ich will, dass er es macht.»

«Maeve!», brüllt Corbin vom Wasser. «Komm!»

Ich blicke zu Claire.

«Alles gut. Geh ruhig.»

Zuerst ist das Wasser kalt, aber es fühlt sich gut an. Ich wasche mir die staubige Fahrt ab und alles andere auch. Dann tauche ich unter, dort, wo das Wasser kälter ist. Es ist schwarz und still und kalt, und ich fühle mich zum ersten Mal seit der Busreise selig allein. Ich tauche noch länger, und dann zieht sich meine Brust zusammen, und die Luft geht mir aus. Nach vier Minuten ohne Sauerstoff setzt der Hirntod ein, und doch fühle ich mich sehr wohl. Ich schwimme mit offenen Augen an die Oberfläche, sehe Corbin und Owen von unten, wie ihre dünnen, bleichen Beine herumzappeln, ihre kleinen Hände hell gegen die wässrige Dunkelheit.

Ich fahre den Wagen nicht verbotenerweise zur Autobahn. Ich gehe auch nicht zu Fuß. Ich bleibe im Wasser, bis meine Finger schrumpelig sind, und tauche immer wieder unter. Es fühlt sich herrlich an, und so kann ich mich auch davon abhalten, wegen der Antwort an Salix in Panik zu verfallen. Als wir abfahren, bekomme ich erst in Squamish wieder Netz.

«Hab ich doch gesagt», erklärt Claire, als ich anfange zu schreiben.

«Du hast gesagt, das sollen wir nicht sagen», meint Corbin.

*Ich war beim Alice Lake und hatte kein Netz. Sorry!*

*Schlechte Trompetenmusik? Mochas? Ja, bitte!*

Einen Augenblick später schreibt sie mir zurück.

*Hab heute Abend Unterricht. Ist morgen früh gut?*

*Sehr gut.*

Sehr gut.

«Alles gut?», fragt Claire. «Deine Wangen sind ganz rot.»

«Alles gut», sage ich. «Sehr gut.»

Ich werde sie morgen früh sehen. So bald schon. Aber nicht bald genug. Oder ist es zu bald? Es wird genau richtig sein, außer irgendwas kommt noch dazwischen. Mein Dad soll einfach in der Warteschleife bleiben – ob er nach Hause kommt oder nicht, ist eigentlich egal. Ich will bloß, dass er jetzt nichts durcheinanderbringt. Ich will, dass alle Beteiligten einfach nur den Status quo halten. Ich will nicht, dass irgendwas dazwischenkommt. Mein Herz rast, und meine Finger kribbeln, und ich spüre, wie meine Wangen glühen. Ich bin jetzt schon nervös, aber nur aus Vorfreude.

*Ein winzig kleiner Teil von Maeve Glovers Neurosen verstarb heute im Alice Lake. Auch wenn die Masse an Ängsten überlebt hat, da sie von einer unendlich langen Liste an Dingen genährt wird, über die man sich Sorgen machen kann, freuen wir uns, dieses winzige Stück beerdigen zu können. Wir haben große Hoffnung, dass sein Tod von Dauer sein wird.*

# ALL DIE SCHÖNEN MENSCHEN

Die sterbende Gans ist nicht im Park, aber Salix ist da. Sie steht vor dem Ehrendenkmal und spielt, und vor ihr liegt ihr offener Geigenkasten mit ein paar Dollarmünzen darin.

«Nicht schlecht, dafür, dass es noch so früh am Morgen ist.»

«Das sind meine Lockmünzen.» Salix hört auf zu spielen. Sie macht einen Schritt auf mich zu, als wolle sie mich umarmen oder mich vielleicht auf die Wange küssen, aber sie tut es nicht. Ich mache auch einen Schritt vor und frage mich, ob ich eins davon tun soll. Tue ich aber nicht. Stattdessen stehen wir einfach sehr nah beieinander, ohne uns zu berühren. «Ich lege sie immer da rein, damit die Leute denken, dass andere mir schon Geld gegeben haben. Niemand will der erste sein. Dass hat Linden mir beigebracht.» Sie packt die Geige ein und steckt sich die Münzen in die Tasche. «Komm.»

Wie stehen hinten im überfüllten Bus und halten uns an den Griffen über unseren Köpfen fest. Während ich hoffe, dass meine Achseln nicht riechen, stößt Salix mich neckisch an.

«Wie viel Zeit hast du heute?»

«Den ganzen Tag.»

«Super. Dann lass uns ein bisschen weiter fahren.» Wir steigen in einen anderen Bus um, wo wir zwei Plätze in der Mitte ergattern. «Ich würde sonst ja das Auto nehmen, aber meine Mom braucht es heute.»

«Du fährst?», sage ich. «Hier? In der Stadt?»

«Klar. Du nicht?»

«Ich habe nur meinen vorläufigen Führerschein. Ich darf fahren, wenn mich jemand begleitet, der mindestens fünf Jahre Fahrpraxis hat.»

«Wie alt bist du?»

«Sechzehndreiviertel, und ich habe es nicht eilig, allein zu fahren», sage ich. «Oder überhaupt. Ganz bestimmt nicht in der Stadt. Wie alt bist du?»

«Siebzehn und sehr in Eile, mein N so schnell wie möglich loszuwerden.»

«Dein N?»

«Hier kriegt man erst sein L, und nach einem Jahr bekommt man sein N – was ‹Novize› heißt, also ‹Anfänger› –, und nach zwei Jahren bekommt man den richtigen Führerschein.»

«Ich will gar keinen, um ehrlich zu sein. Dann hören die anderen vielleicht endlich damit auf, mich ständig zum Fahren zu drängen.»

«Aber wohnst du nicht auf dem Land? Will da nicht jeder sofort seinen Führerschein haben?»

«Auf dem Land zu leben bedeutet nur, dass es mehr Rehe gibt, die man überfahren kann», sage ich. «Und noch mehr Betrunkene am Steuer. Und noch mehr Schlaglöcher und Schluchten und Felsen, in die man fahren kann.»

«Aber wenn du deinen Führerschein hast, kannst du überall allein hinfahren. Du brauchst niemanden zu fragen, ob er dich bringt. Das ist es wert, oder? Wenn man überall allein hinfahren kann? Wenn man frei ist?»

«Nicht wenn es bedeutet, dass ich für den sicheren und korrekten Umgang mit einer Todesmaschine verantwortlich bin.»

«Du bringst schon keinen um.»

«Vielleicht ja doch», sage ich. «Ich hab mal fast ein Reh überfahren.»

«Aber dann doch nicht.»

«Nein, aber beinahe.»

«Also hast du es nicht umgebracht. Stell dir vor, dass du einfach überall hinfahren kannst, wo immer du willst. Das ist das Risiko auf jeden Fall wert. Und das Risiko ist gering.»

Aber es ist eben nicht gering. Es gibt so viele Autounfälle. So viele mechanische Fehler. So viele glatte Straßen und Unwetter und Momente, wo eine einzige falsche Bewegung zum Tod führen kann. Ich werde jetzt nicht wieder Fakten zitieren. Das werde ich nicht. Konzentrier dich auf das Mädchen, Maeve. Du hast ein Date mit einem sehr süßen Mädchen, und sie nimmt dich irgendwohin mit, also fang jetzt nicht mit Fakten an. Tu es nicht. Denk an etwas anderes. An irgendwas anderes.

In einem Jahr könnte Salix schon in New York sein. Oder in Thailand. In fünf Monaten und einundzwanzig Tagen bin ich zu Hause. Warum tun wir also so, als könnte das hier etwas werden? Oder vielleicht tue ich ja bloß so. Vielleicht ist es für sie gar keine große Sache.

Das hatte ich eigentlich nicht damit gemeint, als ich an etwas anderes denken wollte.

Diese Beziehung, die noch nicht mal begonnen hat, wird enden, ganz egal, was zwischen jetzt und dem Ende dieser fünf Monate passiert. Verabschiedungen. Letzte Momente. Hoffnungslosigkeit.

Der Bus kommt schwankend zum Halten, und ich remple gegen Salix.

«Sorry.»

«Alles gut. Ehrlich.»

Eine dicke Frau mit einem vollen Einkaufstrolley quetscht sich mir gegenüber auf den Sitz, sodass ich dicht an Salix gedrängt werde. Unsere Körper pressen sich von der Schulter bis zu den Knien aneinander. Wir sitzen beide sehr still. Ich mag es, ihr so nah zu sein, und vielleicht mag sie es auch, denn als die Frau aussteigt, rücken wir nicht voneinander ab. Wir bleiben absichtlich so dicht nebeneinander sitzen und entspannen uns langsam dabei, bis es sich ganz natürlich anfühlt, so als hätten wir schon eine Million Mal so zusammengesessen.

«Wir müssen raus», sagt Salix. Ich höre das Zögern in ihrer Stimme. Ich will ebenso gern weiter so dicht neben ihr sitzen bleiben. Aber wir stehen auf, und unsere Körperhälften fühlen sich dort warm an, wo wir uns berührt haben. Als wir aussteigen, merke ich, dass wir einmal durch die ganze Stadt gefahren sind. Ich bin noch nie so weit mit dem Bus gefahren.

«Ta-da!» Salix deutet auf den Strand, der sich hinter der Straße erstreckt. «Willkommen an meinem Arbeitsplatz. An diesem Strand verdiene ich immer gutes Geld. Und ich schwöre, da gibt es niemanden, der dir eine Tüte Kokain in den Rucksack steckt.»

«Was?»

«Das Mädchen am Strand von Thailand? Mein Leben, das in einem ausländischen Gefängnis verschwendet wird? Sextourismus?»

Ich winde mich. «Musst du mich daran erinnern?»

«Komm.» Salix nimmt meine Hand. «Ich spiele ein bisschen, und dann kaufe ich dir ein Eis.»

«Ich muss dir gestehen, dass ich einen ziemlich ausgewählten Geschmack habe, was Eis angeht. Ich mag nur Eis, das man in Packungen kaufen kann. Die teuren Sorten.»

«Kein Problem, Prinzessin.» Salix verbeugt sich. «Dein Wunsch ist mir Befehl.»

Der Strand ist voller schöner Menschen, so wie die Mädchen am Strand von Alice Lake, bloß dass es hier viel mehr davon gibt und dass sie ihre Freunde dabeihaben. Sportliche Teenager, die Beachvolleyball spielen, als wären sie in einen Werbefilm. Sie springen hoch in die Luft, ohne auch nur einen Schweißtropfen zu produzieren und ohne dass ihre teure Sonnenbrillen oder ihre perfekt frisierten Pferdeschwänze verrutschen. Ich kann vor lauter schlanken Sonnenanbetern kaum den Strand sehen, so dicht an dicht posieren sie auf ihren Handtüchern, und jeder Einzelne von ihnen trägt eine Sonnenbrille.

«Wir sind definitiv nicht in East Van», sage ich.

Ich fühle mich in meinem Tanktop und den Caprihosen total altmodisch. Meine Flip-Flops sind zwei Jahre alt, und ich habe sie an einer Tankstelle gekauft, weil ich meine Sandalen am Strand verloren hatte. Die Capris stammen von Ruthies Cousine und haben statt eines ordentlichen Reißverschlusses bloß eine Sicherheitsnadel.

«Definitiv nicht East Van.» Salix macht eine schwungvolle Geste mit dem Arm. «Siehe, das Land der Lotus-Esser.»

«Lotus-Esser?»

«Das ist aus diesem Gedicht von Tennyson. Es geht um ein Schiff, das an einer Insel strandet, und alle essen diese verzauberte Lotusblüte, und davon werden sie ganz träumerisch und glücklich und vergessen all ihre Sorgen. Und zwar so sehr, dass der Kapitän seine Männer gegen ihren Willen auf das Schiff zerren muss, weil sie für immer dableiben wollen. Die Leute nennen Vancouver das Land der Lotus-Esser. Aber ich glaube, sie meinen vor allem diese Leute hier.»

Ich blinzele. «Ich finde es toll, dass du das alles weißt.»

«Danke.» Salix hebt ihre Sonnenbrille und grinst mich an. «Ich finde es toll, dass du mich nicht für den totalen Nerd hältst, weil ich so was weiß.»

Drei glänzende, sonnengebräunte Mädchen mit aufgerollten Yogamatten unter dem Arm eilen vorbei, gefolgt von ein paar Joggerinnen, deren perfekte Pferdeschwänze im Gleichschritt hopsen. Eine Gruppe Jungs wirft sich in einem extra mit Seilen abgetrennten Sportbereich einen Frisbee zu.

«Ich hab das Gefühl, ich sollte irgendwie laufen oder springen oder mich herumrollen. Oder Yoga machen.»

«Lass uns lieber ein Fleckchen Schatten finden.»

Wir wandern den Strandweg entlang. Fahrradfahrer und Inlineskater fahren auf ihrer markierten Seite vorbei, während die Jogger ungeduldig auf der Fußgängerseite vorbeitraben.

«Geht hier eigentlich irgendwer einfach nur zu Fuß?»

«Die da.» Salix deutet auf ein älteres Pärchen vor uns. Ein großer alter Hund humpelt hinter ihnen her.

Am Weg stehen Bäume, doch ihr Schatten ist schon besetzt. «Da oben», sagt sie und deutet mit dem Finger. «Schatten! Ich glaube, die Leute da gehen gerade.»

Sie läuft voraus, um uns den Platz zu sichern, und als ich sie eingeholt habe, hat sie bereits ihre Geige hervorgeholt.

Sie spielt etwas Klassisches, während ich mein Skizzenbuch rausziehe und versuche, die Vorbeikommenden zu zeichnen. Eigentlich möchte ich viel lieber Salix zeichnen. Immer und immer und immer wieder. Bloß Salix. Ich kaue am Ende meines Bleistifts und beobachte sie. Salix spielt mit ihrem ganzen Körper. Sie wiegt sich zur Seite und nach vorn, setzt ihre Füße hierhin und dorthin, schließt kurz die Augen und sieht mich dann an. Die Kurve ihres Kinns, die schlanken Finger auf den Saiten, der rubinrote Anhänger an ihrem Hals, einen Fuß vor den anderen gestellt, ihre kräftigen Waden, ihre gebräunten Beine, die in ihren weiten Shorts verschwinden.

Ich tue so, als wäre sie die einzige Person am ganzen Strand und die Musik wäre nur für mich. Ich zeichne sie, beginne mit der langen, fließenden Linie ihres Oberkörpers.

Nach etwa einer halben Stunde schiebt sie sich die Geige unter den Arm und setzt sich neben mich, zieht den Geigenkasten auf ihren Schoß und zählt das Geld. «Fast dreißig Dollar.» Sie grinst. «Ich kann dir leicht ein Prinzessinnen-Eis kaufen.»

«Ich bin beeindruckt. Total beeindruckt.» Der Wind weht vom Meer herüber. Ich streiche mir die Haare aus dem Gesicht. «Du bist wirklich eine großartige Musikerin.»

«Danke.» Sie legt die Geige in den Kasten und steckt das Geld in den Rucksack. «Was hast du gezeichnet? Kann ich sehen?»

«Nein.» Ich klappe das Skizzenbuch zu. «Sorry.»

«Irgendwann lässt du mich. Ich weiß es.» Sie steht auf und streckt mir die Hand hin. «Wollen wir los?»

Salix zieht mich hoch, und einen Moment lang halten wir uns an den Händen, bis ich mich losmachen will. Aber Salix hält mich fest. «Der Strandkiosk ist in der Richtung.»

Salix kauft mir ein Karamell-Mandel-Eis mit dunkler Schokolade und für sich ein Softeis mit Streuseln. Wir setzen uns auf einen Balken im Sand und reden nicht viel. Salix legt ihre Hand auf meinen Oberschenkel. Ihre Hand fühlt sich sofort heiß und pulsierend an. Ich schiebe meine Hand unter ihre, und dann halten wir Händchen, als wäre es gar keine große Sache. Auf den Wellen liegt Schaum, und die meisten Schwimmer sind ans Land gekommen. Weiter draußen ist das Wasser gesprenkelt von kleinen Segelbooten und riesigen Yachten. Normalerweise will ich immer irgendwo anders sein, als ich gerade bin. Zum Beispiel auf einem dieser Boote, allein und weit weg von all der Geschäftigkeit und dem Lärm und den ständigen Entscheidungen. Aber heute nicht. Heute will ich genau hier sein. Den Wind im Gesicht, den süßen Geschmack von Eis auf meiner Zunge, meine Zehen im Sand und Hüfte an Hüfte neben Salix und mit ihr Händchen halten, meiner Liebe, die mein Herz schneller schlagen lässt. Ich möchte nirgendwo anders sein, außer vielleicht mit Salix auf einem dieser Boote, um mit ihr davonzusegeln.

# SO TUN, ALS OB

Ich tue so, als ob die Geschichte damit endet. Der Tag am Strand ist die letzte Einstellung. Was für ein wunderbares Bild, um sich immer daran zu erinnern. Ich stelle mir all die schönen Dinge vor, die als Nächstes kommen: unsere Liebe und das Baby und wie die Jungs wie junge Weidenbäume heranwachsen. Ich stelle mir meine Mom in Haiti vor, wo alles perfekt ist und Raymond zwanzig Jahre jünger ist und ich ihn mag. Willkommen in der Familie, Raymond.

Ich ignoriere all die 100 schlimmen Dinge. Ich ignoriere, dass alles Schöne irgendwann falschläuft.

Aber vor allem stelle ich mir vor, dass mein Dad wieder normal ist. Dass er begreift, was für ein Arschloch er geworden ist. Ich stelle mir vor, dass er jeden Abend nach Hause kommt und sich auf seine Familie freut. Ich stelle mir vor, dass wir immer wissen, wo er ist. Dass wir uns keine Sorgen machen.

Ich stelle es mir vor.

Ein Strand. Die Sonne. Zwei Mädchen, die Händchen halten.

Ende.

# HÖHE

Die Jungs fragen Claire nicht mehr, wann Dad nach Hause kommt. Wenn er auftaucht, sind sie meistens schon im Bett. Er duscht, macht sich was zu essen, murmelt Claire ein paar Worte zu und schläft auf dem Sofa.

Aber meistens kommt er gar nicht nach Hause, und ich will nicht wissen, wo er ist.

«Vermutlich schläft er in seinem Auto», sagt Claire.

Keiner von uns sagt, was wir wirklich glauben.

Wenn er zu Hause ist, meide ich ihn. Ich treffe mich mit Salix. Ich arbeite an irgendwas, und dafür muss die Tür geschlossen sein. Ich schlafe gerade, ziehe mich um, fühle mich nicht gut.

Claire spricht überhaupt nicht mehr mit ihm. Wenn er morgens noch da ist, spielen er und die Jungs ein bisschen – Zwergenkriege, Burgen, Gnome –, und dann erfindet er irgendeinen Grund, weshalb er gehen muss.

«Wann kommst du zurück, Daddy?» Die Jungs hängen bis zur Tür an ihm.

«Ich weiß nicht. Aber ich bin bald wieder da, okay?»

Claire rennt viel auf und ab. «Ich bringe das Baby in eine gute Position», sagt sie. Aber ich weiß, dass sie sich Sorgen macht. Über dieselben Sachen, über die ich mir

Sorgen mache. Wo ist er? Was macht er? Arbeitet er überhaupt? Sorgen über Geld. Sorgen, dass sie das Baby allein kriegen wird. Nicht ich sollte bei ihr sein, sondern er.

Wenn ich nicht mit Salix zusammen bin, bin ich bei Claire. Ich massiere ihr die Füße und koche ihr Erdbeertee, um «ihren Gebärmutterhals zu stärken». Ich lese weiterhin die Bücher. Egal wie viel Angst mir der Gedanke macht, dass ich Claire überzeugen muss, ins Krankenhaus zu gehen, wenn es so weit ist, weil Dad nicht da ist, – und egal wie sehr ich mir wünsche, dass Dad nach Hause kommt und sich wie ein richtiger Vater und Ehemann aufführt –, ich will zumindest eine Ahnung davon haben, was bei der Geburt passiert.

Ich habe es Claire nicht erzählt, aber der Deal wird folgendermaßen sein: Sollte Dad nicht auftauchen, wenn die Geburt losgeht, werden wir direkt ins Krankenhaus fahren. Selbst wenn ich sie ins Auto zerren muss. Und ich werde sogar selbst fahren, wenn ich muss. Dieses Baby wird nicht zu Hause auf die Welt kommen, wenn ich die Einzige bin, die neben den Hebammen helfen kann.

*Claire Glover, geliebte Mutter und Ehefrau, starb bei der Geburt ihres Babys, weil sie auf einer Hausgeburt bestand, was eine idiotische Idee ist, und weil ihr Ehemann nicht aufzuspüren war, und wer weiß, ob Hebammen überhaupt je rechtzeitig kommen, und dann …*

Also lese ich über Vaginen und Geburtskanäle und Gebärmutterhälse und Damm-Massagen und Steißgeburten und Schulterdystokien und dass es die Geburt beschleunigen kann, wenn ein Paar während der Geburtswehen Sex hat. Nicht dass das für Claire eine Option wäre, wenn ihr Mann nicht auftaucht.

Eines Abends lese ich gerade in *Geburt von innen*, als Salix mir eine Nachricht schreibt, ob wir uns im Park treffen wollen. Ich würde abends nie in den Park gehen, und es wird auch gleich dunkel, aber ich möchte Salix gern treffen. Ich schreibe ihr zurück.

*Holst du mich ab?*

Sie antwortet sofort.

*Ich weiß, was du denkst, Maeve. Aber komm. Es gibt keinen Schwarzen Mann. Hab ich nachgeprüft. Außerdem kann ich euer Haus von hier aus sehen. Ich bin dein Wachmann. Oder Wachfrau.*

Sobald ich aus dem Haus komme, ruft sie schon vom Klettergerüst auf dem Spielplatz herüber, einer hohen Pyramide aus dicken roten Seilen, die sich von einem Pfeiler herunterkreuzen. Es erinnert mich an den Eiffelturm. Sie hockt auf dem kleinen Ausguck ganz oben auf der Spitze.

«Was machst du da?» Ich spähe zu ihr hinauf.

«Komm rauf.»

«Ist ziemlich hoch.»

«Ich hab gesehen, wie Corbin neulich auf dieses Ding geklettert ist, sogar mit gebrochenem Arm. Wenn dein kleiner Bruder das kann», meint Salix, «dann kannst du es auch.»

«Aber Owen ist noch nie hier raufgeklettert. Noch nicht mal auf den untersten Teil.»

«Einen Fuß nach dem anderen, komm schon.» Salix hopst ein bisschen auf ihrem Sitz aus Seil herum und bringt damit die ganze Konstruktion zum Wackeln. «Ich hab eine Belohnung für dich, wenn du raufkommst.»

Ich möchte es mehr, als ich es nicht will, also greife ich mit klopfendem Herzen nach dem Seil. Es fühlt sich hart und rau an, aber ich halte mich fest. Ich stelle einen Fuß auf das unterste Seil und ziehe mich hoch. Das brauche ich nur noch etwa zehn Mal zu machen, dann bin ich oben. Von meiner jetzigen Position ist der Boden nur einen kurzen Sprung entfernt, aber von oben sind es vermutlich fünf Meter.

«Wie wär's, wenn du runterkommst?»

«Wenn du noch nie von hier oben einen Blick über die Stadt geworfen hast, dann komm rauf.»

Ich wackle auf den Seilen.

«Es lohnt sich», lockt Salix mich. «Versprochen. Komm schon!»

Also klettere ich. Auf der Hälfte der Strecke begehe ich den Fehler runterzusehen. Keine gute Idee. Meine Hände brennen, weil ich das Seil so fest umklammere, und meine Füße, die in Flip-Flops stecken, rollen auf dem Seil vor und zurück.

«Zieh sie aus», sagt Salix. «Barfuß ist es leichter.»

Ich lasse die Schuhe fallen. Sie brauchen ewig, bis sie leise auf dem Sandboden landen.

«Du machst das super!»

Als ich oben ankomme, hat sie auf der winzigen Plattform ein kleines Picknick vorbereitet: Käse und Cracker und Kirschen, eine verbeulte Thermoskanne, die mit Stickern beklebt ist, zwei Plastikweingläser in Form von Flamingos mit pinkfarbenen Stielen.

«Setz dich doch.» Salix klopft auf das Seil neben sich. «Das ist hier wie eine Hängematte, nur dass die Hälfte der Seile fehlt.»

«Ich g-g-glaub es nicht, dass ich hier oben bin.» Ich setze mich vorsichtig auf die wackelnden Seile. «Corbin wird staunen.»

«Man muss seine Ängste überwinden, stimmt's?»

«Einfach ausgedrückt, aber ja.»

«Guck doch mal.» Sie streckt den Finger aus. Die Sonne geht rosarot hinter den Hochhäusern und hohen Kränen unter, und am Horizont liegen weiße Wattewolken über dem Meer.

«Das ist wunderschön», sage ich. Und ich meine es so. «Wirklich wunderschön.»

«Hier.» Salix schenkt aus der Thermoskanne ein und reicht mir ein Weinglas. «Aus dem Continental. Die Sahne ist geschmolzen, aber es schmeckt bestimmt noch gut.» Sie rückt näher. Die ganze Pyramide schwankt. Mein Herz fängt wütend an zu pochen.

«Huch.» Ich packe das Seil mit meiner freien Hand. Sieh nicht runter, Maeve. Sieh nicht runter. Aber dann sehe ich doch runter, und das ist ein riesiger Fehler.

Der Boden rast mit erschreckender Geschwindigkeit auf mich zu. Ich presse die Augen zu. Als ich sie wieder öffne, ist der Boden wieder gesunken, und ich habe das Gefühl, in der Luft zu hängen, und zwar ohne Seile, ohne Mittelstange, ohne Salix.

Wenn man hier runterfällt, kann man sterben. Ich könnte auf dem Kopf landen oder mir das Genick brechen. Oder einen Arm. Ein Bein. Oder beides. Wenn Salix fällt, könnte sie sich das Handgelenk brechen, und dann war es das mit der Juilliard. Und alles bloß weil sie versucht, ein neurotisches Mädchen zu becircen, das nie gut genug für sie sein wird – wem mache ich eigentlich was vor? –, und dann bin ich für immer und ewig das Mädchen, das Salix' Traum von einer Karriere als Berufsmusikerin ruiniert hat. Der Himmel kippt zur einen Seite, dann zur anderen.

«Ich muss runter.» Ich stelle das Glas auf den Rand, aber ich verschätze mich, und es fällt runter. Ich höre es hundert Meter unter mir zerbrechen. «Und du auch. Sofort. Oder du wirst nie auf die Juilliard gehen. Und dann ist es meine Schuld.»

«Was? Warte. Warte, Maeve!» Salix packt mich am Handgelenk, als ich schon anfange zu klettern. «Alles ist in Ordnung. Wirklich. Wir sind auf einem Kinderspielplatz. Auf dem Boden ist weicher Mulch. Die Seile fangen deinen Sturz ab, wenn du nicht gerade einen Kopfsprung machst. Du bist weder betrunken noch bekifft noch blöd. Du hast bloß Höhenangst.»

Ich nicke, doch mein Hals ist zu trocken, um zu sprechen.

«Willst du wirklich wieder runter? Ganz ehrlich?»

«Nein», quieke ich. Natürlich will ich mit Salix hier oben sein, auf der Spitze der Welt. Mit Käse und Crackern und Weingläsern aus Plastik.

«Du kannst ruhig ausflippen. Nur zu. Flipp aus.» Salix lässt mich nicht los. «Flipp komplett aus, und dann ist alles gut.»

Ich presse die Augen zusammen. Sie versteht es nicht.

Sie versteht es einfach nicht. Und ich will gar nicht, dass sie es versteht.

«Los doch. Es dauert nicht ewig. Das ist so wie Lampenfieber, wenn ich vor Publikum spiele. Jedes Mal könnte ich mich übergeben. Manchmal tue ich das sogar. Einmal habe ich sogar auf die Bühne gekotzt.»

«Echt?»

«Ja. Aber ich sehe die Angst, und dann stehe ich sie durch und komme auf der anderen Seite wieder raus.»

Ich lasse zu, dass Salix mir wieder raufhilft. «Guck nicht runter. Sieh dich um. Sag mir zehn Dinge, die du von hier aus sehen kannst.»

«Dich.» Mein Herz rast immer noch. Meine Knöchel schmerzen, so fest habe ich das Seil gehalten.

«Das ist eins.»

Die Straßenlaternen leuchten auf.

«Die Straßenlampen. Die Bushaltestelle.» Ich lockere meinen Griff ein wenig. «Eine Frau kommt aus dem Eckladen. Den Strommast. Die Klohäuschen oben im Park. Ein Typ mit einem Einkaufswagen, und er hat einen Hund.»

«Du zählst den Typen plus seinen Einkaufswagen einzeln?» Salix zählt an ihren Finger ab. «Und seinen Hund?»

«Das sind zehn.» Mein Herz beruhigt sich langsam. «Aber wenn du mehr willst, dann sind da noch» – ich zähle – «neun Hippies mit ihren Trommeln, die gleich da drüben auf dem Rasen einen Höllenlärm veranstalten werden. Und es kommen noch mehr dazu.»

«Sie sollten sich den Sterbende-Gans-Typen dazuholen.»

«Wir können die Trommler zu Hause hören», sage ich.

«Manchmal gehen die Jungs hin und machen mit. Wenn sie noch wach sind.»

«Geht's besser?» Salix lässt mein Handgelenk los.

«Ein bisschen, ja.» Ich starre das einzelne Flamingo-Glas mit dem pinken Stiel an, das immer noch auf der Plattform steht. «Tut mir echt leid wegen des anderen Glases.»

«Wir können ja aus meinem trinken.» Salix reicht es mir, und ich nehme einen Schluck. «Wir können jetzt runter. Jetzt gleich, meine ich. Ich wollte nur nicht, dass du runterkletterst, während du gerade ausflippst.»

«Schlau.»

Die Trommler legen los. Mittlerweile sind es fünfzehn, die auf ihre Djemben schlagen, während sich in ihrer Mitte ein paar Hunde balgen. Der süßliche Geruch von Gras weht herüber.

Die Sonne verschwindet vollständig über dem Wasser, und die Dunkelheit erstreckt sich hinter den Trommlern im Osten. Sie finden ihren Rhythmus, und dann hört es sich gar nicht mal so schlecht an. Nicht von hier oben im Dunkeln.

«Danke.» Ich reiche ihr das Glas zurück. «Dass du mich hier raufgeholt hast. Und mich hier oben gehalten hast. Normalerweise mache ich keine Sachen, die mir Angst einjagen.»

«Weißt du noch im Continental, als du abgehauen bist?»

«Ist für immer in mein Hirn eingebrannt.»

«Ich hab an dieses erste Date gedacht und dich darum hierher eingeladen.»

Das Wort Date hebt sich in die Lüfte, bietet sich zum

Fang an. Also fange ich es mit zitternden Händen. «Ziemlich schiefgegangen, dieses erste Date», flüstere ich.

«Trotzdem», sagt Salix leise. «Eine dumme Idee, dich hier raufzuholen ...»

«Nicht dumm.»

«Ich wollte einen besonderen Ort, um dich zu fragen, ob es das war. Ich meine, ich wollte dich fragen, ob wir – du weißt schon. Ob du denkst, dass wir vielleicht könnten. Ob wir es schon tun.»

«Ob wir ...?»

«Ob wir es schon tun», sagt Salix. «Ob wir uns daten. Ob dies hier ein Date ist. Ob all diese Treffen Dates waren.»

Ich bin so froh, dass ich nicht runtergeklettert bin. Ich bin so froh, dass ich die Angst durchgestanden habe. Ich bin so froh, dass ich lange genug geblieben bin, um zu sehen, wie süß Salix im Dunklen herumstottert. Salix, die nie stottert. Salix, die immer weiß, was sie sagen soll.

«Stehst du jetzt gerade deine Angst durch?», frage ich lächelnd.

«Genau das tue ich.» Salix atmet laut aus. «Hilf mir da raus, ja?»

«Wir daten.» Plötzlich brennen meine Wangen, und mein Herz fängt wieder an zu rasen, aber diesmal aus einem schönen Grund. «Wir daten.»

«Dachte ich mir», lächelt Salix. «Also war das Treffen im Continental unser erstes Date.»

«Tut mir leid, dass ich mich so schräg benommen habe.»

«Ich mag es, dass du so schräg bist.»

Salix beugt sich vor. Gleich wird sie mich küssen. Dieser Kuss wird den schrecklichen Kuss verdrängen. Ich schließe die Augen. Gleich treffen sich unsere Lippen. Doch dann fängt das ganze Netz an zu schwanken. Salix weicht zurück, und wir gucken runter. Drei Jungs klettern die Seile rauf.

«Die sehen aus, als wären sie noch nicht mal zehn», sage ich. «Die sollten längst im Bett sein.»

«Alles gut.» Salix packt schnell alle Sachen ein. Sie löst eine meiner Hände vom Seil und hält sie fest, während sie mich nach unten führt. «Setz deinen linken Fuß hierhin. Genau, ja. Den anderen auch.»

«Lesben!» Einer der Jungs deutet mit dem Finger auf uns. «Leckschwestern!»

Salix funkelt ihn an. «Pass auf, was du sagst, Kleiner.»

Die Jungs hopsen und hopsen und bringen das ganze Gerüst zum Wackeln.

«Alles ist gut, Maeve», sagt Salix. «Wir sind fast unten.»

«Schwulis!»

«Falsches Geschlecht, du kleines Arschloch.» Salix legt eine Hand auf meinen Rücken und stabilisiert mich.

In der Mitte kommen wir an den Jungs vorbei.

«Ihr habt da oben rumgeknutscht», beschwert sich der kleinste. Ein anderer macht laute Kussgeräusche. Der dritte schiebt seine Zunge zwischen die Finger und wackelt damit. «Dreckige Homos!»

Plötzlich bin ich wieder mit Ruthie in ihrem Zimmer. Und dann starre ich auf Mrs. Patel, die zusammengesunken auf ihrem Fußboden hockt. Orangen rollen die Straße entlang. Strände und Busfahrten und die dicke Frau, die uns aneinanderpresst. Trommler und Hundegebell. Das zerbrochene Weinglas. Ich spüre, wie mein Griff sich löst. Ich kippe nach vorn.

«Warte.» Salix springt runter.

Die Jungs machen nasse Schmatzgeräusche, während Salix mir von unten herunterhilft.

«Halt deine Klappe, du kleiner Trottel.» Salix nimmt kurz die Hand weg, um den lautesten Jungen vom Seil zu reißen. Er fällt rückwärts und landet hart auf dem Mulchboden.

«Oh mein Gott!» Ich erstarre. «Ist er okay?»

«Fass mich nicht an!» Er springt auf. «Du blöde Lesbe!»

«Dem geht's gut», sagt Salix.

Die anderen zwei Jungs sind bereits oben und sehen schweigend zu, während ihr Freund auf der anderen Seite raufklettert. Als er ein Stück weiter oben ist und außer Reichweite, spuckt er uns an.

«Fotzenlecker!»

«Oh!» Es ist derart absurd, dass ich lachen muss, als ich endlich vom untersten Seil trete. «Fotzenlecker? Ernsthaft?»

«Komm.» Salix zeigt den Jungs den Finger. Sie sammelt unsere Flip-Flops ein und zieht mich vom Spielplatz.

«Wo hat er so was gelernt?»

«Ich schätze mal von einem total homophoben älteren Bruder.» Als wir auf den Rasen kommen, lässt Salix die Flip-Flops fallen und nimmt meine Hände. «Das ist nicht so gelaufen, wie ich es mir vorgestellt hatte. Geht's dir gut?»

«Klar.»

«Sicher? Weil wir nämlich gerade von drei kleinen ekligen Kindern als Lesben beschimpft worden sind.»

«Ich weiß. Alles gut, ehrlich.» Aber es ist nicht gut. Es

geht nicht darum, dass ich als Lesbe oder Fotzenleckerin beschimpft worden bin. Ich bin sauer über das Timing der Jungs. Wenn sie nur fünf Minuten später gekommen wären, hätte Salix mich geküsst. Aber sie haben uns den ersten Kuss vermasselt. Und so ist es ein erster Kuss gewesen, der nicht passiert ist. Es war ein unterbrochener Kuss. Er ist immer noch da, aber er ist nicht passiert. Und diese fünf Minuten werden nie zurückkommen. Es wird andere fünf Minuten geben – die jetzt gerade stattfinden und schon bald um sind –, aber diese fünf Minuten will ich nicht. Ich will die anderen fünf Minuten zurück. Ich will den Kuss oben auf dem Gerüst, mit den verstreuten Lichtern der Stadt unter uns. Aber die sind fort.

# SCHLECHTE TROMMLER

Als wir den Park durchqueren, sehe ich Mr. Heidelman den anderen Weg hinaufeilen.

«Da ist mein Nachbar», erkläre ich Salix. «Der Musiker.»

Er geht direkt auf die Trommler zu.

«Was macht er?» Salix blinzelt in die Dunkelheit.

«Mr. Heidelman?», rufe ich.

«Hallo, Nachbarin.» Er wippt zum Rhythmus der Trommeln. «Maeve, stimmt's?»

«Stimmt», sage ich. «Und das ist Salix. Sie ist auch Musikerin. Sie spielt Geige.»

«Mein absolutes Lieblingsinstrument.» Mr. Heidelman hebt seine Stimme über den Lärm der Trommeln. «Ich habe vier Jahrzehnte lang im Vancouver Symphony Orchestra erste Geige gespielt, bis sie mich mit einer wunderbaren Abschiedsfeier in Rente schickten. Wie lang spielst du schon?»

«Seit ich fünf bin.»

«Und bist du richtig gut? Oder nur Durchschnitt? Sei ruhig ehrlich. Nicht jeder kann Talent haben.»

«Sie ist großartig», mische ich mich ein. «Sie wird auf die Juilliard gehen. Wie ihre Schwester.»

«Ich bewerbe mich», sagt Salix. «Noch haben sie mich nicht genommen.»

«Noch nicht», sage ich.

«Das ist ein hohes Ziel.» Mr. Heidelman nickt. «Ich sag dir was: Wir hören diesen Trommlern ein bisschen zu, und dann musst du mit zu mir kommen und mir was vorspielen. Ja?»

«Könnte ich machen», sagt Salix. «Wenn das für Maeve okay ist.»

«Wundervoll», sagt Mr. Heidelman, und dann wendet er sich den Trommlern zu. Er fängt an zu tanzen, zuckt mit den Beinen und bewegt die Arme im Takt. Er nimmt meine Hände.

«Tanz, Maeve. Tanz!»

Ich bin eine schreckliche Tänzerin, und ich will es Salix nicht zeigen, aber dann sehe ich, dass sie ebenfalls tanzt. Sie klatscht in die Hände und trampelt herum wie bei einem Scheunentanz, und sie sieht total bescheuert dabei aus, und ich liebe sie dafür.

Mr. Heidelman hört auf einmal auf zu tanzen.

«Oje.» Er stützt sich schwer auf mich.

«Geht es Ihnen gut?»

«Ja, ja», sagt er keuchend. «Ich bin nur nicht mehr zwanzig. Nicht mal mehr sechzig. Das ist alles.»

Ich nehme seinen Arm, als er wankt. «Möchten Sie sich hinsetzen?»

«Das wäre klug, denke ich.»

Das Trommeln hört auf. Jemand bietet uns einen Stuhl an. Salix hilft Mr. Heidelman, sich zu setzen.

«Geht es ihm nicht gut?», fragt jemand.

«Sollen wir einen Krankenwagen rufen?»

«Nein, nein.» Mr. Heidelman winkt ab. «Ist alles okay», keucht er.

«Möchten Sie ein Glas Wasser?» Ein großer Mann mit langen blonden Dreadlocks hockt sich neben Mr. Heidelman. «Wein?»

«Wein, danke.» Mr. Heidelman nickt. «Ein Schluck Wein bringt mich sicher wieder auf die Beine.»

Ein Mädchen, das nicht viel älter ist als ich – barfuß und ebenfalls mit Dreadlocks –, kommt kurz darauf mit einem kleinen Marmeladenglas zurück, das mit Rotwein gefüllt ist. Mr. Heidelman nimmt einen langen Schluck.

«Ihr habt mich mit diesen Trommeln verzaubert», sagt er.

«Namaste.» Das Mädchen legt die Hände unter dem Kinn zusammen. «Danke.»

«Sie haben ausgesehen, als hätte es Ihnen gefallen», sagt der Typ.

«Das hat es auch.» Mr. Heidelman nickt. «Aber um die Wahrheit zu sagen, bin ich hergekommen, um euch höflich zu bitten, um elf Uhr aufzuhören, wenn es euch nicht stört. Seht ihr, ich wohne gleich da drüben.» Er deutet mit dem Finger. «Und ein alter Mann braucht seinen Schlaf. Ihr versteht das. Ihr werdet einem müden Mann sicher nicht seinen Schlaf rauben wollen.» Mr. Heidelman schluckt den Rest Wein runter und steht langsam auf. «Oder?»

«Freut mich, dass es Ihnen bessergeht», sagt der Typ.

Wir flankieren Mr. Heidelman und führen ihn aus dem Park, wo er sich plötzlich aufrichtet und tief Luft holt. «Schon besser. Glaubt ihr, es hat gewirkt?»

«Das war alles nur gespielt?», frage ich verwirrt.

«Nein, nein. Nicht wirklich.» Mr. Heidelman schüttelt den Kopf. «Ich war schon außer Atem. Ich musste mich wirklich hinsetzen. Und der Wein hat mir gut geschmeckt. Aber ja, ich bin rübergegangen, um sie zu bitten, um elf Uhr aufzuhören. Und ein bisschen Drama kann da nicht schaden, meint ihr nicht?»

Mr. Heidelman schließt die Tür auf und bittet uns herein. Salix geht voran, aber ich schaffe den Schritt über die Schwelle nicht. Dies ist Mrs. Patels Wohnung. Und gleichzeitig ist sie das nicht mehr. Ich sehe den kleinen Flügel im Wohnzimmer stehen und die Bücherregale an der Wand dahinter.

Es riecht nicht nach Curry.

Kein Fernseher plärrt.

Keine Mrs. Patel.

«Alles ist gut.» Salix greift nach meiner Hand.

Ich trete ein und bereite mich darauf vor, dass ich von der Panik überrollt werde, aber sie kommt nicht. Meine Augen heften sich direkt auf das Bild an der Wand. Ich ziehe meine Flip-Flops aus.

«Du brauchst sie nicht auszuziehen», sagt Mr. Heidelman.

Das gibt mir einen kleinen Stich. Aber ich will auch Mr. Heidelman kennenlernen, und ich will mir die Bilder und Drucke und Zeichnungen an den Wänden ansehen. Ich möchte ihn Geige und Klavier spielen hören und jedes dieser Instrumente, die die Umzugsleute am ersten Tag hereingetragen haben.

Salix packt ihre Geige aus und stimmt die Saiten, und

Mr. Heidelman setzt Teewasser auf. Salix und Mr. Heidelman plaudern miteinander, während das Wasser kocht. Als der Kessel pfeift, hört er sich genauso an wie der von Mrs. Patel. Ich spüre keine Panik oder Trauer, als Mr. Heidelman den Kessel vom Herd nimmt. Ich vermisse einfach nur Mrs. Patel.

Ich gehe wieder zu den Bildern, um meinen Kopf frei zu kriegen.

Die Wände sind vom Boden bis zur Decke mit Rahmen in allen Größen behängt. Wasserfarben, Öl, Bleistift – Bilder, die Hunderte von Jahren alt zu sein scheinen, und sehr moderne. Ich habe noch nie eine so mit Kunst vollgehängte Wand gesehen. An einer anderen Wand hängen Fotos, fast alle in Schwarzweiß, alle von Menschen, meist Musiker, und auf einigen ist Mr. Heidelman im Orchester zu sehen.

Salix fängt an zu spielen.

Es ist das schönste Musikstück, das ich je gehört habe. Es ist gleichzeitig unheimlich und lieblich, unkompliziert und dringlich.

Mr. Heidelman schlurft aus der Küche, reibt sich die Hände, und sein Gesicht leuchtet vor Glück. «Nigel Kennedy. ‹Fallen Forest›. Ja!»

Salix hebt bestätigend den Blick und spielt weiter.

Einen Moment habe ich das Gefühl, als hätten wir eine andere Welt betreten, wo alles zwar gleich aussieht, aber mit einem feinen Glitzer bedeckt ist.

Ich starre Salix beim Spielen an. Wie kann sie nur jede Note auswendig kennen? Wie kann sie so viel Musik in sich aufbewahren und jederzeit herausholen? Es ist wirklich ein Wunder.

Um elf Uhr hört das Trommeln im Park auf.

«Seht ihr?» Mr. Heidelman grinst. «Sie wollen einem alten Mann gern helfen. Und jetzt ist es Zeit für mich, schlafen zu gehen.»

«Danke für den Tee und die Kekse», sage ich.

«Danke», sagt Salix.

«Du musst noch mal für mich spielen.» Er schüttelt ihr die Hand. «Nein, ich habe eine bessere Idee. Warte. Das wird dir bei der Juilliard helfen. Ich melde mich bei dir.»

Er verabschiedet sich und schließt die Tür.

«Das wird mir bei der Juilliard helfen?» Salix lacht. «Hat er das gerade gesagt?»

«Allerdings.»

Salix Wangen leuchten rot, und ihre grünen Augen glitzern. «Weißt du was?»

«Was?»

«Das.» Sie legt eine Hand um meine Mitte und zieht mich an sich. Sie küsst mich. Ihre Lippen sind weich und drücken sich warm gegen meine, bevor sie sich löst. «Das wollte ich schon tun, bevor diese kleinen Mistkerle im Park aufgetaucht sind.»

«Ich auch.» Und auf Zehenspitzen küsse ich sie zurück.

Küssen ist eine Höhe.

Ich stelle mir vor, dass man hoch und immer höher fliegt. Dahin, wo die Luft dünn ist und nur noch Wolken um einen herum sind, und ganz weit unten dreht sich die Welt ohne einen weiter, ohne uns beide.

Und auf Zehenspitzen küsse ich sie zurück. Wieder und wieder und wieder.

# DAD

Salix schmeckt nach den Mandelkeksen und dem Jasmintee, den Mr. Heidelman uns in Porzellantassen serviert hat, auf deren Untertassen bunt schillernde Pfauen gemalt sind. Ihre Lippen sind weich. Sie weiß, was sie tut. Ihre Hände liegen fest auf meinen Hüften und dann auf meinem Rücken. Als wir uns voneinander lösen, um gute Nacht zu sagen, kann ich kaum glauben, dass wir wirklich auf Asphalt stehen. Alles wirkt so weich und nachgiebig. Die Luft ist warm und riecht nach Rosen. Und dann geht sie davon, und auch wenn ich sie niemals gehen lassen möchte, niemals, weiß ich natürlich, dass sie gehen muss. Es ist so spät. Und ein Moment muss enden, damit er zu einem Moment wird.

Das Haus ist dunkel und still. Ich schwebe zum Sofa und schwanke richtig, als ich mich hinsetze. Und dann kichere ich, und dann gähne ich, und dann schlafe ich mit einem so breiten Lächeln ein, dass mir das Gesicht weh tut, als ich ein paar Stunden später mit einem Ruck aufwache. Die Haustür fliegt krachend auf. Mein Dad stolpert herein und schaltet das Flurlicht an, aber er bemerkt mich nicht. Er schüttelt sich den einen Schuh vom Fuß und zerrt dann den anderen ab, schwankt dabei zurück, bis er gegen die Wand kracht, wobei er einen lauten Rülpser ausstößt.

«Dad?» Ich setze mich auf.

«Maevey. Die maulige Maevey. Die maulige, mürrische Maevey-Paevey.»

«Du bist betrunken.»

«Jep.»

«Wo bist du gewesen?»

«Hier und da. Mal hier. Und dann mal da.»

Er tastet unbeholfen an der Wand herum, bis er den Lichtschalter fürs Wohnzimmer gefunden hat. Plötzlich ist alles in dieses heiße, helle Licht getaucht, wie es nur nach richtiger Dunkelheit wirkt. Sein Gesicht glänzt vor Schweiß. Sein T-Shirt hat Schweißflecken unter den Armen. Seine Haare liegen platt an seinem Kopf. Vorn auf seinem Shirt ist ein Fleck.

«Hast du dich vollgekotzt?»

«Vielleicht ein bisschen.» Er hält Daumen und Zeigefinger ein Stück voneinander entfernt.

«Wo ist dein Lieferwagen?»

«Freund.»

«Ein Freund ist gefahren? Ein Freund hat deinen Lieferwagen?»

«Sie ist gefahren. Sie hat den Lieferwagen.»

«Wer ist *sie*?»

«Es gibt keine Sie», knurrt er. «Ich bin so betrunken, dass ich nicht schnalle, worauf du hinauswillst. Außerdem geht dich das gar nichts an.»

«Das geht mich nichts an?»

«Nö.»

«Wo zum Teufel *bist* du, Dad?»

«Hier, Baby.»

Er reißt mich in seine Arme. Er stinkt nach Kotze und Alkohol und Schweiß. Ich versuche mich loszumachen, aber er hält mich nur noch fester, und die Nässe von seinen Achseln drückt feucht gegen meinen Hals.

«Du bist überhaupt nicht hier.» Ich befreie mich. «Du bist total weg!»

Er stößt einen langen, stinkenden Seufzer aus. «Willst du über Existenzialismus reden?»

«Nein.»

«Existenzialismus. Die Lehre der Existenz. Dieses Bild.» Er reißt den Arm hoch und deutet auf das Bild von uns beiden auf der Wiese. «Hat dieser Moment existiert?»

«Wieso reden wir über das Bild?»

«Glaubst du, Maeve Glover, an die Existenz dieses Moments?»

«Ich erinnere mich daran. Ich erinnere mich an den Geruch von Blumen überall. Ich erinnere mich, dass wir im Auto dorthin gefahren sind. Und dass du Äpfel mitgenommen hast.»

«Siehst du.» Er hält mir den Finger vors Gesicht und wackelt damit. «Und da liegst du falsch. Ich habe diesen Moment erfunden. Er ist nie geschehen. Er hat nie existiert. Denn als du so alt warst wie auf dem Bild, hat deine Mom gar nicht erlaubt, dass ich dich sehe.»

«Weil du damals immer betrunken warst. Genau wie jetzt.»

«Klar. Wenn du es so sehen willst.»

Ich schlucke gegen den Kloß in meinem Hals an. Tränen drängen sich herauf, aber ich werde jetzt nicht weinen. Ich kneife mir in den Nasenrücken und presse die Augen zusammen. «Das ist so ...»

«So was?» Er öffnet die Arme hält die Handflächen nach oben, als erhebe er Einspruch oder würde aufgeben. «So was, Maeve?»

«Das Bild ist eine Lüge.»

«Nein, das ist es nicht. Ich habe den Augenblick erfunden. Und jetzt existiert er. Und du hast all diese wunderbaren Erinnerungen. Das ist *Magie.*»

Es ist keine Magie. Er hat gerade eine meiner schönsten Erinnerungen zerstört. Das war gemein und grausam, und er kann es nie wiedergutmachen.

Was jetzt?

Das Baby soll in achtundfünfzig Tagen kommen.

Die Jungs töten ihre Könige im Zwergenland.

Claire rennt im Haus hin und her. Nach oben und nach unten und in jedes Zimmer, als würde sie ihn finden, wenn sie nur oft genug sucht.

Aber vielleicht wird sie bei einem ihrer Gänge durchs Haus auch einfach aus der Tür gehen. Denn das hat sie schon mal getan, als die Zwillinge etwa ein Jahr alt waren. Er war trocken, als sie geheiratet haben, und blieb trocken, bis die Jungs geboren wurden, und dann knickte er ein, und anstatt sich wieder einzukriegen, wurde es immer schlimmer, und schließlich packte sie die Babys und fuhr an die Sunshine Coast und wohnte bei Grandma, bis er in den Graben fuhr und bewusstlos wurde. Als er wieder zu sich kam, hatte er sich selbst einen solchen Schrecken eingejagt, dass er aufhörte zu trinken.

«Ich gehe ins Bett», sage ich. «Und das solltest du auch.»

«Super Idee.» Er zieht sich sein durchweichtes Shirt aus, rollt sich auf dem Sofa zusammen und schließt die Augen. «Nacht, Maeve.»

Ich nehme sein Shirt und halte das stinkende Ding mit zwei Fingern von mir weg. Ich werde es für ihn waschen, werde ihm dabei helfen, dieses Detail zu vertuschen. Ich sehe, wie schnell er in den Schlaf fällt, die eine Hand hängt auf dem Boden, die andere liegt auf seiner Brust, während sein Atmen langsam zum Schnarchen wird. Er ist eklig. Er ist ein ekliger Säufer.

Ich lasse das Shirt fallen und gehe ins Bett, denke an Salix' Küsse, an diese süßen, schwerelosen Momente. Ich lasse nicht zu, dass Dad das überdeckt. Ich werde mir keine Sorgen um ihn machen. Auf jeden Fall werde ich es versuchen.

Als ich am nächsten Morgen hochkomme, sitzt Claire im Schneidersitz auf dem Sofa und strickt. Ihr Bauch liegt in ihrem Schoß. Es sieht aus, als wäre das Baby über Nacht deutlich gewachsen.

«Hast du ihn gesehen?» Claire legt ihr Strickzeug hin. «Ich kann ihn immer noch riechen. Selbst bei offenen Fenstern und Türen kann ich ihn riechen.» Sie nickt auf ein Kissen, das vor der Treppe auf dem Boden liegt. «Ich weiß sogar, dass er das Kissen da benutzt hat, so doll stinkt es.»

«Tut mir leid.»

«Braucht es nicht.» Claire fängt wieder an zu stricken, sticht die Nadeln mit schnellen, wütenden Bewegungen durch die Maschen. «Es ist nicht deine Schuld.»

Aber vielleicht doch? Vielleicht hat sich das Gleichgewicht durch meine Anwesenheit verschoben, und alles ist durcheinandergeraten.

«Das ist das Problem von deinem Dad», sagt Claire zu ihren Nadeln. «Nicht von dir. Wir haben das schon mal durchgemacht. Und deine Mutter auch. Und davor war es noch schlimmer. Lass uns hoffen, dass er damit fertig ist und sich bessert, bevor das Baby kommt. Mehr kann ich im Moment nicht hoffen. Ich hab nicht die Kraft oder die Lust, ihn rauszuwerfen, also werden wir wohl noch eine Weile so weitermachen müssen.»

Nach den Küssen von gestern Nacht habe ich mir diesen Morgen genau ausgemalt. Ich wollte Claire alles erzählen – wie ich auf das Klettergerüst gestiegen bin, von dem Picknick ganz oben, von den Flamingo-Gläsern, von den drei Jungs, den Trommlern, von Tee und Keksen und den Pfauen auf den Untertassen und wie Salix Geige gespielt hat. Von unserem Abschiedskuss. Und sie würde lächeln und staunen und sich so für mich freuen. Ich würde ihr nichts von den anderen Küssen erzählen oder von Salix' Hand unter meinem T-Shirt. Aber sonst alles.

Stattdessen sage ich gar nichts davon und auch nicht, dass ich Dad gesehen habe. Wozu auch? Sie hat schon genug mit all den anderen Dingen zu tun, ohne mir auch noch zuzuhören. Ich kicke das Kissen die Treppe runter und gehe dann hinterher. Ich stopfe es in die Waschmaschine – in der Trommel liegt schon das bekleckerte T-Shirt, offenbar hat er es reingetan, bevor er gegangen ist – und stelle sie an. Ich lege beide Hände auf den Deckel und starre auf den Boden. Staub, Fussel, ein vergessener Zwerg, ein Vierteldollar und der Stummel eines dieser dicken roten Bleistifte, die Dad bei der Arbeit benutzt. Ich schließe die Augen und kehre in Gedanken zurück zu diesem ersten Kuss und dann zu dem danach und dem danach und so weiter. Ich falte sie in meiner Hand, als wären es Jasminblütenblätter, duftend und zart, und halte mich daran fest, vielleicht ein bisschen zu sehr.

# FAHRRADFAHREN

Salix kommt um Punkt zwei Uhr mit dem Fahrrad vorbei. Ich habe total vergessen, dass wir mit den Jungs in den Wasserpark von Strathcona fahren wollen. Als ich ihr die Tür öffne, bin ich immer noch im Schlafanzug und habe mir noch nicht mal das Gesicht gewaschen oder die Zähne geputzt. Ich habe im Bett gezeichnet und mir Sorgen um Dad gemacht und schließlich beschlossen, meiner Mom etwas Gehaltvolleres zu schreiben, als wie das Wetter ist und dass ich meine Vitamine nehme. Ich habe immer noch mein Handy in der Hand und drücke auf Senden.

*Dad trinkt wieder zu viel. Er macht nur Mist. Claire ist total wütend. Ich habe Salix geküsst. Erbitte deinen Rat.*

«Salix! Hi!» Ich verstecke mich hinter der Tür, als wäre ich nackt und nicht bloß ungewaschen. «Du bist hier!»

«Bin ich zu früh?»

«Nein.» Ich bitte sie herein. «Ich bin nur noch nicht fertig. Warte hier eine Minute.»

Ich renne nach oben und finde die Jungs auf dem Balkon, wo sie handvollweise Zwerge auf einem Stück grünen Filz gegeneinanderwerfen, das mit getrockneten roten Farbflecken übersät ist.

«Die metzeln sich gerade ab», sagt Corbin.

«Das ist alles Blut», sagt Owen.

«Okay, aber die Schlacht muss jetzt eine Pause einlegen, weil ich euch nämlich mit in den Wasserpark nehme», sage ich. «Also holt eure Badehosen, während ich uns was zu Essen einpacke, und dann fahren wir. Meine Freundin ist hier und will uns abholen, und ich habe es total vergessen, weil ...» Ich unterbreche mich. «Egal. Ab mit euch. Jetzt!»

«Deine Freundin?», sagt Owen.

«Du hast gar keine Freundin», sagt Corbin.

«Es ist das Mädchen von der Fähre», sage ich. «Der du Witze verkauft hast, erinnerst du dich? Und im Park hat sie euch was zu trinken geholt.»

«Dieses Mädchen ist *hier*?» Er sitzt immer noch auf dem Boden, einen Haufen vermutlich toter Zwerge im Schoß.

«Ist sie jetzt deine richtige *Freundin*?», will Owen wissen.

«Geht dich nichts an», sage ich. «Lass uns los. Vergesst eure Fahrradhelme nicht.»

«Aber ich kann mit meinem gebrochenen Arm nicht fahren!», sagt Corbin.

«Scheiße.» Ich denke schnell nach. «Dann sitzt du im Anhänger.»

«Der ist für die Einkäufe», protestiert Corbin. «Oder für Babys. Hab meine Meinung geändert. Ich kann doch fahren.»

«Nein, kannst du nicht.»

«Kann ich wohl!»

Warum habe ich gedacht, das alles wäre eine gute Idee? Vielleicht haben mich die Küsse benebelt, denn seit ich zehn war, bin ich nicht mehr Fahrrad gefahren, weil ich damals gestürzt bin und mir das Handgelenk gebrochen habe und klugerweise beschloss, nie wieder zu fahren.

*Maeve Glover verstarb unerwartet am heutigen Tage während einer Fahrradtour. Sie wurde von einem Laster überfahren, nachdem sie ein Stoppschild missachtet hatte, weil sie nicht mehr wusste, wie man bremst. Sie hinterlässt ihre Zwillingsbrüder und eine wunderbare Freundin, die Maeve für immer als Trottel in Erinnerung behalten werden, auch wenn sie ein künstlerisches Talent hatte, das ...*

«Maeve?», ruft Claire von drinnen. «Soll ich Salix eine Tasse Tee anbieten oder so?»

«Nein! Wir kommen!» Ich nehme die Jungs an den Händen und ziehe sie vom Balkon. Und dann flüstere ich: «Bitte macht euch fertig, ja?»

Owen will nicht Fahrrad fahren. Er findet, es ist zu weit bis zum Wasserpark. Zu viele Straßen, die wir überqueren müssen. Und auf dem Rückweg ist es zu steil.

«Ich passe auf, dass wir sicher ankommen», sagt Salix. «Und auf dem Rückweg helfe ich dir schieben, okay?»

«Na gut.» Owen stopft Hibou in seinen Fahrradkorb und steigt auf. «Wenn's sein muss.»

Corbin steht mit verschränkten Armen neben dem Fahrradanhänger. Sein blauer Gips ist schmutzig und mit Filzstiftgekritzel übersät.

«Ich kann mit einem Arm fahren!»

«Entweder steigst du in den Anhänger», sage ich, «oder

du bleibst hier. Das sind deine beiden Möglichkeiten. Mir ist es egal.»

«Blöd!» Corbin lässt sich in den Anhänger fallen. «Blöder Anhänger.»

«Wenn wir fahren, will ich, dass ihr gute Laune habt. Alle beide», sage ich. «Sonst eben nicht. Noch könnt ihr entscheiden.»

«Losfahren!», brüllt Corbin.

«Losfahren», murmelt Owen. Er macht seinen Helm fest und seufzt. «Mit guter Laune. Glaube ich.»

Ich versuche mich auf die Straße zu konzentrieren, auf die Stoppschilder, die Kurven. Salix fährt ganz entspannt neben mir, und es macht ihr gar nichts aus, sich immer wieder umzudrehen und mich anzusehen oder mit einer Hand zu fahren. Ich umklammere die Griffe von Claires Fahrrad, teste alle paar Sekunden die Bremsen und schleiche den Hügel runter. Owen fährt dicht hinter mir, ebenfalls langsam. Corbin meldet sich aus dem Anhänger.

«Fahr schneller!»

«Du weißt doch noch nicht mal, wie man ordentlich Fahrrad fährt.»

«Du fährst zu langsam!»

«Halt die Klappe, Corbin!», brülle ich.

«Ich hab ja leider keinen kleinen Bruder», sagt Salix, als wolle sie meinen Ausbruch entschuldigen. «Ganz zu schweigen von zweien im gleichen Alter.» Aber es hilft nichts, denn ich schäme mich total, dass ich ihn so angeschrien habe.

«Sorry, Corbin.»

«Egal», sagt er.

«Ist es nicht», sagt Salix. «Entschuldige dich bei ihr, junger Mann, das gehört sich so.»

«Sorry, Maeve», grummelt er.

Aber als wir im Park ankommen, haben die Jungs ihre schlechte Laune vergessen. Mit Fahrradhelmen auf dem Kopf und in voller Montur laufen sie zu den Wasserfontänen, die aus dem Boden und aus den alten Hydranten spritzen. An der Seite fließt ein kleiner Bach, auf dem die Kinder ihre Boote schwimmen lassen oder mit Stöcken Wettschwimmen veranstalten.

Salix und ich finden einen Flecken Gras im Schatten und breiten unsere Decke aus. Ich setze mich im Schneidersitz hin, und Salix streckt ihre langen, gebräunten Beine vor sich aus und stützt sich auf die Hände. Nach ein paar Minuten legt sie sich auf den Rücken und schiebt einen Arm hinter den Kopf. Sie deutet zum Himmel.

«Die Wolke da sieht aus wie ein Elefant.»

Die Jungs hüpfen und planschen in dem kleinen Bach herum. Salix greift nach meiner Hand. «Komm.» Sie zieht mich neben sich.

«Sie sieht nicht aus wie ein Elefant», sage ich. «Sondern wie ein Velociraptor.»

«Die sieht kein Stück aus wie ein Velociraptor.»

«Da sind die Flügel.» Ich zeige darauf. «Und die Hakennase.»

Und dann steht Owen plötzlich neben ihr. Er tropft und zittert und versperrt uns den Blick.

«Ich hab Hunger.»

Ich setze mich hin und packe das Essen aus. Owen wickelt sich in ein Handtuch und nimmt sich einen Muffin und einen Apfel mit zu einem Fleckchen Sonne am Rand des Spielplatzes.

Salix klopft auf die Decke. «Kommst du wieder her?»

«Warte mal», sage ich.

«Worauf?»

«Warte einfach», sage ich. Und dann: «Siehst du?»

Corbin rennt auf uns zu. Er hat sich von irgendwoher eine Wasserpistole besorgt – zu Hause sind keine Pistolen erlaubt – und sie sich unter den gebrochenen Arm geschoben.

«Feindliches Territorium!», schreit er. «Ihr müsst den Zoll mit Essen bezahlen. Schnell!»

Ich werfe ihm einen Muffin zu. Er fängt ihn und rennt weiter, läuft zurück zu den Hydranten, wo er sich einer Gruppe von bewaffneten Jungs anschließt, die hinter einer Mauer hocken.

«Willst du auch einen Muffin?», frage ich. «Himbeer-Vollkorn. Claire hat sie gemacht. Sie kann richtig gut backen.»

«Danke.» Salix setzt sich auf. «Sie scheint sehr nett zu sein.»

«In der Stiefmutter-Abteilung hatte ich Glück.»

Aber Claire ist mehr als bloß eine Stiefmutter. Sie hat mich jetzt schon fast zwölf Jahre erzogen, wenn auch nur teilweise. Sie ist die Mutter meiner Brüder. Sie ist die Frau von meinem Dad. Wenn sie weggeht – und natürlich würde sie die Jungs mitnehmen –, hat Dad hier nichts mehr.

Und dann ist es seine Schuld, wenn er in irgendeinem schäbigen Zimmer eines dieser Hotels voller Kellerasseln und Bettwanzen endet. Oder in irgendeinem WG-Zimmer. Und wo soll ich wohnen, wenn ich zu Besuch komme? Bei Claire und den Jungs? Bei Dad? Was für ein Durcheinander.

«Scheiße», murmele ich.

«Was ist los?»

«Nichts.» Ich will mich nicht schon wieder bei Salix ausheulen. Ich will nicht, dass Salix glaubt, mein Leben sei ein einziges Chaos, auch wenn es so ist. Ich ziehe mein Skizzenbuch heraus und suche nach etwas zum Zeichnen. Ein Kleinkind in der Sandkiste, das mit kleinen Händen einen roten Eimer voll Sand füllt. Zwei alte Damen auf der Bank. Mit orthopädischen Schuhen.

«Darf ich sehen?», fragt Salix.

«Nein.» Ich klappe das Skizzenbuch zu. «Sorry.»

«Aber irgendwann schon. Oder?»

«Ja.» Ich rupfe Gras aus und verteile es auf ihrem T-Shirt. «Zwergengras», erkläre ich. «Nach der Zwergenlegende enthält Gras magische Kräfte. Die Anführer von Parzivals und Wrens Königreichen benutzen es seit Jahrhunderten, um in den Schlachten zu siegen.»

«Ich verstehe nur Bahnhof. Heißt das, du hast mich gerade mit einem Zauber belegt?»

«Ja.»

«Gut», sagt Salix. «Das stört mich nicht. Und ich sage jetzt lieber nichts mehr, sonst wird es nämlich richtig kitschig.»

«Sprich weiter.» Ich streue noch mehr Gras über sie. «Bei der Macht des Zwergengrases gebiete ich dir zu sprechen.»

«Okay. Also ...» Salix zögert. «Wie wär's damit: Baby, du brauchst mich gar nicht mit einem Zauber zu belegen, denn du hast mich schon bei unserer ersten Begegnung verzaubert.» Sie wird rot. Total. Vom Hals angefangen. «Oh Gott!» Salix lässt sich wieder auf die Decke fallen.

Es sollte sich wie ein Scherz anhören. Nur wissen wir beide, dass es keiner ist. Nicht wirklich.

«Das ist megakitschig», lache ich.

«Ja, oder?»

«Total.»

Ich lege mich wieder neben sie und starre in den Himmel. Ich greife nach Salix' Hand und zeige auf eine Wolke. «Diese da sieht aus wie eine Ährengarbe.»

«Nein, tut sie nicht.» Salix' Hand fühlt sich ganz warm in meiner an. «Sie sieht aus wie ein Velociraptor.»

Die Fahrt nach Hause ist sehr viel anstrengender, und beim letzten Hügel steigen wir alle von den Fahrrädern und schieben. Nur Corbin läuft vor und öffnet uns den Fahrradständer. Als die Räder alle wieder da stehen, wo sie hingehören, verschwinden die Jungs nach drinnen, und Salix und ich schlendern die Auffahrt hinauf. Salix nimmt meine Hand und bremst mich. Über uns aus Mr. Heidelmans offenem Fenster klingt Orchestermusik. Becken schlagen gegeneinander, Flöten zwitschern.

«War das vorhin irgendwie peinlich, was ich gesagt habe?», fragt Salix. «Im Park? Es sollte lustig klingen, aber ...»

«Peinlich ist, über Legenden aus dem Zwergenland zu reden», sage ich. Ich habe Salix alles darüber erklärt, sodass sie jetzt auf dem letzten Stand ist, was die politische Situation im Land angeht oder die Drohungen der zerstrittenen Fraktionen und die alltäglichen Verluste der unschuldigen Parzivals und Wrens, die ins Kreuzfeuer geraten. «Und mit ‹reden› meine ich stundenlang quasseln. Sorry noch mal deswegen. Ich fange immer an zu labern, wenn ich ...»

«Nervös bin?», meint Salix. «Ich auch.»

Ihre Hand fühlt sich heiß in meiner an. Die Hitze steigt meinen Arm hinauf und zieht über meine Brust bis hinauf zu meinen Wangen.

«Ich mag dich, Maeve.» Salix beißt sich auf die Lippen. Sie schaut weg und fügt dann hinzu: «Sehr.»

«Ich mag dich auch.» Die Hitze sinkt wieder herab, und eine warme Schwere breitet sich zwischen meinen Beinen aus. «Sehr.»

Wir stehen eine Weile dort und sehen uns nicht an, aber dann doch, und dann küssen wir uns. Und wieder und wieder. Bis die Jungs vom Balkon rufen: «Maeve und Salix küssen sich!» Ich weiche zurück und sehe hinauf. Corbin und Owen und Claire beugen sich alle grinsend über das Geländer.

«Wir wollen ja nicht stören.» Claire winkt. «Aber ich habe frische Limonade und Kekse.»

Mr. Heidelman späht ebenfalls über seinen Balkon. «Ich habe mich nur gefragt, wer hier so schreit.»

«Kommen Sie rüber, Mr. Heidelman», sagt Claire. «Limonade und Kekse!»

«Komm rauf, Salix!», ruft Corbin zu uns runter. «Wir zeigen dir das Zwergenland.»

«Wie kann ich da widerstehen?», meint Salix. «Jetzt, wo ich so viel darüber weiß.» Sie grinst mich an.

Etwas fällt von oben runter. Es ist Hibou. Sie landet im Vogelbeerbaum am Eingangstor.

«Corbin!», brüllt Owen. «Das hast du mit Absicht gemacht!»

«Hab ich nicht!»

«Hast du doch!»

«Ich kann sie holen.» Salix fischt die Plüscheule aus den Zweigen. Sie legt einen Arm um meine Schulter und lacht. «Das war ja ein hübscher öffentlicher Auftritt.»

«Willkommen in meinem Leben», sage ich. «Meine ganze Privatsphäre habe ich in Port Townsend gelassen, in einer kleinen Holzhütte im Wald, und die ist abgeschlossen.»

Mein Zuhause scheint mir sehr weit weg; die Busfahrt nach Seattle endlos und die Fahrt weiter nach Port Townsend unfassbar lang. Es ist, als hätte sich die Entfernung ausgedehnt, und jetzt scheint es auf einmal viel einfacher, hier zu sein, in Vancouver, als zurückzufahren. Vielleicht reicht mir das im Moment als Zuhause. Vielleicht will ich gar nicht nach Port Townsend zurück. Ich habe seit Tagen nicht nach den Busabfahrtszeiten geguckt. Nicht seit dem Tag im Park, als Salix mit dem halben Keks zu mir kam.

Fünf Monate und dreizehn Tage, dann muss ich mich verabschieden. Von Salix, dem neuen Baby, von Claire und den Jungs, selbst von Dad. Außer, ich muss mich schon früher von ihm verabschieden.

Am Abend checke ich meine Mails. Es gibt zwei von Mom. Und keine von Ruthie. Auch gut.

Die erste Mail von Mom bezieht sich auf meine Bitte um Rat.

*Schatz, halt dich da raus. Das müssen Claire und Dad unter sich klären. Dein Dad hat eine Alkohol-Geschichte, wie du weißt, aber er hat es auch immer geschafft, sich da wieder rauszuholen, stimmt's? Klingt so, als hättest du eine schöne Zeit mit Salix. Mach dir keine Sorgen. Schick mir Fotos!*
*xoxoxo*
*Mom*

Die zweite E-Mail ist kürzer. Dan hat Ofenholz für uns aufgeschichtet, und ob ich ihm bitte zum Dank etwas per Post schicken kann. Vielleicht Walnuss-Sirup.

*Hab dich lieb, Maeve. Kuss, Kuss, Kuss*

Feuerholz. Für den Winter. Wenn ich wieder in Port Townsend bin. Wenn ich wieder morgens aufstehe und das Feuer im Ofen anmache, weil ich immer vor Mom aufstehe. Ich werde im Januar zurück sein, wenn der Garten völlig hinüber ist, wenn die letzten Kohlköpfe dahinwelken, wenn der Boden schlammig und voller Blätter ist und es regnet. Der Regen stört mich nicht, schon gar nicht im Wald. Am Morgen hängt der Nebel in den Zedern. Manchmal setze ich mich draußen auf die Veranda, bevor der Schulbus kommt, und sehe zu, wie er sich langsam hebt. Der Regen auf dem Dach. Die Dachrinnen sind so voller Blätter, dass das Wasser über den Rand läuft und auf dem Boden eine schlammige Pfütze hinterlässt. Letztes Jahr haben Mom und ich ein paar Ziegelsteine auf der Veranda aufgebaut und einen Feuertopf draufgestellt, damit wir im

Warmen draußen sitzen und in die flackernden Flammen sehen können.

Ich will nicht an den dunklen Winter denken. Ich liebe den Winter zu Hause. Den schwarzen Himmel voller Sterne. Die knackig kalte Luft. Die Stille, wenn es schneit, was so selten ist, dass es einem vorkommt wie Zauberei. Aber jetzt bedeutet nach Hause zu gehen etwas anderes.

## LOSLASSEN

Salix und ich sitzen eines späten Nachmittags im Continental, nachdem wir schwimmen waren. Wir sind beide müde, unsere Muskeln tun weh, als mir plötzlich klarwird, wie so oft, wie viel Zeit mir hier noch bleibt. Einhundertundzweiundfünfzig Tage.

In den zwei Wochen, seit wir im Wasserpark waren, habe ich meinen Vater nur zweimal gesehen. Beide Male morgens. Einmal saß er auf dem Sofa und band sich die Schnürsenkel zu. Sein Gesicht war teigig und blass, und er hat kaum hochgesehen, bevor er das Haus verließ. Beim anderen Mal kotzte er gerade ins Spülbecken.

«Gut, dass wir einen Müllzerkleinerer haben», meinte Claire, als sie an ihm vorbei nach den Schüsseln griff.

Sie bemüht sich um Normalität. Sie bemüht sich, die Dinge locker zu sehen. Sie versucht, sich nicht drum zu scheren, dass er nie zu Hause ist und dass er sich zudröhnt, sobald er aus dem Haus geht. In was für eine Familie wird dieses Baby hineingeboren? Wird er überhaupt da sein, wenn das Baby kommt? Maeve, sagt sie, ich weiß, du willst das eigentlich nicht, aber ich möchte niemanden sonst dabeihaben als dich. Und sie gibt mir einen Stapel Bücher. Ich brauche jemanden, auf den ich zählen kann. Bei deinem Dad bin ich mir gerade nicht so sicher.

Ich bin mir bei meinem Dad selbst gerade nicht so sicher. Also lese ich die Bücher. Nicht weil ich es will. Sondern weil es so ist wie mit dem Schirm, den man mitnimmt, damit es nicht regnet. Man hat immer ein Feuerzeug in der Tasche, das man nie braucht, bis man es eines Tages vergisst, und genau dann hat jemand Geburtstag, und niemand kann ein Streichholz finden. Ich lese, denn wenn ich lese, wird mein Dad rechtzeitig zur Geburt da sein und das tun, was von ihm erwartet wird.

Bis dahin ist es einfach nur noch eine Sache, um die ich mir Sorgen machen muss.

«Es muss schön sein, sich um nichts Sorgen zu machen», sage ich zu Salix.

«Ich sorge mich oft», sagt sie.

«Worüber sorgst du dich denn?»

«Dass der Krebs meiner Mutter wiederkommt. Dass ich es nicht auf die Juilliard schaffe. Dass ich vor dem Vancouver Symphony Orchestra spielen muss. Um nur ein paar zu nennen.»

Mr. Heidelman hat sie dazu eingeladen, bei einer der Proben vorzuspielen, aber seitdem hat sie nicht mehr darüber gesprochen. Ich dachte, es wäre vielleicht aus Aberglaube oder so. Ich hatte keine Ahnung, dass sie Angst hat. «Du hast nie was gesagt.»

«Ich habe Angst, ich bin aufgeregt, mir wird schlecht», sagt Salix, «wann immer ich nur daran denke.»

«Das kenne ich.»

«Du bist nicht allein damit», meint Salix. «Alle Leute

machen sich Sorgen.» Ihre Worte klingen abgehackt, und ihr Blick gleitet die Straße hinab. «Wir haben alle unsere Sorgen. Das ist keine Marktlücke, die du da besetzt.»

«Nein. Du hast recht. Sorry.»

Sie versteht mich also nicht. Und das ist auch in Ordnung. Die meisten Leute verstehen es nicht. Nur drei Prozent der Bevölkerung leiden wirklich an Angststörungen. Für uns ist es anders, wenn wir uns Sorgen machen. Wir glauben immer, dass etwas schiefgehen wird, auch wenn das gar nicht wahrscheinlich ist. Wir fühlen uns fast die ganze Zeit ängstlich und unsicher. Klar, jeder macht sich mal Sorgen. Aber nicht jeder auf dieselbe Weise. Für Salix ist es vielleicht sogar nicht so schlimm, sich um den Krebs ihrer Mutter Sorgen zu machen, wie für mich, wenn ich eine Panikattacke bekomme, weil ich glaube, ich habe den Ofen angelassen. Das ist falsch, und das weiß ich auch. Aber es stimmt. Auch wenn der Krebs ihrer Mutter so viel wichtiger ist als der Gegenstand, den ich auf dem Ofen liegen gelassen habe.

Ich kann Nancy hören, als stünde sie direkt neben mir. Ich kann praktisch ihren Weihrauch riechen. Jeder macht sich auf unterschiedliche Weise Sorgen. Wir glauben alle, dass unsere Sorgen die schlimmsten sind. Vergleiche niemals deine Sorgen mit denen von jemand anderem. Davon hat niemand etwas.

«Nein.» Salix nimmt meine Hand. «Mir tut es leid. Ich weiß, dass es da eine Marktlücke gibt. Ich weiß, dass es für dich schlimmer ist. Ich weiß, dass es dir manches schwerer macht.» Sie nimmt meine andere Hand. «So wie das Leben.»

Jemand lässt ein Getränk fallen, und das Glas zerbricht in Scherben. Jemand fährt in einer pinkfarbenen Vespa vor. Wir lachen über eine Frau auf hohen Schuhen, die eine Horde von acht winzigen Pudeln spazieren führt und einen wie ein Baby über der Schulter trägt. Wir teilen uns einen Muffin. Jemand, den Salix kennt, bleibt kurz stehen und begrüßt sie, und Salix hält meine Hand und stellt mich als ihre feste Freundin vor. Sie sagt es so locker, dass es mir kaum auffällt. Aber als es bei mir durchgesickert ist, höre ich nichts anderes mehr.

*Feste Freundin. Feste Freundin. Feste Freundin.*

Pass jetzt auf, Maeve. Sie wären zusammen im Junior-Orchester gewesen, erklärt Salix, als er geht. Und dann kommt ein Mädchen vorbei und Salix springt auf.

«Maya, hey!»

Es ist das Mädchen vom Fähranleger in Gibsons. Die mit dem Clipboard und dem Pferdeschwanz. Sie trägt ein süßes kleines Kleid, so wie aus den Fünfzigern. Taubenblau mit winzigen weißen Punkten. Ihr Pferdeschwanz ist ganz hochgebunden, und sie trägt eine Sonnenbrille im Katzenaugenstil. Ich bin viel zu sehr damit beschäftigt, wie süß sie aussieht und wie altbacken ich dagegen und wie gut sie neben Salix wirken würde, dass ich kaum ein Hallo herausbringe, bevor sie sich schon wieder verabschiedet und weitergeht.

«Ihre Mom hat gerade ihren Job verloren, und sie müssen vielleicht umziehen.»

Gleich wird Salix einen Vergleich anstellen. Das ist wirklich etwas, worum man sich Sorgen machen muss. Aber sie tut es nicht.

«Was für sie nicht so schlimm ist. Aber für dich wäre es schlimm, oder?»

Ich nicke.

«Ich verstehe. Zumindest glaube ich es. Für dich ist es schlimmer.»

«Ich tue nicht so.»

«Warum auch.»

Ich will nicht mehr darüber reden. Ich hole mein Skizzenbuch raus und fange an, das Mädchen zu zeichnen, das neben dem Briefkasten sitzt. Sie hat Dreadlocks und einen großen Rucksack, auf dem eine Katze schläft. Und sie hat ein Schild, auf dem steht: SEI KEIN ELCH UND SPENDE EIN BISSCHEN KLEINGELD. Sie trägt ein Paar fellige Elchschaufeln auf dem Kopf, wie man sie in der Weihnachtszeit in einem Ein-Dollar-Laden kaufen kann.

Es gibt Sorgen und es gibt *Sorgen.* Siebenundneunzig Prozent der Leute machen sich eben einfach mal Sorgen. Sie spüren ein paar damit zusammenhängende Gefühle, aber sie können immer noch ihr Leben fortsetzen, sogar gleichzeitig. Und die restlichen drei Prozent? Wir sind kopflos.

«Darf ich sehen?»

Ich schüttle den Kopf.

«Warum nicht?»

«Würdest du auch jemanden nach seinem Tagebuch fragen?»

«Nein.»

Ich klappe das Buch zu. «Ist dasselbe.»

«Aber es ist doch nicht wirklich dasselbe, oder? Das ist ein Skizzenbuch. Da sind Bilder drin. Zeichnungen. Eine

Sammlung deines Talents, oder? So wie du mir beim Spielen zuhörst.»

Meine Hand fühlt sich warm auf dem abgenutzten Cover an. Jede Ecke ist schon beinahe abgerundet, und den Rücken habe ich mit regenbogenfarbenem Klebeband verstärkt. Kann ich ihr es zeigen? Ich habe es noch nie jemandem gezeigt. Noch nicht mal Ruthie oder Dan.

Ich schiebe es über den Tisch. Salix schlägt die erste Seite auf und grinst. Eine Skizze von dem humpelnden Fuchs.

«Da ist keine bestimmte Reihenfolge drin», sage ich. «M-m-manchmal füge ich später auch noch Sachen dazu. Kleinere Dinge. Oder koloriere nachträglich. Und so.»

Ich merke, wie meine Stimme immer dicker und schwerfälliger wird, während sie die Seiten umblättert. Ein Porträt von Jessica.

«Ist sie das?»

Ich nicke, kriege aber kein Wort heraus.

«Deine erste feste Freundin.» Sie betrachtet das Bild und sieht mich dann an. «Hast du gehört, dass ich dich als meine feste Freundin vorgestellt habe?»

Ich nicke wieder. Ich möchte gern etwas sagen, aber ich fühle mich, als würde ich ganz nackt hier draußen am Tisch sitzen. Vollkommen nackt.

«Ist das okay für dich?»

Sag irgendwas, Maeve. Nick nicht bloß.

«Perfekt», quieke ich, während mein Herz anfängt zu rasen. Oh nein. Die Panik. Die beschissene Panik. Salix wendet eine Seite um und dann noch eine, und dann sieht sie die sezierten Herzen.

«Sorry.» Ich reiße ihr das Buch weg und stehe auf, presse es an meine Brust. «Ich kann nicht.»

«Läufst du jetzt wieder weg?»

«Nein.» Aber ich weiche vom Tisch zurück, als würde ich genau das tun wollen.

Das Mädchen mit der Katze grinst zu mir hoch, und ihr Geweih wackelt.

«Hast du mal 'n bisschen Kleingeld?»

«Nein!»

Salix lässt einen Dollar in den Joghurtbecher neben dem Schild fallen, nimmt meine Hand und führt mich zurück zum Tisch. «Du hast recht», sagt sie und deutet auf mein Skizzenbuch. «Es ist wirklich wie ein Tagebuch. Geigespielen ist etwas ganz anderes. Ich werde nicht noch mal fragen, ob ich es sehen kann.»

«Okay. D-d-danke.»

Jeder macht sich Sorgen.

Darum ist es so schwer, jemand zu sein, der sich noch mehr Sorgen macht. Öfter. Und über mehr Sachen. Intensiver und mit dem ganzen Körper: Mein Herz rast, und meine Arme sind ganz steif. Meine Fingerspitzen prickeln, was immer passiert, bevor sie taub werden. Ich starre auf die Straße.

«Maeve?»

Worüber machst du dir denn Sorgen? Nimm die Sache nicht so wichtig. Das geht vorbei. Schüttle es einfach ab. Du musst dich dafür entscheiden, dir keine Sorgen zu machen.

Als ob man das so einfach entscheiden könnte.

«Maeve.» Salix packt unsere Sachen zusammen und

nimmt meine Hand. Sie führt mich nach Hause, als wäre ich irgendwie behindert, und ich gehe stumm und unfähig neben ihr her. Als wir zu meiner Tür kommen, verabschiedet sie sich. Und dann: «Es tut mir leid.»

«Warum?»

«Weil ich dich genötigt habe, mir dein Buch zu zeigen», sagt sie. «Und es tut mir leid, dass du manchmal Panik bekommst und solche Ängste hast.»

«Ich?» Ich bringe ein Lächeln zustande. «Ich doch nicht.»

Sie zieht mich in ihre Arme. «Du brauchst doch nicht so zu leiden.»

«So ist es aber. Bis meine Eltern mir erlauben, etwas dagegen zu nehmen.»

«Aber gerade jetzt musst du doch nicht so leiden.»

Sie ist so süß, aber sie versteht es einfach nicht. Es ist nicht so einfach.

«Wenn du wieder ausflippst, rufst du mich einfach an, und dann gehen wir spazieren. Oder wir fahren mit dem Nachtbus. Wir rauchen ein bisschen Gras und kriegen Kicheranfälle und essen jeder eine ganze Tüte Chips. Wir gehen in irgendwelchen Gassen spazieren und suchen nach Schätzen und versuchen, nicht auf Stinktiere zu treffen. So was. Alles. Nichts davon. Was immer du willst.» Sie schiebt mich gerade weit genug von sich, dass sie mir in die Augen sehen kann. «Du musst dir auch gar nichts ausdenken.» Sie küsst mich. «Das mache ich. Deine feste Freundin ist für die Ablenkungen verantwortlich.»

«Meine feste Freundin.» Ich grinse. «Das ist schon mal eine sehr gute Ablenkung.

# KONFRONTATIONEN

Kurz nach Mitternacht höre ich die Haustür auf- und wieder zugehen. Dad kriecht wieder mal nach Hause. Vermutlich ist ihm die saubere Unterwäsche ausgegangen, oder er will was essen oder muss mal duschen. Das ist meine Chance, ihn zu konfrontieren und es nicht mehr zu verdrängen. Lass nicht zu, dass die Angst die Kontrolle über dich gewinnt. Eine Angst verschwindet, wenn man sich ihr stellt, hat Nancy gesagt.

Ich sitze einen Augenblick im Dunkeln, lausche Salix' Worten in meinem Kopf.

Du bist mutig, Maeve.

Wovor hast du Angst?

Was ist das Schlimmste, was passieren kann? Dass er es wieder in den Griff kriegt? Dass es noch weiter mit ihm bergab geht? Entweder ändert es sich oder eben nicht. Du kannst nicht verlieren, Maeve. Wenn du ihn auf seinen Mist ansprichst, dann muss er dir antworten. Das muss er. Das schuldet er dir. Er liebt dich.

Ich höre ihn oben rumoren, die Dielen knarren leise. Vielleicht ist er noch nicht völlig zugedröhnt, vielleicht läuft es besser, als ich gehofft habe. Oder vielleicht sollte ich

Salix anrufen und sie bitten, mit einer großen Tüte Chips in den Park zu kommen. Nein. Nein. Ich muss aufhören wegzulaufen. Wenn ich irgendwas tun kann, um Dad wieder in die Spur zu bringen, dann ist es auch meine Verantwortung, das zu tun, Angst hin oder her. Ich muss es tun. Für Claire. Für die Jungs. Für mich.

Ich bleibe oben an der Treppe stehen, wo er mich nicht sehen kann.

Er sitzt auf der Sofakante. Er hat sich den Couchtisch bis zu den Knien herangezogen und beugt sich darüber. Das Licht einer Lampe wirft einen warmen orangefarbenen Schein auf ihn.

Was ist das Schlimmste, was passieren kann?

Vergiss alles, was vorher war, denn jetzt senkt er den Kopf und zieht sich eine Line Kokain durch einen aufgerollten Fünf-Dollar-Schein in die Nase.

Und das ist noch nicht mal das Schlimmste. Ich sehe praktisch vor mir, wie es von hier aus weitergeht. Die Familie zerbricht. Mein Dad, arbeitslos und betrunken und high, lebt auf der Straße. Vielleicht werden wir ihn nie wiedersehen. Vielleicht ist das das Ende von allem.

«Dad», flüstere ich.

«Maeve. Scheiße! Ich hab dich gar nicht gesehen ...» Er wischt sich mit dem Handrücken über die Nase. «Es ist nicht das, was du denkst ...»

«Was *machst* du da?»

Ich hätte unten bleiben sollen. Es ist sinnlos, ihn zu konfrontieren. Das hier ist schlimmer, als es nicht zu wissen. Das hier ist schlimmer, als sich Sorgen zu machen. Ich will diesen Anblick wieder auslöschen. Ich will wieder runtergehen, alles rückgängig machen und dann in die entgegengesetzte Richtung laufen. Weglaufen ist besser als das hier.

«Was ist das?»

Ich weiß, was es ist. Aber will, dass er es mir sagt. Dass er es zugibt. Oder wagt, es abzustreiten. Ich will, dass er irgendwas sagt, mir irgendeine Erklärung liefert, die Sinn ergibt. Aber er sagt gar nichts. Er sitzt mit im Schoß gefalteten Händen da und starrt mich bloß an, das Gesicht im Schatten.

«Dad?»

«Es ist nicht das, was du denkst.»

«Ist es doch.»

«Maeve, es ist nicht ...»

«Doch! Ich bin doch nicht blöd!»

Er schüttelt den Kopf. «Es ist nicht ... ich hab nur ... es war ...»

Es gibt nichts, was er sagen könnte, und er weiß es.

«Fein.» Ich trete ins Licht. «Was willst du jetzt tun?»

Er zieht die Schultern hoch und lässt sie nach einer Weile wieder fallen. Das macht mich noch wütender als all der ganze Scheiß, den er angerichtet hat und der jetzt hier auf einem großen, stinkenden Haufen liegt.

Ein Achselzucken. Und das ist es, was nach all meinen hoffnungsvollen Versuchen, es zu verdrängen, den Ausschlag gibt.

Ich gehe auf die Treppe zu, die nach oben führt.

«Maeve.» Er steht auf. «Maeve, Stopp. Nicht ...»

«Nicht was?» Ich wirble herum. «Ich soll es ihr nicht erzählen? Sie weiß schon längst, was für ein Scheißtyp du bist, Dad.»

Ich fange an zu weinen. Ich bleibe auf der Hälfte der Treppe stehen und packe das Geländer.

«Sag es ihr nicht. Bitte.»

«Und was dann?» Jetzt schluchze ich. «Ich soll dein Geheimnis bewahren? Und damit ist alles okay? Es ist *nicht* okay! Wir haben alle gewusst, dass es schlimm ist. Aber jetzt ist es noch viel schlimmer!»

«Lass mich das in Ordnung bringen. Ich kann das wieder in Ordnung bringen, Maeve. Das hab ich schon mal gemacht.»

«Fick dich doch.»

«Maeve ...»

«Fick dich!» Ich renne die Treppe hinauf.

Claire schläft auf der Seite in einem Nest aus Kissen. Owen schläft neben ihr, Hibou unter dem Kinn. Ich möchte schreien, und ich möchte flüstern. Ich will es ihr sagen, und dann wieder nicht. Ich will hier sein und gleichzeitig verschwinden. Klar, jeder macht sich Sorgen.

Ich lege eine Hand auf Claires Schulter.

«Claire?»

Sie schlägt die Augen auf. «Maeve? Was ist?»

«Dad ist unten. Du musst kommen.»

Sie sieht mich im Dunkeln an, und ich sage ihr mit einem Blick alles.

«Bevor er wieder abhaut.» Ich ziehe die Kissen weg und helfe ihr aus dem Bett.

Sie stapft vor mir die Treppe hinunter und wickelt den Bademantel um ihren Bauch.

Dad ist schon an der Tür und schiebt gerade seine Füße in die Schuhe.

«Wo willst du hin?», sagt Claire.

«Ich brauche frische Luft.»

«Sag es ihr.» Ich nehme Claires Hand. «Sag es ihr!»

«Ich hab nicht ...»

«Hast du doch!»

«Was?» Claire umklammert meine Hand. «Was ist hier los, Billy?»

Er starrt auf seine Füße. Einen Schuh hat er angezogen, den anderen nicht. Er wird es ihr nicht sagen.

«Du musst es ihr sagen!», schreie ich.

«Die Jungs ...»

«Was?», sage ich. «Machst du dir Sorgen, dass sie aufwachen? Darüber machst du dir Sorgen? Dann werde ich sie jetzt aufwecken, und du kannst es ihnen selbst sagen. Wie wäre das?»

«Maeve glaubt ...» Er schüttelt den Kopf. Streift den einen Schuh wieder ab. «Maeve glaubt, sie hätte gesehen, wie ich eine Line Koks gezogen habe. Aber ich ...»

«Sag die Wahrheit, Billy.» Claire macht sich los und schaltet alle Lichter an, eins nach dem anderen, bis das Zimmer hell erleuchtet ist. Sie geht zu ihm hin und sticht ihren Zeigefinger in seine Brust. «Ich kann die Wahrheit ertragen, aber wag es nicht, deine Tochter anzulügen. Wag es nicht.»

Dad sieht an Claire vorbei zu mir. Seine Lippen sind zu einem Strich zusammengepresst. Sein Blick hüpft von mir zu Claire, von Claire zu mir. Er versucht, still stehen zu bleiben, aber er kann es nicht. Seine Beine tanzen vor und zurück, vor und zurück.

«Verschwinde», knurrt Claire.

«Ich kann es händeln. Es war bloß eine Line. Bloß zur Entspannung.»

«Das sagst du zu deiner Tochter?», faucht Claire. «Im Ernst? Und das Saufen? Willst du ihr sagen, sich komplett besinnungslos zu saufen ist auch in Ordnung? Ja, Billy? Findest du das wirklich? Warum bietest du ihr nicht mal was an? Hey, ist doch kein Unterschied zu dem einen Glas Wein an Thanksgiving, oder? Hier, komm mit.» Sie streckt die Hand aus. «Wir machen das alle zusammen. Wird bestimmt witzig.»

Dad öffnet den Mund und schließt ihn wieder. Er fährt mit der Hand über seine Bartstoppeln. «Es gibt wohl nichts, was ich jetzt dazu sagen kann, oder?»

«Du kannst sagen, dass es dir leidtut. Du kannst sagen, dass du damit aufhörst. Du kannst sagen, dass du dir Hilfe besorgst. Das zum Teufel kannst du sagen.» Claires Stimme hebt sich. «Und wenn dir das nicht von selbst einfällt, dann hau gefälligst ab!» Sie stürmt an ihm vorbei und reißt die Tür auf. «Hau ab! Raus mit dir! Und komm nicht wieder, bis du dazu bereit bist, der Vater und Ehemann zu sein, den wir hier brauchen. Geh und spiel mit den Säufern und Koksern. Los!» Sie kickt seine Schuhe hinaus auf die Stufen und wartet dann mit verschränkten Armen.

«Claire, bitte.» Er klingt geschlagen. «Ich kann das erklären.»

«Geh.» Ihre Stimme ist nur noch ein Flüstern. «Ich schwöre bei Gott, Billy, geh.»

Er tritt nach draußen und hebt seine Schuhe auf. Es sieht so mitleiderregend aus, wie er sich die Schuhe an die Brust drückt, die Socken bis zu den Knöcheln runtergerutscht.

«Bitte ...»

Mr. Heidelman öffnet die Tür. Er tritt in seinem Schlafanzug hinaus und schiebt sich die Brille hoch.

«Alles in Ordnung?»

«Alles gut», sagt Dad. «Alles bestens, Mr. Heidelman. Vielen Dank.»

«Wirklich?» Claire schüttelt den Kopf. «Wirklich, Billy? Viel Spaß in der Gosse.» Und sie knallt die Tür zu.

Ruf mich an, hat Salix gesagt. Dann machen wir all diese albernen Sachen. Aber ich will keine albernen Sachen machen. Ich will ängstlich und verschreckt und panisch und sorgenvoll sein. So wie die Situation es verlangt. Mitten in der Nacht Bus zu fahren oder zehn Dollar in einen einarmigen Banditen an der Tankstelle zu stecken würde nicht funktionieren. Kein Stück.

Ich hole den Besen und schlage damit wieder und wieder auf das Bild von Dad und mir ein, bis es auf den Boden kracht, und dann zerre ich es auf den Balkon und werfe es über das Geländer. Es landet auf den Mülltonnen in der Auffahrt, also genau dort, wo es hingehört.

# DAS SCHLIMME LAUT AUSSPRECHEN

Ich träume davon, wie Carol Epperly vor den Zug springt. Wie der Zug dahinrast, der blaue Himmel und der grüne Wald bei der Geschwindigkeit verschwimmen und wie Carol auf die Gleise tritt und die Räder kreischen.

Steht Carol für Dad? Oder ist Dad der Zug?

Die Eingeweide auf den Gleisen. Die kreischenden Räder, die Funken. Die Passagiere, die entsetzt die Hände vor den Mund pressen. Jemand ist vor den Zug gesprungen. Aber ist sie wirklich gesprungen? Vielleicht ist sie einfach nur auf die Gleise getreten. Als hätte sie da hingehört. Genau in diesem Moment.

Und dann ist es plötzlich Dad, der vor den Zug springt.

Und dann versuche ich, ihn in meinen Koffer zu stopfen, aber er quillt immer wieder zu den Seiten raus, und der Koffer geht nicht zu. Aber ich zerre ihn trotzdem zum Bus. Zum Zug. Ich fahre nach Hause. Ich bin zu Hause. Der Fuchs auf der Veranda. Der morastige Wald. Carol Epperly. Mrs. Patel, zusammengesunken auf dem Fußboden.

Als ich aufwache und nach oben gehe, sehe ich als Erstes Dads Schuhe, die ordentlich neben dem restlichen Haufen von Schuhen stehen. Er ist zu Hause, was keinen Sinn ergibt nach dem, was gestern Nacht passiert ist.

Die Jungs kommen zusammen runter, tief in ein Gespräch vertieft. Der König der Parzivals ist verschwunden.

«Wo ist er hin?»

Er ist in der Kneipe. Hockt an irgendeiner Straßenecke. Ist zu irgendeiner Hure gegangen. In irgendeine dunkle Gasse. Zum Couchtisch mit einem zusammengerollten Fünf-Dollar-Schein in der Hand.

«Kannst du uns helfen, ihn zu finden?», fragt Corbin.

«Haben die Wrens ihn vielleicht gefangen genommen?», frage ich.

«Owen sagt, ich habe ihn in meinen Gips gesteckt, aber da passt er gar nicht rein. Ich hab ihn nicht genommen.»

«Ist er wirklich weg?», frage ich. «Für immer verloren?»

Die Jungs nicken.

«Der König ist verloren?» Ich muss fast lachen.

Das ist perfekt. Der König ist verschwunden. Er quillt aus dem Koffer raus. Tritt vor den Zug. Es ist bloß ein kleiner Holzzwerg, der in meine Hand passt, aber er ist so groß wie Dad.

«Wir finden ihn schon wieder.» Aber sicher bin ich da nicht.

Wir suchen nach König Parzival. Auf der Veranda, schauen über das Geländer – das Bild ist bereits abgeholt, und das ist mir so was von egal –, hinter dem Sofa, unter den Küchenschränken, sogar in der Waschmaschine. Kein König. Nach etwa einer Stunde lässt sich Owen mitten im Wohnzimmer auf den Boden fallen und heult.

«Er ist weg!»

«Er ist bestimmt irgendwo.» Corbin setzt sich neben seinen Bruder. «Wir finden ihn.»

«Er ist tot», sagt Owen seufzend. «Der König ist tot.»

«Ist er nicht», sage ich gereizt. Die Jungs haben keine Ahnung, dass sie über Zwerge reden und gleichzeitig über etwas ganz anderes. «Wir finden ihn. Ich verspreche es euch.»

*Billy Glover verstarb am Dienstag überraschend und barfuß an einer Überdosis Kokain infolge eines Streits mit seiner Ehefrau und Tochter, die bloß versucht hatten, ihn auf den rechten Weg zu bringen ...*

«Lass uns Mom fragen, ob sie mit uns nach Alice Lake fährt.» Corbin tätschelt Owens Arm. «Geht es dir dann wieder besser?»

«König Parzival ist nicht am See.» Owen schnieft. «Er war gestern noch hier.»

«Wir gehen baden», sagt Corbin. «Du darfst mich auch vom Steg schubsen.»

«Ich will aber nicht, bis wir ihn gefunden haben.»

«Wir haben schon überall gesucht», sage ich. «Vielleicht fällt dir am See wieder ein, wo du ihn gelassen hast.»

«Komm!» Corbin springt auf. «Wir fragen Mom.»

Er zieht Owen auf die Beine.

«Au», sagt Owen.

«Ich weiß nicht ...» Ich gucke die Treppe hinauf. «Vielleicht schläft sie noch. Dad ist sehr spät nach Haus gekommen, und er ...»

Er ist immer noch da oben, obwohl er längst zur Arbeit müsste.

Hat er auf dem Boden geschlafen? Hat Claire ihn in ihr Bett gelassen?

Die Jungs sind bereits auf der Hälfte der Treppe, und dann verschwinden sie im Schlafzimmer ihrer Eltern, und ich höre ihre Glücksschreie.

«Daddy!» Das Gelächter der Jungs durchschneidet die Stille. «Du bist da, du bist da!»

Leises Gemurmel von Dad.

Nicht so leises Gemurmel von Claire.

Mehr Lachen.

Ich greife nach meinem Telefon und schreibe Salix.

*Ich hoffe sehr, dass du heute absolut nichts vorhast.*

Jetzt bin ich bereit für Ablenkung.

Mehr Gelächter, dann poltern die Jungs brüllend die Treppe runter:

«Strand! Wir fahren zum Strand!»

Sie rennen durchs Wohnzimmer und die andere Treppe hinunter, um ihre Badesachen zu holen. In nicht mal einer Minute sind sie wieder oben und durchwühlen den Flurschrank nach Strandspielsachen.

«Vielleicht ist König Parzival doch im See», meint Corbin.

«Er ist nicht im See», sage ich. Aber dann merke ich, dass er nur spielt. «Oder vielleicht doch.»

«Vielleicht doch», sagt Owen. «Die Wrens haben heute Nacht vielleicht Angreifer geschickt. Er ist vielleicht in großer Gefahr. Vielleicht ist es sogar schon zu spät.»

Claire kommt als Erste runter, den Morgenmantel locker um ihren Bauch gebunden. Sie watschelt barfuß in die Küche und setzt den Kessel auf den Herd.

«Jungs? Ihr beide spielt noch ein bisschen auf der Veranda, okay? Ich sage euch Bescheid, wenn wir losfahren.» Die Jungs marschieren in Schwimmflossen und Schnorchelmasken hinaus. Claire legt mir die Hand auf die Schulter. «Billy kommt gleich runter zu uns, dann können wir reden.»

Ich will nicht reden. Ich will zuhören. Ich will wissen, was der Plan ist und wie alles wieder besser werden soll. Ich will, dass Claire und Dad mir eine Liste all der Gründe nennen, warum alles wieder gut wird.

Claire macht Kaffee und bietet mir welchen an. Ich schüttle den Kopf. Ich habe schon einen bitteren Geschmack im Mund. Kaffee würde es nur noch schlimmer machen. Sie gießt sich und Dad einen Becher ein, trägt beide ins Wohnzimmer und stellt sie auf den Tisch, an dem Dad sich gestern Nacht das Koks reingezogen hat. Ich starre darauf, bis alles vor meinen Augen verschwimmt.

Die Dusche wird oben abgestellt, und ein paar Augenblicke später kommt Dad in Shorts und einem alten Railway-Kings-T-Shirt runter. Er setzt sich neben Claire aufs Sofa und legt einen Arm um sie.

«Setz dich, Maeve.» Claire klopft neben sich aufs Sofa. Stattdessen setze ich mich in den großen orangefarbenen Sessel ihnen gegenüber.

«Fang an, Billy.»

«Erst mal tut es mir sehr leid, Maeve.» Seine Stimme

bricht. «Es war Kokain, und es war beschissen von mir, so zu tun, als wäre es das nicht.»

Es war beschissen von ihm? Genauso beschissen, wie mich zu spät vom Bus abzuholen? So wie nicht da zu sein, als Mrs. Patel starb? Über welche Art von Beschissen reden wir hier?

«Danke.»

«Ich bin ein totales Arschloch gewesen, seit du hier bist, und es tut mir leid.»

«Okay.»

«Es war auch vorher schon schlimm.» Claire beugt sich über ihren großen Bauch und streckt die Hand aus. Ich lasse zu, dass sie meine Hand nimmt. «Wir hätten es dir sagen sollen. Aber ich habe gehofft, es würde besser werden. Dein Dad hat gesagt, es würde besser. Und wir wollten dich bei uns haben. Wir wollten nicht, dass du allein in Port Townsend bleibst.»

Dad stützt die Ellenbogen auf die Knie und reibt sich mit den Händen die Stirn.

«Billy», sagt Claire.

«Ich weiß nicht, was passiert ist.» Er legt das Gesicht in die Hände und stöhnt. «Aber ich werde es wiedergutmachen.»

«Sieh sie an», sagt Claire. «Sieh deine Tochter an, wenn du mit ihr sprichst.»

Er hebt den Blick.

«Ich hab es verkackt, Maeve. Ich hab es richtig verkackt.»

Er starrt mich an, bis ich den Blick abwende. Wir schweigen, und es fühlt sich an wie ein zehnminütiges

Schweigen, auch wenn es vermutlich nur ein paar Sekunden dauert.

«Also, was jetzt?», sage ich schließlich.

«Es ist vorbei.» Mein Dad reibt sich das Gesicht, und ich höre seine Stoppeln kratzen.

Meine Haut wird zu Eis. «Du meinst, ihr trennt euch?»

«Nein!» Dad sieht auf.

«Nicht jetzt.» Claire und Dad sehen sich an. «Weißt du noch das letzte Mal?», sagt Claire. «Das haben wir hingekriegt, stimmt's?»

Die Monate, als ich nichts von ihm gehört habe. Oder von Claire. Die Monate, wo Vancouver noch nicht mal existiert hat, ebenso wenig wie Dad und Claire, als hätten sie alles um sich herum verschwinden lassen, indem sie auseinanderdrifteten, auch mich. Als ob die Erinnerung daran beruhigend wäre.

«Zusammen sind wir besser.»

«Man mag es kaum glauben», sagt Dad mit einem Lachen.

«Ich weiß nicht, ob ich es glaube», sage ich, und meine Stimme klingt unsicher. «Kokain? Nimmst du auch Heroin?»

«Natürlich nicht.»

«So weit ist das nicht hergeholt, oder? Vor ein paar Jahren hast du es genommen.»

«Das ist Jahrzehnte her.»

«Und dass dein Schlagzeuger daran gestorben ist, hat nicht gereicht, damit du die Finger von diesem Scheiß lässt?»

«Es ist kein Heroin.»

«Fein. Es ist kein Heroin. Warum tust du das, Dad?» Ich bin so wütend, dass ich die Fäuste balle. Ich möchte ihn schlagen. Ihm gegen die Brust trommeln und ihm ins Gesicht schlagen und ihn treten, bis er voller blauer Flecke ist und es versteht. Bis er begreift, was er da wegwirft. «Warum verkackst du es immer wieder?»

«Ich wünschte, das wüsste ich.» Er kniet jetzt vor mir und zieht mich an sich. Ich lasse zu, dass er mich umarmt. Er riecht nach Zahnpasta, Zitronenshampoo und Lavendelseife. Sauber und frisch und geschrubbt und parfümiert. Als wäre es einfacher für mich, ihm zu glauben, wenn er sauber ist.

Er ist kein König. Er hat keine Krone. Kein Schloss. Keine Ritter. Er hat keinen Königsmantel, keine Kutsche, keine Königin, keine Prinzen oder Prinzessinnen. Er ist nie ein König gewesen, und ich war die Dumme, weil ich mal geglaubt habe, dass er einer sei.

«Maeve», sagt er leise. «Wo ist das Bild?»

«Welches Bild?» Ich hebe den Blick und starre ihn an. «Das Bild, das in Wirklichkeit nie existiert hat?»

«Maeve.» Claire streckt wieder die Hand aus, aber ich drehe mich weg. «Wo ist es?»

Ich sage nichts.

«Wo ist es?» Claires Stimme klingt streng. «Wo ist es? Es gehört dir nicht. Es gehört uns. Du hattest kein Recht, es abzunehmen.»

«Es ist okay, Claire.» Dad sieht traurig aus, und das freut mich. Einen Moment lang, und dann bin ich auch traurig und fange an zu weinen.

NA oder AA, erst mal täglich, dann zweimal die Woche.

An seinen freien Tagen Abendessen zu Hause.

Tägliche Meldung bei seinem Auftraggeber.

Kein Ausgehen mit seinen Freunden, mindestens bis das Baby da ist.

Claire wird das Geld verwalten und ihm Taschengeld geben.

Er wird ans Telefon gehen und seine Nachrichten beantworten.

Keinerlei beschissenes Verhalten.

An diesem Tag geht er nicht zur Arbeit, was so selten vorkommt, dass die Jungs gar nicht wissen, was sie damit anfangen sollen. Sie sitzen verwirrt auf seinen Knien, während er und Claire sich durch eine altersangemessene Erklärung stolpern. Gott sei Dank folgen sie diesmal nicht ihrem sonstigen Wir-sagen-unseren-Kindern-alles-Erziehungscredo. Die Jungs haben erst nicht viel zu sagen. Sie sehen sich an und grinsen.

«Heißt das ...», sagt Owen.

«Dass du uns zum See fährst?»

Wir sind alle so müde, Claire, Dad und ich. An den See zu fahren ist das Letzte, was ich tun will. Vor allem mit ihm.

«Klar», sagt Dad. «Wenn eure Mom einverstanden ist.»

«Okay», seufzt Claire. «Die frische Luft wird uns allen guttun.»

«Ich komme nicht mit», sage ich.

«Maeve, bitte.» Dad streckt die Hand nach mir aus, aber ich wende mich ab und gehe runter in mein Zimmer.

Als sie abfahrbereit sind, bittet Dad mich, ihm beim Beladen des Autos zu helfen, und ich weiß, dass er mich bloß für sich allein haben will, um mich zu überreden mitzufahren.

«Kommst du bitte mit?», fragt er und reicht mir einen Liegestuhl.

«Nein, danke.»

«Wie Claire gesagt hat, die frische Luft tut uns allen gut.»

«Ich steige nicht in diesen Wagen und spiele glückliche Familie.»

«Wir sind eine glückliche Familie.»

Ich werfe noch einen Liegestuhl hinten in den Wagen und sage nichts.

«Ich hab dich kaum gesehen, seit du hier bist.»

Ich starre ihn an.

«Okay, okay.» Er hievt den Bollerwagen rein. «Komm bitte mit.»

«Nein.»

«Du bist wegen alldem sauer, das verstehe ich. Aber das ist nicht dein Chaos.»

«Es *ist* mein Chaos. Du ruinierst *meine* Familie. Claire und die Jungs und das Baby sind auch *meine* Familie. Wenn du die Sachen nicht in Ordnung bringen kannst, wirst du alles kaputtmachen.»

«Ich hoffe nicht.»

«Das ist alles?» Ein Lieferwagen rumpelt die Straße entlang. «Du *hoffst* es nicht?»

«Ja.» Er legt die Hand auf die Hecktür. Er starrt auf den Bollerwagen und die Handtücher und die Tasche mit

Plastikeimern und Schaufeln. Es ist alles so farbenfroh und schmutzig. Die Handtücher sind sauber, aber voller Flecken. Die Kühltasche ist voll mit frisch zubereitetem Essen, aber sie ist zerkratzt, und der Deckel wird mit Klebeband festgehalten. Der Plastik-Bollerwagen ist sonnengebleicht und hat überall Risse. Alles ist okay, und nichts ist okay. «Ja, ich hoffe nicht. Und das ist alles, was ich im Moment anbieten kann, Maeve. Nimm es an oder lass es bleiben.» Er knallt die Hecktür zu. «Es tut mir leid, es tut mir leid, es tut mir leid. Nimm es an oder lass es bleiben.»

# EIN MÄDCHEN IN MEINEM BETT

Nachdem sie abgefahren sind und ich immer noch auf der Straße stehe, brummt mein Handy.

*Absolut gar nichts.*

Einen Augenblick lang kapiere ich es nicht. Aber dann, während die Krähen über meinem Kopf schreien und jemand die Straße raufbrüllt, fällt es mir wieder ein.

*Willst du kommen?*

Wir sitzen auf meinem Bett, und ich erzähle es ihr.

«Ich hab meinen Dad gestern Nacht dabei überrascht, wie er sich eine Line Koks gezogen hat. Direkt vor meiner Nase.»

«Vor deiner Nase?»

«Er wusste nicht, dass ich ihn beobachte.»

«Das ist ja schrecklich, Maeve.» Sie legt einen Arm um mich. «Hast du ihm gesagt, dass du es gesehen hast? Hast du es Claire gesagt?»

Ich erzähle ihr den Rest, und als ich fertig bin, fühle ich mich wie betäubt, aber nur einen Augenblick. Und dann fängt mein Herz an, wie wild zu schlagen, und ich heule los.

«Schon gut.» Salix zieht mich an sich, und ich durchweiche ihr T-Shirt.

«Er ist so ein Lügner! Und so ein Versager als Vater! Wir brauchen ihn, und er macht nur Scheiß, und alles, was er rausbringt, ist, dass er es *versucht.*»

«Was kann ich tun?» Salix macht sich los. «Soll ich dir einen Tee kochen? Willst du spazieren gehen?»

«Ich will einfach nur aufhören, mir Sorgen zu machen! Ich kann doch sowieso nichts ändern, also wozu?»

«Du hast mir erzählt, dass du nichts dagegen machen kannst, oder?» Sie wischt mir die Tränen mit ihrem T-Shirt ab.

Ich nicke.

«Dann mach dir Sorgen. Mach dir einfach Sorgen. So doll du nur kannst und immer weiter.»

«Das klingt furchtbar.»

«Aber wenn du nicht aufhören kannst, dir Sorgen zu machen, dann musst du eben rausfinden, wie du trotz der Sorgen leben kannst, oder? Wir brauchen eine richtig, richtig große Kiste.»

«Wofür?»

«Keine Kiste. Einen Rucksack.»

«Was?»

«Um deine Sorgen reinzutun, damit du sie mitnehmen kannst, und wenn du rausfindest, wie du dir weniger Sorgen machen kannst, dann kannst du eine nach der anderen rauswerfen. Und dann wird dein Rucksack immer leichter und leichter, bis du so wenig Gewicht hast, dass du vom Boden abhebst.»

Dann küsse ich sie, denn ich habe keine Worte dafür, wie gern ich sie in diesem Moment habe. Sie liebe, vielleicht.

«Was können wir jetzt tun, das dir hilft?»

«Ich zeichne dich.» Ich nehme meine Zeichensachen und setze mich an das eine Ende des Bettes.

Sie setzt sich im Schneidersitz an das andere. «Darf ich es dann sehen?»

Ich blicke auf.

«Wenn du fertig bist? Bloß dieses Blatt?»

Ich radiere eine Linie aus, die nicht dahingehört. «Ich weiß nicht.»

«Okay.»

«Was, wenn er es nicht hinkriegt?» Noch eine Welle der Angst packt mich. «Wenn er die Familie nicht zusammenhalten kann und alles auseinanderbricht? Wenn das Baby ihn niemals kennenlernt?»

«Lass uns nicht mehr darüber reden.» Salix streckt die Hand nach mir aus. Mein Skizzenbuch und die Stifte fallen zu Boden. Sie beugt sich vor, bis ich ihren Atem auf meiner Wange spüre. «Lass uns aufhören, über schlimme Sachen zu reden, und etwas tun, was sich gut anfühlt. Ich bin für die Ablenkung zuständig, weißt du noch?»

Salix' Lippen auf meinen, ihre Zunge, die sich zwischen sie drängt. Sie drückt mich auf den Rücken und schiebt ihre Hände unter mein Shirt, zieht es hoch.

Mein Herz rast. Meine Hände zittern, als ich nach ihr taste.

«Guckst du Pornos?» Die Worte sind mir einfach so rausgerutscht, und jetzt muss ich weiterreden, auch wenn ich wünschte, ich hätte nichts gesagt. Dumm. Dumm. Dumm.

«Klar», murmelt sie an meinen Hals.

«Lesben-Pornos?»

«Maeve?» Sie rückt von mir ab.

«Ich schon», sage ich. «So ein bisschen. Im Internet.»

«Okay.» Salix dehnt das Wort und zieht es am Ende hoch. «Und?»

«Der Hetero-Kram ist voll mit Schwänzen und Eiern und Muschis und Titten und Hintern und Mündern und Vögeln. Und der Lesben-Kram ist so *gestellt.* Gar nicht real. Das machen Mädchen nicht, weißt du? Diese Mädchen in den Pornos sind wie Automaten.» Ich versuche meine beste Roboter-Stimme: «Ich-lecke-dich-du-küsst-mich-kneif-mir-in-die-Nippel-streck-den-Hintern-raus-bück-dich-stöhn-stöhn-seufz.»

«Ist schon okay», sagt Salix.

«Pornos?»

«Ich meine, es ist okay, wenn du nicht weißt, was du machen sollst.» Sie nimmt meine Hand. «Ich weiß es auch nicht.»

«Nein?»

«Nicht wirklich.» Sie küsst meine Hand. Mein Handgelenk. Die weiche Falte meines Arms.

Ein Mann und eine Frau. Wir wissen es alle. Ein Mann und ein Mann – leicht zu erraten. Ich weiß sogar, dass Dan gern unten liegt und was das bedeutet. Aber zwei Mädchen? Zwei echte Mädchen? Keine Porno-Roboter? Das hat mir nie jemand erklärt. Darüber spricht man in der Schule nicht. Es gibt keinen Sexualkundeunterricht über zwei Mädchen im Bett.

Salix zieht auch ihr T-Shirt aus, und dann ziehen wir uns ganz aus, und dann sind wir nackt, und ich denke an nichts anderes mehr als an Salix' Gewicht auf mir und wie das Blut an all die richtigen Stellen rauscht und an Salix' Zunge auf meiner Brustwarze und ihre Hand zwischen meinen Beinen und die elektrische Strömung zwischen uns. Dies. Wir. Zusammen. Das ist das Einzige. Das absolut Einzige.

# VERMEIDUNG

Ich will niemanden sehen.

Weder Claire noch die Jungs und schon gar nicht Dad.

Ich will nicht wissen, ob er sich gut benimmt oder ob er wieder abrutscht.

Ich will weder seinen Erfolg sehen noch sein Versagen.

Ich will nichts von Mom hören, was ich wegen unserem Haus tun soll.

Ich will nichts von ihr über Raymond hören. *Es läuft so gut mit uns*, hat sie geschrieben. *Er ist toll zu mir, Maeve. Ich kann mir das mit ihm sehr gut vorstellen.*

Ich will das Paket mit der Geburtswanne nicht unterschreiben. Ich will auch nicht da sein, wenn die Hebamme den Herzschlag misst und mit den Jungs lacht, die sich darüber streiten, wer die Nabelschnur durchschneiden darf.

Ich will mit Salix zusammen sein. Die ganze Zeit.

Sie ist kein Chaos. Sie ist nicht kaputt. Sie ist etwas Gutes. Und sie hat nichts mit dem ganzen Durcheinander zu Hause zu tun.

«Glaubst du, Raymond wird bei euch einziehen?», fragt sie.

«Sieh hoch.» Ich nehme ihre Hand und ziehe sie in den Park. «Sieh hoch.»

Ein Meer aus Krähen schießt aus Norden über den Himmel.

Hunderte von ihnen, die nach Hause fliegen.

Gib deinem Vater eine Chance, hat Claire gesagt, als sie mich gestern auf dem Weg nach draußen gesehen hat. Er macht sich bisher wirklich gut.

Vielleicht tut er das. Vielleicht auch nicht. Vielleicht hält es an. Vielleicht auch nicht. Ich will nicht in dieser schlammigen Ungewissheit hocken. Ich will auf Beton stehen. Ich will auf Beton stehen und mit Salix Händchen halten und die Krähen am Himmel betrachten, die nach Hause fliegen.

# WAS MIT RUTHIE PASSIERT IST

Salix findet den Brief von Ruthie. Die Post liegt hinter der Tür, als wir eines Tages zum Mittagessen vom Park nach Hause kommen. Dad ist bei der Arbeit. Claire ist mit den Jungs in ein Vogelschutzgebiet gefahren, das über eine Stunde entfernt ist. Wir haben das Haus mindestens den halben Tag lang für uns.

«Wasserwerke, Bank und irgendwas für dich», sagt sie, als sie die Treppe raufkommt.

Bestimmt eine Postkarte von Mom, denke ich. Aber es ist ein Brief, und der Absender lautet ASRA, Universität von Alaska, Fairbanks. ASRA steht für Alaska Summer Research Academy. Ich erkenne Ruthies Schrift sofort. Mein Magen verkrampft sich.

«Von wem ist das?»

«Von einem Mädchen.»

«Von einem Mädchen.» Salix umarmt mich von hinten und sieht über meine Schulter. «Warum zittern deine Hände?»

«Ich hab dir doch von Jessica erzählt.»

«Ist das von ihr? Ich dachte, sie wohnt in Kalifornien.»

«Das stimmt. Das hier ist auch nicht von ihr.»

Im Umschlag liegt ein einzelnes Blatt Papier, über dessen unteren Rand eine Reihe kleiner Telefonhäuschen marschieren.

*Liebe Maeve,*
*ich wollte dir zurückmailen, aber wir haben kein Internet hier draußen, und als wir zum Hauptcampus gefahren sind, der vier Stunden entfernt ist, war es gerade zusammengebrochen. Also schreibe ich dir jetzt einen Brief. Wie schräg ist das denn? Aber vielleicht ja auch nicht. Wenn man ein Streber ist.*
*Es tut mir so leid wegen Mrs. Patel. Ich weiß, sie war eine sehr gute Freundin von euch. Und es tut mir so leid, dass du sie gefunden hast. Ich kann mir das gar nicht vorstellen.*
*Geht es deinem Dad jetzt besser? Und Claire? Und den Jungs? Dem Baby? Es ist noch nicht so weit, das weiß ich. Aber dieser ganze Bevor-das-Baby-kommt-Kram, ist der okay?*
*Ich hasse Briefe schreiben. Besonders diesen hier.*
*Ich wusste nie, was ich nach diesem Tag zu dir sagen sollte, aber jetzt weiß ich es.*
*Es tut mir leid, was ich getan habe.*
*Wirklich sehr.*
*Deine Freundin Ruthie*

*P.S. Ich habe eine feste Freundin. Sie kann alle Folgen von Doctor Who der Reihenfolge nach aufsagen und wer mitgespielt hat und die Daten. Sie hat gesagt, dass ich mich längst hätte entschuldigen sollen. Sie hat recht. Ich war gewalttätig. Ich hätte dich niemals so anfassen dürfen. Und es tut mir leid, dass ich mich wegen dir und Jessica so aufgeführt habe.*

*Ich hätte dich nicht küssen dürfen. Und ich hätte aufhören müssen, als du nein gesagt hast.*
*Es tut mir so leid.*

*P.P.S. Frage: Was sagt ein Gen, wenn es ein anderes Gen trifft?*
*Antwort: Halogen!*

«Der ist von Ruthie.» Ich reiche Salix den Brief. «Meiner besten Freundin. Jedenfalls war sie das mal.»

Nachdem sie ihn gelesen hat, sieht sie mich verwirrt und besorgt an.

Also erzähle ich es ihr.

Die Sache mit Jessica endete, als sie nach nicht mal einem Monat wieder zurück nach Kalifornien ging. Ich liebe dich, sagte sie. Ich liebe dich, sagte ich. Besuch mich bald! Das mache ich! Zwei Wochen später schrieb sie mir eine E-Mail, um mir zu sagen, dass es vorbei sei und sie eine neue Freundin hätte und dass sie hoffe, dass ich den richtigen Menschen für mich finden würde. Was wir hatten, Maeve, war gegenseitige Verknalltheit, weißt du? Aber ich wusste es nicht, und ohne nachzudenken, leitete ich die E-Mail an Ruthie weiter. Meine Gefühle waren verletzt, und ich wollte das mit jemandem teilen. Aber es war auch irgendwie komisch.

Ihre Antwort kam so schnell, dass ich es kaum fassen konnte. Eine Einladung zum Basteln von Hexaflexagons war genau die Art, wie Ruthie mit solchen Sachen umging. Also fuhr ich zu ihr, weil ich sie vermisste. Ich wollte, dass zwischen uns wieder alles normal war. Als ich an ihre Tür kam, wusste ich, was ich sagen wollte. Jetzt gibt es ein *BJ – Before Jessica.* Nein, kein *blow job*, Ruthie, das ist nicht witzig. Und ein *AJ – After Jessica.* Sie war bloß ein kleiner Punkt auf unserer Zeitleiste, das ist alles.

Ruthies Mutter machte mir die Tür auf und schickte mich runter in den Keller. Ich versuchte, nicht an all das Papiermaché und die Scherben auf dem Boden zu denken, aber es war schwer. Und da stand Ruthie am Fuß der Treppe und lächelte. Sie reichte mir eine Schere.

«Ich habe eine Schablone.»

«Eine Schablone?»

«Für die Hexaflexagons», sagte Ruthie. «Ich muss für jeden in meiner Klasse eins machen. Abschlussprojekt.» Ich folgte ihr in ihr Zimmer. *Doctor Who* lief auf ihrem Computer.

«Die elfte Folge, oder?»

«Zehnte.» Sie drehte sie leiser und setzte sich neben einer Schüssel Barbecue-Chips und ein paar Dosen Rootbeer an den Schreibtisch – zwei von den Dingen, die ich am liebsten mochte. Sie öffnete die Schublade und zog eine Tüte mit Lakritz heraus. Was ich ebenfalls liebte.

Sie riss die Tüte auf. «Willst du einen?»

«Nein danke.» Ich setzte mich auf den Bettrand. Was sollte das? Wollten wir nicht über Jessica reden? Oder würden wir einfach so tun, als wäre sie nie dagewesen?

«Ich habe die Dreiecke nummeriert», sagte Ruthie, den Mund voll mit Lakritz. «Und dann können wir auf jedes ein Muster machen, das nachher beim Falten zusammenkommt.»

«Ruthie?»

«Oder wir lassen sie weiß.» Sie schob sich noch ein Stück Lakritz in den Mund. «Und die können sie nachher anmalen. Ich bringe sowieso noch Stifte mit.»

«Wollen wir nicht darüber reden?»

Ruthies Gesicht war ausdruckslos. Sie kaute und kaute. Sie hielt mir die Tüte mit Lakritz hin. «Willst du?»

Also würden wir nicht darüber reden.

Ich nahm ein Stück und nagte daran. «Danke.»

Wir schnitten Papierstreifen ab – ohne überhaupt ein Wort zu sagen –, und Ruthie zeigte mir, wie man sie faltete und festklebte und wie man die Hexaflexagons bewegte, sodass sie erst eine Oberfläche zeigten, dann eine andere und dann eine dritte. Ruthies Finger waren ungewöhnlich geschickt.

Als wir genügend fertig hatten, schob sie sie in einen Umschlag und stand auf.

«Vielleicht solltest du jetzt gehen.»

«Ich hab noch Zeit», sagte ich. «Wir können ja noch einen Film gucken oder so.»

Ruthie klopfte sich auf die Oberschenkel, was sie nur tat, wenn sie besonders nervös war. «Ich kann nicht.»

«Okay.» Verwirrt nahm ich meine Tasche. Ruthie trommelte immer noch gegen ihre Oberschenkel, und dann kam sie plötzlich auf mich zu.

«Ruthie ...»

Sie drängte mich mit solcher Gewalt gegen die Wand, dass einer ihrer Pokale vom Regal fiel und auf dem Bett landete. «Ruthie, hör auf!» Ich hob die Hände, doch Ruthie drückte sich gegen mich, und dann spürte ich ihre Brüste durch ihr T-Shirt, und sie waren riesig und schwammig, und Ruthies Gesicht war an meinem, und ihr Mund war offen und nass, und sie roch nach Barbecue-Chips und Lakritz, und sie küsste mich mit solcher Heftigkeit, dass ich kaum Luft bekam.

Und ich konnte nicht sprechen, denn Ruthies Mund presste sich auf meinen, und sie rutschte mit ihrem Gesicht vor und zurück, als wäre das Küssen, aber das war es nicht. Überhaupt nicht. Ich versuchte sie wegzuschubsen, aber Ruthie legte ihre Hände gegen meine Schultern und schlabberte mich weiter ab, bis ich endlich unter ihrem Arm durchtauchen konnte und frei war.

«Was soll der Scheiß?» Ich schlug ihr meine Tasche gegen die Brust.

Ruthie sank auf den Boden. «Du hast sie vorgezogen.»

«Ich hab niemanden vorgezogen!»

«Du hättest mich nehmen müssen.»

«Ich habe niemanden *genommen*!» Ich konnte kaum reden. Ich bekam kaum Luft und stand unter Schock und wusste nicht, was ich sagen sollte. Ich wich zurück. «Ich habe dich nie auf diese Weise gemocht. *Nie*.»

«Natürlich nicht.» Ruthie legte den Kopf in die Hände und fing an zu schluchzen.

Ein Teil von mir wollte sich neben sie knien und die Arme um sie legen und ihr sagen, dass alles gut war. Aber dann spürte ich, wie mir die Galle hochstieg, und ich rannte stattdessen die Treppe rauf und blieb kurz stehen, weil Ruthies Mom am Küchentresen stand und Gemüse klein schnitt, als wäre alles völlig normal.

«Seid ihr fertig geworden, Schatz?»

Ich konnte nur nicken, und dann lief ich aus der Haustür und die Stufen runter und auf den Fußweg. Da stand ich einen Augenblick wie benommen. Und dann rannte ich und rannte ich durch die ganze Stadt bis zu Moms Büro, wo ich mich neben ihrem Auto auf den Bürgersteig hockte und wartete, mit keuchendem Atem und rasendem Puls. Als ich Mom über den Parkplatz kommen sah, fing ich an zu weinen. «Was ist los, meine Süße? Was ist bei Ruthie passiert? Bist du okay? Bist du verletzt?»

Mir ging's gut, mit ging's gut, okay? Alles war bestens.

Ich erzählte meiner Mom nichts davon.

Und auch nicht Dan.

Und auch nicht Dad oder Claire.

Ich habe es nie jemandem erzählt. Bis auf Salix jetzt.

«Das war sexuelle Nötigung.» Salix presst die Kiefer zusammen. «Diese Entschuldigung ist aber verdammt überfällig. Bloß weil sie ein Mädchen ist, heißt das nicht, dass sie damit davonkommen kann.»

«Ich wusste danach gar nicht, was ich denken sollte. Ich dachte, vielleicht war es ja meine Schuld gewesen. Ich habe mich gefragt, was, wenn sie ein Junge gewesen wäre? Dann hätte ich es bestimmt erzählt. Aber ich war so verwirrt. Bin ich immer noch. Eigentlich tut sie mir leid.»

«Würde dir dein Angreifer leidtun, wenn er ein Junge wäre?»

«Angreifer ist vielleicht ein bisschen zu heftig.»

«Was sie getan hat, war zu heftig. Nur weil sie ein Mädchen ist, macht es das nicht weniger schlimm.»

«Aber sie war nicht bloß ein Mädchen», sage ich. «Es war Ruthie. Meine seltsame und sozial unfähige und völlig harmlose beste Freundin. Sie war durcheinander. Sie hat es versucht. Sie dachte, jetzt wo Jessica weg ist ...»

«Das ist keine Entschuldigung.» Salix sieht finster aus. «Willst du ihr zurückschreiben?»

«Natürlich.» Ich habe noch nicht mal gezögert. Natürlich schreibe ich ihr zurück. Ruthie ist zwar der riesige Oger, der mich gegen die Wand gedrückt hat, aber sie ist auch meine älteste Freundin, und ich bin nicht gewillt, sie aufzugeben.

«Ich hoffe, sie verhält sich ihrer neuen Freundin gegenüber besser.»

«Es ist doch gut, dass sie es ihr erzählt hat, oder?»

Salix nickt. «Der Teil ist sehr gut.»

«Wenn ich auch nur eine Sekunde glauben würde, dass Ruthie gefährlich ist, würde ich ihr nicht zurückschreiben. Ich vertraue ihr.» Ich ziehe Salix zum Sofa und setze mich auf ihren Schoß, lege meine Arme um ihren Hals und küsse sie. «Ich habe eine gute Menschenkenntnis. Ich wusste sofort, dass du etwas Gutes bist. Etwas sehr Gutes.»

# FREUNDINNEN UND ELTERN

Ich brauche ein paar Tage, um Ruthie zurückzuschreiben – acht lange Seiten über alles, was nach diesem Nachmittag passiert war. Dann gehe ich zur Post und schicke den Brief ab, und als ich wieder rauskomme, steht da Dad.

«Ich bin dir gefolgt.»

«Säufer, Drogie und jetzt auch noch Stalker?»

«Autsch.» Er legt mir den Arm um die Schulter. «Begleite mich.»

«Wohin?»

«Zu einem Treffen.»

«Ich nehme an, das ist ein gutes Zeichen.»

«Ich hab keine große Lust dazu.» Er lässt den Arm sinken. «Diese Treffen sind so langweilig. Langweilige Geschichten. Langweilige Leute. Alle sind so *verkrampft*. Und so *langweilig*. Versprich mir, dass du niemals langweilig wirst, Maeve.»

«Ich bin lieber langweilig als ein Alki.»

«Da hast du recht.»

Wir gehen Richtung Süden und mischen uns unter die Feierabendmenge auf dem Fußweg. Die Straßenrestaurants sind voller Menschen und Sangria-Karaffen und Schüsseln mit Süßkartoffel-Fritten. Die Geschäfte haben im Sommer länger geöffnet, darum stehen die Türen offen, und die Leute gehen rein und raus, und die Musik dringt auf die Straße.

«Ich hab Wort gehalten», sagte Dad. «Ich bin jeden Tag zu einem dieser Treffen gegangen.»

«Gut für dich.»

Wir gehen eine Weile schweigend, dann nimmt er meine Hand.

«Wo ist das Bild, Maeve?»

Ich wünschte, das wüsste ich. Ich wünschte, ich könnte es zurückbringen. Ich wünschte, ich hätte es an der Wand hängen lassen.

«Ich hab's auf die Straße geworfen.» Meine Stimme bricht. «Jemand hat es mitgenommen. Es tut mir leid.»

«Okay.» Er nickt und nickt. «Danke, dass du es mir erzählt hast.»

«Es war so gemein, was du darüber gesagt hast.»

«Ja, das war es. Es tut mir auch leid.»

Ich bin mit Salix vor dem Getränkeladen verabredet, wo sie Geige spielt. Das ist am Ende des nächsten Blocks. Erstens bin ich mir nicht sicher, dass ich Dad direkt vor einen Laden führen will, der voller Alkohol ist. Zweitens weiß ich nicht, ob ich möchte, dass die beiden sich kennenlernen. Salix funkelt vor Reinheit und all den guten Dingen. Dad ist völlig von der Rolle und dunkel und noch so einige andere schlimme Dinge.

Wir sind fast da, können aber immer noch die Straßenseite wechseln. Die Kreuzung ist nur noch ein paar Schritte entfernt.

Nein, ich will ihn nicht in der Nähe des Getränkeladens haben. Nein. Ich will nicht, dass er Salix kennenlernt. Überhaupt nicht. Vielleicht nie. In diesem Teil meines Lebens ist er nicht willkommen.

«Lass uns hier rübergehen, Dad.»

«Brauchen wir nicht. Ich kann dem Getränkeladen widerstehen, Maeve. Ich bin sowieso mehr der Bar-Typ.» Dann bleibt er stehen. «Hörst du das?»

Salix. Sie spielt wieder «Clocks». Den Song, den sie gespielt hat, als ich sie zum ersten Mal am Busbahnhof gesehen habe.

«Die Ampel ist grün. Komm.»

«Sie spielt toll.»

«Ja, tut sie.» Ich ziehe an seinem Arm. «Wir müssen rüber.»

«Ich hab sie schon mal irgendwo spielen sehen.» Ich sehe, wie er nachdenkt und die Puzzleteile zusammensetzt. Er grinst. «Das ist sie, stimmt's?»

«Wer?»

«Das ist das Mädchen. DAS Mädchen.» Er geht bereits weiter. «Komm, stell mich ihr vor.»

«Aber ich ...» Ich will nicht, dass das passiert. Ich will nicht, dass er es ruiniert. Ich will nicht, dass die beiden so aufeinandertreffen. Wenn sie sich treffen, kann ich es nie wieder rückgängig machen. Nie.

«Dad!»

Er dreht sich mit einem breiten Grinsen um. Seine Augen strahlen. «Was?»

Also muss es wohl so kommen.

«Okay. Warte auf mich.»

Salix spielt mit dem Rücken zu uns.

«Warte.» Dad hält mich auf. «Ich will noch eine Minute zuhören.»

Er schließt die Augen und lauscht, bis sie den Song fertig gespielt hat und die Geige sinken lässt, um einen Schluck Wasser zu trinken. Dann bemerkt sie mich.

«Hey», sagt sie.

«Hey.» Wir lächeln einander lange an, bis mir wieder einfällt, dass ich sie vorstellen soll. «Salix, das hier ist mein Dad, Billy Glover.»

«Freu mich sehr, Sie kennenzulernen.»

«Nenn mich Billy.» Er wirft eine Handvoll Münzen in ihren Kasten. «Du bist sehr talentiert, Süße.»

«Sie auch. Ich bin ein riesiger Fan der Railway Kings.»

«Das ist schon eine Million Jahre her, aber danke.»

«Kann ich mit euch mitgehen?» Salix packt ihre Geige ein. «Wo wollt ihr hin?»

Ich sehe Dad an.

«Zu einem Treffen», sagt er. «Bestimmt kennst du alle schmutzigen Einzelheiten.»

Ich streite es nicht ab. Ich sage gar nichts. Salix nimmt meine Hand.

«Los.» Dad seufzt. «Ich will nicht zu spät kommen.»

Auf dem Bürgersteig vor dem Gebäude, in dem das Treffen stattfindet, stehen Raucher zu zweit oder dritt zusammen und nutzen die Zeit bis zur letzten Minute. Dad zündet sich eine Zigarette an und atmet tief ein. Er steht mit uns ein bisschen abseits und betrachtet die Menge, die gleich reingehen wird. Es ist eine typische East-Van-Mischung: Punks mit Ketten und Nieten, Hipster mit sorgfältig gestylten Bärten, alte Männer und Frauen mit Gehwagen und Buckeln und Falten. Eine kleine Gruppe wirkt, als käme sie gerade aus ihrem Büro im Zentrum, während eine andere Gruppe aussieht wie ein Surferteam. Der Bürgersteig leert sich.

«Ich hasse diesen Scheiß», sagt Dad. Er lässt die Zigarette fallen und zertritt sie mit dem Fuß. Das Baby soll in vier Wochen kommen, und es ist mir trotzdem völlig egal, ob er mit Rauchen aufhört. Wenn es ihm dabei hilft, clean und trocken zu bleiben, würde ich ihm sogar persönlich Zigaretten kaufen. «Es war nett, dich kennenzulernen, Salix. Ich wünschte, ich hätte dich schon früher getroffen. Tut mir leid deswegen.»

## LAMPENFIEBER

Ein paar Tage später treffen Salix und ich uns vor dem Gebäude des Vancouver Symphony Orchestra mit Mr. Heidelman. Er führt uns durch die Hintertür und durch mehrere Flure, bis wir im Saal ankommen, wo das gesamte Orchester ein Mozart-Konzert probt. Ich hätte es nicht gewusst, wenn Mr. Heidelman es mir nicht gesagt hätte. Als sie fertig gespielt haben, winkt der Dirigent Salix auf die Bühne.

«Jetzt ist es so weit», flüstert sie. «Vielleicht muss ich kotzen. Falls ja, können wir dann einfach so tun, als wäre es nie passiert?»

«Klettre ganz nach oben und lass das Flamingo-Glas nicht fallen. Ganz, ganz nach oben. Von dort kannst du die Lichter der Stadt sehen. Du schaffst das. Und der Ausblick wird dich für alles entschädigen.»

«Lass das Flamingo-Glas nicht fallen», wiederholt Salix. «Verstanden.»

«Streif deine Flip-Flops ab», sage ich. «Dann kannst du besser klettern.»

«Erledigt.» Sie blickt runter auf ihre Stiefel, die sie geputzt hat, bis sie glänzen.

Sie legt ihre Hand in meine. Sie zittert.

Ich drücke sie. «Nenn mir zehn Dinge, die du von hier aus sehen kannst.»

«Ein abgewetzter Fußboden.» Sie blickt auf. «Schilder von den Notausgängen. Ein leerer Saal. Die Bühne. Scheinwerfer. Musiker. Der Dirigent.» Sie holt tief Luft. «Meine Geige. Meine Hand. Du.»

«Besser?» Ich lasse ihre Hand los.

«Ein bisschen.» Sie küsst mich auf die Wange. «Danke.»

Salix folgt Mr. Heidelman die Stufen hinauf ins Scheinwerferlicht.

«Guten Morgen zusammen», sagt er. «Ich möchte Ihnen eine wunderbare junge Geigerin vorstellen, Salix Bradley.»

Der Dirigent ist ein großer Mann, schon etwas kahl, mit buschigem grauem Bart und einer roten Brille, die er auf der Spitze seiner Nase balanciert.

«Was wirst du für uns spielen, meine Liebe?»

«Ich spiele den ersten Satz und ...» Salix bricht ab. Ich sehe, wie sie schluckt, dann noch einmal. Sie blickt sich um. «Den ersten Satz ...»

Meine Eingeweide ziehen sich zusammen. Lampenfieber.

Sie holt Luft und schüttelt den Kopf. «Den ersten Satz und die Kadenz von Beethovens Konzert in D-Dur Opus einundsechzig.» Sie legt die Geige an und macht sich bereit.

Ich wäre nicht mal in der Lage gewesen, auf die Bühne zu gehen. Ich hätte nicht mal die Stufen geschafft. Meine Beine hätten mich nicht getragen. Und selbst wenn ich es auf die Bühne geschafft hätte, dann hätte ich mich auf den Boden legen müssen und hätte bloß gezittert, bis jemand mich wieder runtergetragen hätte. Es scheint mir das reinste Wunder, dass Salix da oben steht. Und es ist eine Überraschung, sie nervös zu sehen. Für mich ist sie so nicht. Sie ist stark und mutig. Aber dort steht sie nun und hat Angst.

Ich umklammere die Stuhllehnen und spüre, wie sich mein Magen verkrampft. Sie wirkt so klein, wie sie da auf dieser riesigen Bühne steht und von den vielen, vielen, vielen Musikern angesehen wird, während das helle, heiße Scheinwerferlicht von weit oben auf sie hinabschaut.

Salix steht ganz starr da. Es fühlt sich an, als würde eine Stunde vergehen, auch wenn es nur Sekunden sein können, bis sie ihre Geige wieder absenkt.

«Du schaffst das», flüstere ich. «Du kannst es schaffen.»

Salix sieht in meine Richtung. Die Bühnenbeleuchtung ist so hell, dass sie mich wahrscheinlich gar nicht erkennt. Aber vielleicht muss sie das auch gar nicht. Ihre Schultern straffen sich. Sie holt tief Luft. Gerade als ich glaube, dass ich selbst vielleicht gleich aufs Klo rennen muss, um zu kotzen, klemmt sie sich die Geige unters Kinn und wendet sich ans Orchester.

«Und dann werde ich noch eine eigene Komposition spielen», sagt Salix.

«Bist du bereit?» Der Dirigent lächelt.

Salix legt den Bogen auf die Saiten und spielt eine Note, dann noch eine. Dann unterbricht sie.

«Sorry.» Salix schüttelt wieder den Kopf. «Die Nerven.»

«Das ist ganz normal. Lass dir Zeit.»

Salix richtet die Geige und atmet lange aus. Dann schließt sie die Augen. Ich kann kaum atmen.

Salix beginnt zu spielen.

Die Musik ist viel größer, als ich sie bisher von ihr gehört habe. Die Akustik im Saal trägt die Töne hoch und hinaus, bis die Musik beinahe den gesamten Raum ausfüllt. Ich habe Salix in den letzten Wochen beim Proben dieses Stücks zugehört, doch es ist, als höre ich es jetzt zum allerersten Mal. Jede Note tanzt in perfekter Weise, und selbst ich weiß, dass sie makellos spielt.

Die Musiker lauschen konzentriert. Es sind etwa hundert Personen, und alle halten ihre Instrumente im Schoß, aber nicht locker, sondern mehr, als müssten sie sich anstrengen, Salix nicht zu begleiten.

Als sie endet, brandet Gemurmel auf, und hinter mir gibt Mr. Heidelman ein kleines Pfeifen von sich.

Der Dirigent macht eine kleine Drehung mit dem Handgelenk. Weiter.

«Das hier habe ich für meine feste Freundin Maeve geschrieben, die sich manchmal von ihren Ängsten übermannen lässt. Es heißt ‹Reine Angst›.»

Ich stoße die Luft aus, merke erst jetzt, dass ich sie angehalten habe. Sie hat mir gar nicht erzählt, dass sie etwas für mich komponiert hat. Zuerst sind die Töne lang und klagend und bringen mich fast zum Weinen. Und dann zieht das Tempo an, und das Stück bricht auf und breitet sich aus, und einen Augenblick lang gefällt es mir gar nicht. Nicht weil es schlecht ist, sondern weil es nicht mehr so schön ist wie am Anfang und weil ich nicht sagen kann, worauf es hinausläuft. Die Töne klingen wie fallende Regentropfen. Aber dann schließt Salix die Augen und wiegt sich und verbindet die Teile zu etwas Ruhigem und

Schönem, und es wird ein warmer, glühender Ball daraus, etwas, von dem ich mir vorstelle, es in der Hand zu halten.

Als sie geendet hat, lässt sie die Geige sinken und verbeugt sich. Das Orchester springt auf, klatscht und jubelt und pfeift vor Begeisterung. Ich sitze einen Moment wie gelähmt da. Doch dann springe auch ich auf und klatsche so laut, dass meine Handflächen schmerzen.

«Bravo!», ruft Mr. Heidelman. Und dann rufen wir beide: «Bravo, Salix! Bravo!»

# GEBURTEN

Claire bringt Corbin ins Krankenhaus, wo ihm der Gips abgenommen wird. Danach will er zur Feier des Tages schwimmen gehen. Als der Wagen schon beinahe vollgepackt ist und wir alle abfahrbereit sind, fällt mir ein, dass wir den Bollerwagen nehmen könnten, um den ganzen Strandkram zum Wagen zu transportieren, anstatt alles einzeln zu tragen. Auch wenn Salix uns hilft, dauert es ewig: Handtücher und Flossen und Tauchermasken, Strandbälle und aufblasbare Delfine, Schirme, Stühle, Eimer, Schaufeln, Sonnencreme, Hüte ... und dann das ganze Essen. Während Salix und ich das Auto vollpacken, macht Claire Sandwiches und packt Karotten und Beeren und Muffins in die Kühltasche.

Ich habe mir etwas vorgenommen, ohne den anderen davon zu erzählen. Salix vor dem Orchester zu erleben hat mich inspiriert. Sie hat sich schlimm gefühlt, aber sie hat es trotzdem getan. Sie hat es einfach gemacht. Sie war bereit, die Folgen zu tragen, egal was passiert. Vielleicht nicht bereit, aber gewillt und voller Hoffnung. Spür die Angst. Und mach es trotzdem. Und als alle anderen angeschnallt im Auto sitzen und Claire sich gerade hinter das Steuerrad klemmen will, lege ich die Hand auf die Tür.

«Ich fahre.»

«Was?», sagt Claire.

«Ich fahre. Wenn das okay für dich ist.»

«Na klar!»

«Wir werden alle sterben!», schreit Corbin vom Rücksitz.

«Rettet uns!», sagt Owen.

«Das reicht.» Claire gibt mir die Schlüssel und geht ums Auto herum zur Fahrerseite. Sie legt ihre geschwollenen nackten Füße auf das Armaturenbrett und zieht sich den Rock bis zur Hüfte hoch. «Halleluja. Ab geht's.»

«Du schaffst das, Maeve», sagt Salix.

Ich steuere den Wagen aus der Garage und die Auffahrt entlang bis zur Straße, wo ich plötzlich auf die Bremsen steigen muss, um den Radfahrer nicht zu überfahren, der auf dem Bürgersteig den Hügel runterrast.

«Heilige Scheiße!», brüllt Corbin. «Den hast du fast überfahren, Maeve!»

«Rede nicht so», meint Claire. «Und sie hat ihn *nicht* überfahren. Du machst das prima, Maeve.»

«Der muss doch auf der Straße fahren! Nicht auf dem Fußweg.» Ich umklammere mit klopfendem Herzen das Steuerrad. Und dann löse ich meinen Gurt und steige aus. Klar, spür die Angst und mach es trotzdem. Theoretisch. Aber im echten Leben? «Ich hab meine Meinung geändert. Jemand anders soll fahren.»

Aber niemand steigt aus. Ich beuge mich vor und schaue ins Auto. Vier Paar Augen starren mich an.

«Steig wieder ein und fahr uns zum See, Maeve.» Claire klopft auf den Sitz. «Jeder macht mal Fehler. Nächstes Mal denkst du dran, dass am Ende der Auffahrt der Fußweg kommt.»

«Ich hab ihn beinahe umgebracht.»

«Hast du aber nicht», sagt Salix. «Knapp daneben ist auch vorbei. Das passiert ständig. Lass uns fahren.»

Owen schiebt Hibou aus dem Fenster und lässt ihren Stummelflügel flattern. «Hibou fährt, wenn du willst.»

«Vermutlich kann sie es besser als ich.» Aber ich steige trotzdem wieder ein.

«Ich kann fahren», meint Corbin.

«Du kannst eine Runde auf dem Parkplatz beim See fahren», sagt Claire. «Wenn es nicht zu voll ist.»

Claire leitet mich zum oberen Parkplatz, der nur halbvoll ist.

«Hier ist es gut.» Sie schiebt ihre geschwollenen Füße in ihre Flip-Flops und hievt sich aus dem Auto. «Ich will erst mal schwimmen gehen, aber dann können die Jungs und ich ein bisschen fahren.»

«Ja!», ruft Corbin.

«Ich nicht», sagt Owen. «Das ist verboten.»

«Wie du willst. Vielleicht will Hibou es ja mal versuchen.» Claire schwingt ihre Handtasche über die Schulter und watschelt zum Weg. «Ihr bringt den Bollerwagen mit allen Sachen. Ich muss meinen geschwollenen Körper abkühlen gehen.»

Salix und ich schwimmen bis zur Mitte des Sees hinaus, lassen uns auf dem Rücken treiben, sehen den Wolken zu, die langsam über den blauen Himmel ziehen. Als wir endlich aus dem Wasser kommen, hat Claire die Sandwiches und die Beeren und Karottensticks und Käse und Chips und Salsa ausgebreitet.

«Ich habe so einen Hunger», sagt sie und füllt sich ihren Teller voll. «Und könnt ihr mir bitte etwas Eistee aus der Thermoskanne einschenken?»

Ich gieße ihr ein, und sie leert den Becher in einem Zug. Ich fülle ihr noch mal nach.

«Danke.» Sie rülpst. «Sodbrennen.» Sie sitzt in ihrem Liegestuhl, lässt den Kopf nach hinten sinken und stöhnt. Ihr Bauch glänzt in der Sonne. «Ich will einfach nur nackt im Wasser treiben.»

«Im Wasser treiben kannst du», sage ich. «Aber dein Lieblingsbademeister ist hier, und ich schätze, er erlaubt dir nicht, deinen Bikini auszuziehen.»

«Der ist hier?» Claire dreht sich in ihrem Stuhl und schaut zum Wachturm hinüber. «Du meinst, der mit dem Stock im Arsch, der die jungen Mädchen im Bikini so gierig anglotzt?»

Der Strandwächter dreht seinen Kopf in ihre Richtung, als hätte er gehört, dass wir über ihn reden. Claire winkt, und er winkt zurück, was uns alle zum Lachen bringt.

Als die Jungs endlich aus dem Wasser kommen, weil sie Hunger haben, sagt Claire zu Corbin, wenn er noch Auto fahren will, dann muss er sich beeilen. «Ich glaube, wir können nicht mehr lange hierbleiben. Ich habe ziemlich Rückenschmerzen.»

«Kann ich diesmal allein auf dem Fahrersitz sitzen?»

«Nein. Du sitzt auf meinem Schoß.»

«Ich kann nicht auf deinem Schoß sitzen.»

«Okay, dann schieben wir den Sitz zurück, und du stehst zwischen meinen Knien. Aber für die Pedale bin ich zuständig. Hilf mir hoch, Corbin.» Er zieht sie hoch. «Ich brauche einen Mittagsschlaf. In einem richtigen Bett.» Sie greift nach ihrem Sarong und knotet ihn unter ihrem Bauch zu. «Owen? Letzte Chance.»

Owen schüttelt traurig den Kopf.

«Ein anderes Mal.» Claire gibt ihm einen Kuss auf den Kopf.

«Wir können ja noch mal ins Wasser gehen», sage ich zu ihm. «Nur wir beide.»

Als wir aus dem Wasser kommen, um Salix beim Einpacken zu helfen, kommt Corbin über den Sand zu uns gelaufen.

«Maeve! Maeve! Hilfe!»

Der Strandwächter hüpft von seinem Sitz und beschattet seine Augen. «Was ist los?»

«Das Baby!», brüllt Corbin.

«Was?»

«Das Baby!» Corbin bremst ab. «Mom kriegt jetzt ihr Baby!»

Der Strandwächter läuft herüber. «Was ist passiert?»

«Meine Mom kriegt auf dem Parkplatz ein Baby!», sagt Corbin.

«Ich hole den Erste-Hilfe-Kasten», sagte der Strandwächter sehr leise. «Und das Satellitentelefon.»

«Rufen Sie den Krankenwagen?!», schreie ich ihm nach, als er davonläuft. Er dreht sich kurz um und hebt die Daumen in die Höhe.

«Claire kann das Baby nicht hier kriegen.» Ich schüttle den Kopf. «Nicht auf dem Parkplatz.» Nein. Das passiert jetzt nicht wirklich. Das ist nicht wahr.

«Aber es ist wahr!», brüllt Corbin. «Sie hat es gesagt!»

Habe ich das eben laut ausgesprochen? Was tun wir jetzt? Wir stehen in einem lockeren Kreis, jeder mit herabhängenden Armen. Jeder starrt den anderen mit aufgerissenen Augen an. Es passiert *nicht*. Wir müssen sie ins Krankenhaus bringen. Wie lange stehen wir hier alle schon wie gelähmt, während Claire ganz allein am Auto ist?

«Wir müssen los.» Niemand rührt sich. «Wir müssen sie ins Krankenhaus bringen.»

«Sie kann das Baby nicht im Auto kriegen!», heult Owen. «Sie wollte zu Hause sein.»

«Sie hasst Krankenhäuser», sagt Corbin.

«Egal. Sie muss.» Ich schiebe Owen zu dem Haufen mit unseren Sachen. «Owen, du schmeißt alles in den Bollerwagen. Salix, du hilfst Owen. Corbin, du kommst mit.»

Salix steht neben dem Tisch und rührt sich nicht.

«Salix!»

«Ja?» Sie dreht sich blinzelnd zu mir. «Ja. Alles klar. Wir treffen uns am Auto.»

Denk nach, Maeve. Fühl nicht. Bring sie einfach ins Krankenhaus. Das ist alles, worum du dich kümmern musst. Der Krankenwagen kommt und nimmt sie mit. Alles wird gut. Dem Baby geht es gut.

Ich packe Corbins Hand, und wir laufen über den Strand und den Weg hinauf. Der Strandwächter folgt uns und schreit irgendwas darüber, dass er in seinem Erste-Hilfe-Kurs nur fünf Minuten was zum Thema Geburt gelernt hat.

Das ist mehr als ich.

Claire lehnt sich gegen das Auto. Sie wiegt sich und stöhnt. Als ich sie berühre, schüttelt sie mich ab.

«Claire? Was ist?»

«Baby.»

«Nein.» Nein, nein, nein, nein. Irgendwie muss man das doch aufhalten können. Nicht jetzt, Baby. Nicht hier. Nicht jetzt. Nicht mit mir. Nicht ohne Dad. Nicht ohne die Hebamme oder einen Arzt oder einen Sanitäter. Oder einen Feuerwehrmann! Selbst ein Polizist wäre gut. Wo bleibt der Krankenwagen? Wann kommt Hilfe?

«Du kannst das Baby hier nicht kriegen, Claire», sage ich. «Ich helfe dir in den Wagen. Owen und Salix sind in einer Minute hier. Dann fahren wir dich ins Krankenhaus nach Squamish, falls der Krankenwagen nicht gleich kommt.»

«Nein.»

«Nein?»

«Das Baby kommt *jetzt.*»

Der Strandwächter stellt seinen Erste-Hilfe-Kasten neben das Auto und steht mit verschränkten Armen da. «Scheiße.»

«Baby.» Claire schwingt die Hüften. «Mmmm. Hmmm. *Baby.*»

«Okay. Warte. Wir müssen dich ins Krankenhaus bringen. Hey!» Der Standwächter tut so, als würde er mich nicht hören. «Hey! Helfen Sie mir mit ihr.» Ich will sie an den Armen nehmen, aber Claire schüttelt mich wieder ab.

«Nein! Fass mich nicht an.» Sie stützt sich am Auto ab

und stöhnt, diesmal klingt es wie ein tiefes, urzeitliches Knurren. «Ich geh nicht. Hier.»

Keiner der vielen Erste-Hilfe-Kurse, die ich besucht habe, hat behandelt, was man mit einer Frau in den Geburtswehen tun muss, noch nicht mal fünf Minuten lang zwischen all den Splittern und Verbrennungen.

Denk an die Bücher zur Geburtsvorbereitung. Wehenstatus. Lage des Fötus. Denk an alles, was du gelesen hast, als du dachtest, dass Dad nicht aufkreuzt. Was hat die Hebamme letzte Woche gesagt?

*Das Baby liegt schön tief, Claire. Alles bestens.*

*Glauben Sie einer Mutter, wenn sie sagt, dass sie es nicht mehr rechtzeitig ins Krankenhaus schafft. Machen Sie es der Mutter so angenehm wie möglich. Wenn eine Geburt schnell geht, bedeutet das normalerweise, dass alles gut ist, außer es ist eine Frühgeburt ...*

«Ist es zu früh? Das Baby soll erst in drei Wochen kommen, oder? Haben wir ein Problem?»

Verdräng die schlimmsten Gedanken. Schieb sie weg. Schieb sie weg.

Claire schüttelt den Kopf.

«Aber drei Wochen vorher ist zu früh!»

«Jetzt. Jetzt, jetzt, jetzt, jetzt.»

«Okay. Okay.» Ich drehe mich im Kreis. Ich habe zu viel gelesen und doch nicht genug. Ich kann das hier nicht. Aber ich muss. Es passiert mit oder ohne meine Hilfe, und ich werde Claire nicht alleinlassen.

Der Strandwächter sitzt jetzt mit bleichem Gesicht auf dem Fußweg und starrt Claire an.

Endlich fällt mir etwas ein. *Wenn die Presswehen einsetzen, steht die Geburt kurz bevor.*

«Hast du Presswehen?»

«Ja.» Claire hebt den Kopf und sieht mich mit klaren, großen Augen an. «Das Baby kommt jetzt gleich, Maeve.»

«Der Krankenwagen kommt bestimmt sofort. Halt durch, okay? Das Krankenhaus ist bloß zehn Minuten weit weg.»

«Jetzt. Hier.»

«Du schaffst es nicht mehr ins Krankenhaus? Wirklich nicht? Versuch es doch bitte. Bitte?»

«Nein.» Claire stöhnt wieder. «Der Erste-Hilfe-Koffer ...»

«Der Strandwächter hat seinen dabei.»

Claire schüttelt den Kopf. «Unseren.»

«Du hast ihn hier?»

Sie nickt.

Ich beuge mich an Claire vorbei, öffne den Kofferraum und wühle darin herum. Ein Schlafsack, ein Fußball, mehrere Legosteine, ein Satz Schneeketten. Und der Erste-Hilfe-Koffer. Ich fege alles andere aus dem Auto.

«Corbin, breite den Schlafsack aus.»

Ich höre den Bollerwagen herbeirumpeln und Salix' Stimme. «Wir sind hier!»

«Bring mir die Handtücher!»

Der Strandwächter starrt bloß.

«Tun Sie was!», brülle ich ihn an. «Finden Sie raus, warum das so lange dauert! Wir brauchen einen Krankenwagen.»

«Keinen Krankenwagen», stöhnt Claire. Sie holt tief Luft und stößt ein lautes, tiefes Stöhnen aus. Mein Magen verknotet sich. Knoten. Was, wenn sich die Nabelschnur verknotet hat? Oder dem Baby um den Hals liegt? Wenn sie reißt? Wenn irgendwas schiefgeht? Wenn das Baby stirbt?

*In tiefer Trauer gibt die Familie Glover den Tod ihres Babys bekannt, das nach der Geburt im Kofferraum eines schmutzigen Kombis ...*

Hör auf, hör auf, hör auf! Tu jetzt einfach nur das. Denk an nichts anderes. Und dann tu das Nächste. Eine Sache zur Zeit. Fühl es. Hab Angst. Aber mach es.

«Doch, einen Krankenwagen!» Ich helfe ihr hinten auf die Ladefläche. Claire rollt sich auf die Knie, zerrt sich das Bikiniunterteil runter und wiegt sich vor und zurück.

«Was kann ich tun?», fragt Salix.

«Ich weiß es nicht!» Ich schlage die Hände vors Gesicht. «Ich weiß es nicht. Ich weiß es einfach nicht.»

Die Jungs sitzen am Rand des Parkplatzes auf einem Felsen, die Arme um die Knie gelegt, und starren uns mit aufgerissenen Augen an.

«Ich weiß nur eins: Alles wird gut, Jungs.» Ich versuche zu lächeln. Ich halte sogar meine dämlichen Daumen in die Luft. «Mom macht das super. Dem Baby geht's gut. Versprochen.» Aber ich glaube es selbst nicht.

«Oooooooh», stöhnt Claire. «Ooooooooh.»

Ich lege ihr den Sarong über den Rücken, um sie zu bedecken, aber sie reißt ihn runter.

«Atme.» Das sagen sie doch immer, oder? «Atme, Claire.»

«Erste-Hilfe-Koffer.»

Salix öffnet die rote Tasche, und ein kleiner Holzzwerg rollt heraus.

«König Parzival!» Owen rennt rüber, um ihn zu holen.

«Geburtstasche», keucht Claire.

Und wirklich, im Koffer liegt ein Paket mit der Aufschrift BABY. Ich packe alles aus: Handschuhe, Schere, eine Klemme für die Nabelschnur, einen kleinen Gummikolben für eine Saugglockenentbindung, ein paar zusammengelegte Unterlagen. Salix schüttelt eine davon auf und reicht sie mir.

«Danke.» Ich sehe hoch.

«Bist du okay?»

Ich antworte nicht. Ich weiß es nicht.

Fang das Baby. Fang das Baby. Pass einfach auf, dass das Baby nicht aus dem Wagen fällt und auf den dreckigen Fußboden und sich den Kopf aufschlägt. Keine toten Babys. Keine toten Mütter. Ganz ruhig bleiben.

«Was kann ich tun?»

«Kümmere dich um die Jungs.»

Claire schreit. Ich höre, wie Salix irgendjemandem sagt, dass alles unter Kontrolle ist.

«Nein, ist es nicht!», brülle ich. «Wo bleibt der Krankenwagen?»

Nichts ist unter Kontrolle.

Claire hockt sich mit gespreizten Beinen hin. Ihre Oberschenkel sind nass vor Blut. Ich will nicht genauer hinsehen, aber ich muss. Ich muss das Baby auffangen. Niemand sonst kann es tun.

«Was kann ich tun?», sage ich. «Was brauchst du?»

«Kopf.» Claire greift zwischen ihre Beine. «Der Kopf kommt.»

«Willst du lieber auf dem Rücken liegen?»

«Nein!» Claire zieht sich am Rücksitz hoch, das Gesicht nach vorn. «Fang das Baby auf, Maeve.»

Sie stößt ein tiefes, langes Stöhnen aus.

Ich zwinge meinen Blick auf die dunkle Form, die durch das Blut und die Flüssigkeit hindurchkommt.

«Ist es ein Junge oder ein Mädchen?», ruft Corbin vom Felsen aus.

«Salix, gib mir die Handschuhe!»

Claire knurrt. Sie stützt sich mit einer Hand auf der Reifenausbuchtung ab und presst lange und kontrolliert. Der Kopf des Babys ist draußen.

«Oh!» Ich lasse die Handschuhe fallen. Und strecke die Hände aus, als sie weiter presst. Eine Schulter tritt aus, dann die andere, und dann rutscht der ganze Körper des Babys direkt in meine Hände. Ein neugeborenes Baby *liegt in meinen Händen.*

«Baby!» Claire rollt sich auf den Rücken und greift nach dem Baby. «Hallo, Baby! Oh, willkommen!» Sie lacht. «Ein Mädchen! Ein Mädchen!»

«Ein Mädchen», flüstere ich. Und dann lache ich auch. «Ein Mädchen!»

«Ein Mädchen!» Die Jungs springen vom Felsen und laufen herbei. «Ein Mädchen! Ein Mädchen! Ein Mädchen!»

Das Baby ballt die winzigen Fäuste und stößt ein leises Jammern aus.

«Oh, gib sie mir!» Claire drückt sie sich an die Brust, während ich ein anderes Paar Handschuhe finde und die kleine Plastikklemme in die Nabelschnur klemme.

«Ich will sie durchschneiden!», ruft Corbin. Wir haben keine Handschuhe mehr, also ziehe ich meine vorsichtig aus, und er zieht sie an, und dann sägt er die Nabelschnur mit der Schere aus der Erste-Hilfe-Tasche durch, während die viel zu großen Handschuhfinger vor und zurück schlabbern. «Das ist so eklig», sagt er, als die Nabelschnur durch ist.

Ich umwickele die Nabelschnur mit dem saubersten Handtuch, und dann hören wir Sirenen. Ein Krankenwagen und ein Feuerwehrwagen schießen auf den Parkplatz und kommen quietschend zum Stehen. Zwei Sanitäter und vier Feuerwehrmänner packen ihre Sauerstoffflaschen und Sprungtücher und Decken und hasten zum Auto, wo Claire das Baby bereits an ihre Brust legt.

«Ich hätte gern eine Decke, bitte.» Claire grinst die Männer erschöpft an. Sie starren sie alle an, bis einer der Sanitäter zu sich kommt und eine Decke über sie und das Baby breitet. Dann holt er eine winzige Strickmütze aus dem Krankenwagen und zieht sie dem Baby über den Kopf.

«Hallo, du», sagt er zu dem Baby. «Da hast du ja einen dramatischen Auftritt hingelegt, was?»

Nachdem Claire und das Baby mit dem Krankenwagen abgefahren sind, packen wir alles ins Auto, werfen die blutigen Handtücher in den Mülleimer und fahren zum Krankenhaus nach Squamish. Ich kann nicht fahren, darum fährt Salix. Ich bin viel zu fertig. Ich bin zu aufgedreht. Ich bin zu erschöpft. Ich zittere. Die Jungs hopsen auf ihren Sitzen auf und ab und brüllen, so laut sie können, und es ist mir ganz egal.

«Baby! Baby! Baby!»

Ich starre auf meine zitternden Hände.

«Das ist wirklich gerade passiert.» Salix legt ihre Hand auf meine. «Ganz im Ernst. Du warst unglaublich. Ganz unglaublich.»

«Alles ist unglaublich», sage ich zum Gesang vom Rücksitz. Es ist egal, ob Salix mich hört oder nicht. Es ist auf jeden Fall die Wahrheit.

Als wir im Krankenhaus ankommen, hat Claire schon Dad angerufen.

«Was hat er gesagt?»

«Er hat den Jungs am Set immer zugerufen, was ich ihm gerade gesagt habe. ‹Auf dem Parkplatz! Ein Mädchen! Dieser dämliche Strandwächter! Maeve war großartig! Allen geht's gut!› Und alle haben gelacht. Und dann hat er so doll geweint, dass ich ihm gesagt habe, er muss sich erst beruhigen, bevor er herkommt.»

«Seht sie euch an.» Ich streichle die weiche, flaumige Stirn des Babys. «Du hast mich ganz schön überrascht, meine Kleine.»

«Willst du sie halten, während ich dusche?»

«Absolut.»

Claire legt mir das Baby in die Arme, dann küsst sie mich auf die Wange. «Danke.»

«Du bist diejenige, die gerade ein Baby bekommen hat.»

«Du hast so viel getan. Du hast mir so geholfen. Du warst so stark. Ich wusste, dass du alles im Griff hattest, und das hat es mir so viel leichter gemacht, es einfach geschehen zu lassen. Ich bin dir so dankbar. Ich hab dich lieb, Maeve.»

«Ich hab dich auch lieb, Claire.»

Die Jungs stehen rechts und links neben mir, als Claire vorsichtig zur Dusche geht.

«Kann ich sie mal nehmen?»

«Nein, ich zuerst!»

«Ihr müsst jetzt beide warten», murmele ich. «Ich gebe sie nämlich nicht her.» Ich höre die Jungs kaum, als ich das Baby betrachte. «Sieh dich nur an.» Sie schläft fest, ihr kleiner Schmollmund ist rosig. Sie ist hier, und sie ist in Sicherheit, und der Notfall ist vorüber. Sie hat perfekte Finger. Perfekte Wimpern. Rosige Wangen. Eine winzige Stupsnase. Claires Kinn.

Salix macht ein Foto von mir und dem Baby, und ich schicke es an Mr. Heidelman und an Ruthie und an Mom in Haiti.

*Hallo, Baby!*

Es gibt so viel zu erzählen, vom Strand und vom Parkplatz und vom Auto und dem glitschigen Neugeborenen in meinen Händen und vom Krankenwagen, aber ich schicke bloß diese beiden Wörter. Der Rest kann warten. Im Moment will ich bloß meine winzige neue Schwester halten und darüber staunen, wie gut alles ausgegangen ist.

Als Claire aus der Dusche kommt, geht sie los, um die Entlassungspapiere zu unterschreiben, entgegen der Anweisung des Arztes. Eine Minute später hören wir Dad den Gang runterlaufen.

«Claire? Wo bist du?»

Als er das Zimmer gefunden hat, fällt er neben Claire auf die Knie.

«Unglaublich.» Er nimmt ihr das Baby ab, beugt sich zu

seinem Kopf hinunter, atmet es mit geschlossenen Augen ein. «Hallo, du Süße. Hallo, Mädchen.» Die Tränen laufen ihm über das Gesicht. «Es tut mir so leid, dass ich deine Ankunft verpasst habe – aber wow! Du weißt, wie man einen Auftritt hinlegt!» Er lacht und lacht, dann steht er auf und küsst Claire fest auf die Lippen. «Sie ist wunderschön. Und perfekt. Genau wie du.» Er küsst Claire wieder, und dann reicht er ihr das Baby zurück. «Okay, allesamt. Dann bringen wir dieses spektakuläre Baby mal nach Hause.»

# SCHWIMMEN BEI NACHT

Natürlich bekommt sie den Namen Alice. Claire witzelt, sie sollten sie Alice Lake nennen, aber stattdessen heißt sie Alice December. Allerdings erst nach einigen Diskussionen, denn Claire fragt sich mittlerweile, ob sie sich vielleicht im Datum geirrt hat. Vielleicht ist sie schon im November schwanger gewesen? Oder vielleicht ist Alice auch einfach ein bisschen zu früh gekommen. Sie ist aber nicht zu klein, ganz egal, ob Claire sich verrechnet hat, also haben sie sich schließlich auf Alice December geeinigt.

Als wir nach Hause kommen, warten die Hebammen schon vor der Tür. Neben ihnen an der Wand steht Dads Bild von uns beiden auf der Wiese.

Wir bleiben alle stehen und starren es an, alle nebeneinander: die Jungs und Claire, Dad mit dem Baby im Arm, Salix und ich.

«Aber wie …?» Ich berühre das Bild. Abgesehen von einem Kratzer unten und einer abgesplitterten Ecke am Rahmen ist alles in Ordnung.

«Dann wollen wir uns dein wunderschönes Baby mal ansehen», sagt eine der Hebammen.

Weil Dad bloß da steht, nimmt Claire das Baby und scheucht die Jungs und Salix nach drinnen.

«Warst du das?», frage ich.

Er schüttelt den Kopf.

Mr. Heidelmans Tür geht auf, und er lehnt sich mit breitem Grinsen heraus. «Herzlichen Glückwunsch!» Er sieht, wie wir das Bild anstarren. «Das habe ich in der Auffahrt gefunden. Ich dachte, ihr seid jetzt wieder dafür bereit, es zurückzunehmen. Mein Restaurator kommt noch, aber auf meine Kosten. Jetzt geht. Geht zu eurem Baby. Ich habe Pizza bestellt. Ist in zehn Minuten da.»

Drinnen gurren und murmeln und schwänzeln die Hebammen um Alice und Claire herum und dann auch um mich. «Du hast das phantastisch gemacht. Vielleicht wirst du ja mal Hebamme.»

«Niemals.»

«Aber du kannst sehr stolz darauf sein, dass du deine kleine Schwester auf die Welt gebracht hast.»

Das mit Sicherheit.

Es war phantastisch.

Dad trägt das Bild ins Haus und hängt es gleich wieder auf, egal ob es beschädigt ist. «Ich bin nicht so sicher, ob ich will, dass es restauriert wird», sagt er.

«Ich auch nicht», sage ich.

Nach dem Abendessen gehen Salix und die Jungs und ich zum Wagen, um auszuladen. Owen klettert über die Sitze und sucht nach etwas.

«Was ist los?»

«Ich kann Hibou nicht finden», jammert Owen. «Sie ist weg!»

«Sie ist nicht weg. Wir finden sie schon.» Wo habe ich diese Eule zuletzt gesehen? «Keine Sorge, wir finden sie.» Ich krame durch die Tasche mit feuchten Schwimmsachen. Salix leert die Tasche mit Eimern und Schaufeln auf dem Boden aus.

«Hast du sie vielleicht schon mit reingenommen?»

«Nein!»

«Wann hattest du sie zuletzt?»

«Beim Auto. Als Alice geboren wurde, glaube ich.»

«Stimmt.» Salix nickt. «Du hattest ihn bei dir auf dem Stein.»

«Hibou ist ein *Mädchen.*»

«Lass uns noch mal drinnen nachsehen», sage ich. «Falls du sie doch mit reingenommen hast.»

«Habe ich nicht.»

«Lass uns trotzdem nachsehen.»

Hibou ist nicht drinnen. Wir suchen an allen möglichen und auch an unmöglichen Stellen. Wie zum Beispiel im Kühlschrank

«Warum sollte sie dadrin sein?» Ich halte die Tür offen, während Owen die Fächer untersucht.

«Ich habe mir vorhin Milch rausgeholt.» Dann sinkt er auf den Boden und bedeckt sein Gesicht mit den Händen. «Oh nein. Jetzt weiß ich wieder. Ich hab sie hingelegt, als ich König Parzival entdeckt habe.»

«Am Felsen?», frage ich.

«Ja!», heult Owen. «Ich muss sie holen.» Er springt auf und läuft zur Tür.

«Owen!» Claire legt Alice in Dads Arm. «Du kannst nicht den ganzen Weg bis zum See zu Fuß gehen, Schatz.»

«Ich hole Hibou.» Er öffnet die Tür.

«Ich wette, jemand hat sie beim Strandwächter abgegeben», meint Salix. «Dann kannst du sie holen, wenn du das nächste Mal da bist.»

«Ich muss sie *jetzt* holen», erklärt Owen. «Ich fahre per Anhalter.»

«Nein, tust du nicht», sagt Dad.

«Mom ist auch per Anhalter gefahren, als sie klein war.»

«Ich war sechzehn!», protestiert Claire. «Du wirst nicht per Anhalter zum Alice Lake fahren.»

«Ich muss sie aber holen!»

«Hier.» Dad schiebt Alice gekonnt in seine Armbeuge. Er kramt die Autoschlüssel aus seiner Hosentasche und reicht sie mir. «Würdest du fahren?»

«Jetzt?»

«Klar, warum nicht?»

«Ich habe gerade deinem Baby in einem Auto auf einem Parkplatz am Strand irgendwo am AdW auf die Welt geholfen, und jetzt schickst du mich zurück, um eine Stoffeule zu holen?»

«Bitte, kannst du sie holen?» Owen umklammert meine Hüfte mit beiden Armen. «Bitte, bitte, bitte?»

Ich werfe Salix einen Blick zu. «Würdest du fahren?»

«Bin dabei», sagt sie. «Ich bin so aufgedreht, ich kann vermutlich die nächsten drei Tage sowieso nicht schlafen.»

Als wir am See ankommen, ist es dunkel und das Zufahrtstor verschlossen. Salix parkt den Kombi, und wir klettern über den Zaun. Ich habe eine Taschenlampe, aber ich will sie nicht anschalten. Wir gehen Hand in Hand durch die Dunkelheit, nur schwach erhellt von einem dünnen Mondschein, die Bäume schwarz vor dem Himmel. Ich knipse die Taschenlampe nur an, um den richtigen Felsen zu finden, und da liegt Hibou, genau wie Owen gesagt hat.

Auf dem Heimweg fahren wir mit offenem Fenster. Der Wind streicht warm über unsere Gesichter und riecht nach Sommer – nach Brombeeren und hohem Gras.

*Wunderbar.* Wie ein Wunder erscheinend. Überaus schön, gut, Bewunderung und Staunen hervorrufend. Überraschend, außergewöhnlich. Ja, all das. Und ich meine nicht bloß Alice, auch wenn ihre Geburt wunderbar war, in jeder möglichen Hinsicht. Ich meine mich. Es ist wunderbar, dass ich es getan habe. Ich bin erstaunt. Es war für jeden außergewöhnlich, aber ganz besonders für mich. Maeve Glover ist niemand, der mal eben einem Baby auf einem Parkplatz auf die Welt hilft, und trotzdem habe ich es getan. Ich bewundere mich selbst dafür. Ich staune über mich, zu was ich fähig bin. Und ich frage mich, zu was ich noch alles in der Lage bin. Vielleicht werde ich immer die klobigen Stiefel der Sorge mit mir herumtragen und den kratzigen Mantel der Angst, aber vielleicht – oder gerade deshalb – kann ich einfach ein Mensch sein, der in diese Welt gehört, selbst wenn es schwer ist.

«Ich will dir was zeigen.» Salix biegt bei Porteau Cove ab und parkt den Wagen neben dem Strand. «Komm mit.»

Ich steige aus und blicke hinauf in den Sternenhimmel, auf das glasige, ruhige Meer. «Wie wunderschön.»

«Das ist nicht das, was ich dir zeigen wollte.» Sie nimmt meine Hand und führt mich zum Wasser. «Warte hier.»

Sie nimmt einen Stock und zieht ihn ganz schnell durchs Wasser, und etwas absolut Magisches passiert: Eine Million Lichtfunken wirbeln unter der Oberfläche hervor.

«Was ist das?» Ich fahre mit der Hand durch die Lichtstreifen.

«Biolumineszenz.» Salix kniet neben mir und erklärt, dass das Phytoplankton aufleuchtet, wenn das Wasser in Bewegung gerät. «Die Wissenschaftler wissen nicht, warum das so ist. Sie haben ein paar Theorien, aber eigentlich ist es ein Geheimnis.»

«Das ist unglaublich.»

«Ich zeige dir noch was Unglaublicheres.»

«Ich weiß nicht, ob ich das heute noch verpacken kann.»

«Vertrau mir.» Sie nimmt meine Hand und hilft mir hoch. Dann zieht sie mir das T-Shirt über den Kopf und lässt es in den Sand fallen, und dann kommt sie ganz nah und legt ihre Hände über meine Brüste. Sie umkreist meine Brustwarze mit ihrer Zunge, und ich habe das Gefühl, ebenfalls in einer Million Lichtfunken aufzugehen. Ich küsse sie und schiebe meine Hände unter ihr T-Shirt. Ihre Haut ist warm und weich, und ich kann kaum atmen, als ich ihr das T-Shirt über den Kopf ziehe. Ohne ein weiteres Wort ziehen wir uns den Rest unserer Kleidung aus, bis wir nackt im schwachen Mondschein am Rand des Wassers stehen.

«Zehn Dinge, die wir von hier aus sehen können», sagt sie. «Die Bäume und das Wasser.»

«Die Straße dahinten», sage ich. «Autoscheinwerfer. Die Zuggleise.»

«Die Insel. Ein Boot. Der Kai.» Sie lächelt. «Dich.»

Ich hebe ihre Hand und küsse sie. «Dich.»

«Das sind zehn. Komm.» Salix führt mich ins Wasser. Die Kälte schlägt gegen meine Füße, und ich keuche auf, denn mein Körper ist noch ganz heiß von Salix' Berührung. «Sieh runter.» Das Wasser um unsere Fersen glüht. «Schau.» Sie macht ein paar Schritte und zieht eine glitzernde Spur hinter sich her. Und dann taucht sie ein.

Sie schwimmt in lauter Lichtranken. Ich tauche ebenfalls unter und schwimme zu ihr, und es fällt mir überhaupt nicht ein – nicht ein einziges Mal –, dass ich immer Angst hatte, im Meer zu schwimmen. Ich ziehe die Arme durchs Wasser und strample mit den Beinen, und das Licht schäumt um mich herum. Salix kommt von hinten und umarmt mich, drückt ihren Körper an meinen. Und dann nehme ich ihre Hand, und wir tauchen zusammen unter Wasser. Ich öffne die Augen und sehe ein Meer aus glitzernden Sternen und wie Salix beinahe glüht. Das Salz brennt in meinen Augen, aber ich lasse sie trotzdem offen. Ich will all dieses Glitzern vor der Dunkelheit sehen.

Ich möchte diese Fäden aus Licht aus dem kalten, dunklen Wasser heben. Ich möchte sie in eine kleine Flasche tun und sie für immer in meiner Hand halten. Aber das kann ich nicht, also halte ich stattdessen diesen Tag in mir fest. Diesen Tag. Diesen einen glitzernden Tag, an dem sich alles änderte und alles gleich blieb.

CARRIE MAC hat sich schon immer gerne Dinge ausgedacht. Als Kind war sie notorische Lügnerin, heute ist sie Autorin, was fast das Gleiche bedeutet. Sie kann sich keinen Beruf vorstellen, für den sie besser geeignet wäre, und für ihre Jugendbücher wurde sie mit zahlreichen Preisen ausgezeichnet. Wenn sie nicht schreibt, wandert Carrie Mac gerne, denn es hilft ihr beim Denken. Sie lebt mit ihrer Familie in Vancouver/Kanada.

Sara Lövestam
# Wie ein Himmel voller Seehunde

Annas Hand ist so eine, die Netze auslegen und Knoten knüpfen kann. Die von Lollo kann vor allem Candy Crush spielen und Selfies machen. Unter ihren beiden Händen befindet sich der warme, raue Stein. Und jetzt berühren sie einander, Außenkante an Außenkante. Anna sitzt vollkommen regungslos da, nur ihre Atmung ist als winzig kleine Bewegung wahrzunehmen. Lollo atmet ebenfalls, jedoch schneller und heftiger, angesichts ihrer eigenen Courage. Sie lässt ihren kleinen Finger über den von Anna gleiten.

Sara Lövestam erzählt vom Rausch der ersten Liebe zwischen zwei Mädchen, die unterschiedlicher nicht sein könnten. Und von einem unvergesslichen Sommer in den schwedischen Schären.

*256 Seiten*

Ro 511/1

MIX
Papier aus verantwortungsvollen Quellen
FSC® C083411

Das für dieses Buch verwendete Papier ist FSC®-zertifiziert.